정찬동의 세평소설

전라도의 恨, 민주공화국

시와사람

전라도의 恨, 민주공화국

2024년 12월 1일 인쇄
2024년 12월 5일 발행

지은이 | 정 찬 동
펴낸이 | 강 경 호
편 집 | 강 나 루
디자인 | 정 찬 애
발행처 | 도서출판 시와사람
등 록 | 1994년 6월 10일 제 05-01-0155호
주 소 | 광주시 동구 양림로119번길 21-1(학동)
전 화 | (062)224-5319
E-mail | jcapoet@hanmail.net

ISBN 978-89-5665-750-9   03810

값 15,000원

· 잘못된 책은 구입하신 서점에서 바꾸어 드립니다.
· 이 책은 2024년도 한국복지재단 창작디딤돌 지원사업의 지원으로 발간되었습니다.

이 도서의 국립중앙도서관 출판예정도서목록(CIP)은
서지정보유통지원시스템 홈페이지(http://seoji.nl.go.kr)와
국가자료종합목록 구축시스템(http://kolis-net.nl.go.kr)에서
이용하실 수 있습니다.

ⓒ 정찬동, 2024
이 책의 저작권은 저자에게 있습니다.
저작권에 의해 보호를 받는 저작물이므로 저자의 허락없이 무단 전재와 복제를 금합니다.

전라도의 恨, 민주공화국

■ 작가의 말

　대한민국 헌법 1조「대한민국은 민주공화국」이다. 주권은 국민에게 있고, 모든 권력은 국민으로부터 나온다. 전라도도 헌법1조 속에서 살아 숨쉬고 살아가는 것이 의무요, 권리입니다.
　그런데 왜 개똥작가 이 촌놈이『전라도 한 민주공화국』이라고 할까요. 간단합니다. 갈수록, 나이가 먹을수록 일당독제로 깊이깊이 빠져가고 있기 때문입니다.
　「주권은 민주당에 있고, 모든 권력은 민주당으로부터 나온다.」
　정치적으로「조선민주주의 인민공화국」과 똑같은 선거로 뿌리 내렸다고 하는 개똥작가에게 욕할 수 있겠습니까.

　앞으로 세상을 전라도 한 민주공화국이 아니라 대한민국 민주공화국으로 만들어가야 합니다. 5·18 정신계승, 김대중 정신 계승을 외치고 바란다면 말입니다.
　정치꾼들의 출세에 놀아나지 말고, 각자 한 사람 한 사람 내가 깨어야만 합니다.
　「전라도민이여, 깨어나라!」

2024년 12월

개똥작가 촌놈 정찬동

전라도의 한, 민주공화국

차 례

■ 작가의 말

1부_ 전라도 폄훼

훈요 10조 —— 14
풍전 세류 —— 20
반역향 —— 24
전라도 개똥쇠 (새) —— 33
전라도 하와이 —— 41

2부_ 5·18특혜

5·18 민주화운동 —— 48
5·17이 삼킨 서울의 봄 —— 71
5·18 민주화운동 명칭 —— 80

전라도의 한, 민주공화국

차 례

소급입법 5·18 특별법 —— 84
5·18 민주화운동 헌법전문에 수록하려면 —— 93
5·18에 쪼라든 보수들 —— 108

3부_ 황색깃발

박정희와 김대중 첫 인연 —— 120
처음 본 김대중 —— 125
첫 대선에 대한 김대중 —— 130
유신헌법 —— 137
황색바람 —— 141

전라도의 한, 민주공화국

차 례

4부_ 운 좋은 김대중

영부인 비명과 명동 사건 —— 150
대선 두 번 낙선한 김대중 —— 156
네 번째 죽을 뻔한 김대중 —— 165
서경원 공작금에 시달린 김대중 —— 178
연고도 주민등록도 없는 경상도 사람 함평 영광에 공천 —— 184
김영삼 덕에 대통령과 노벨 평화상 수상 —— 191

5부_ 탄핵 인용은 탄핵세상 만들어

보수를 잡아먹은 보수가 좌파 정권을 세워 —— 200
이러려고 대통령 했나 —— 208
탄핵 인용하면 뒤에 탄핵 세상이 돼 —— 215
전광훈 목사 애국운동 —— 220

전라도의 한, 민주공화국

차 례

6부_ 전라도 한 민주공화국

대통령 못 해 먹겠다 —— 228
안철수 반란으로 샛별 된 이개호 의원 —— 232
전라도 한 민주공화국 —— 236
김대중, 5·18정신 계승 —— 241

7부_ 역사논쟁

3·1 운동 100주년 남북공동 행사 —— 248
건국 전쟁 —— 253
제주 4·3 남로당 폭동 —— 260
여수 제14연대 10·19 남로당 반란사건 —— 275

1

전라도 폄훼

전라도 개똥쇠 전라도 하와이란 말 듣고 살았던
세상에 속상하고 분했지만
세상이 바꿔 큰소리치고 살아가는
우리 전라도 사람을 우러러 보고 있으니
앞날의 세상 모른다고 하였노라.

훈요 10조

「차현이남 공주강 밖은 산형지세가 배역하니…양민이라도 그 지방 사람을 등용 말라.」
 (車峴以南, 公州江外, 山形地勢, 竝趣背逆…雖其良民, 不宜使在位用事)

이상 기록은 훈요 10조(訓要十條) 제8조에 있습니다.

「훈요 10조」

고려 태조 왕건이 자신의 수명이 다 끝나는 것을 미리 짐작하고 알고 있었는지 죽기 전 태조 26년 943년 계모년(단기 3276년) 4월(5월에 사망)에 측근인 재상 박술희(?-945亡, 고려 초기 장군)를 대전으로 불러들여 후세 왕자(왕)들에게 행동하도록 지침서를 내려준 유훈(遺訓)인 것입니다. 또한 신서 10조(信書十條), 10훈(十訓)이라고도 전하고 있습니다.

훈요 10조는 이러합니다.
- 제1조. 삼국통일의 위업이 모든 부처의 보호에 힘입었으니 불교를 잘 위할 것.
- 제2조. 제 멋대로 절을 더 창건하지 말 것.
- 제3조. 왕위 계승은 적자적손을 원칙으로 하되 장자가 자격이 없을 때는 인망 있는 자가 대통을 이을 것.
- 제4조. 당나라의 풍속을 억지로 따르지 말고 거란풍속을 배격할 것.
- 제5조. 서경(西京, 평양)을 중시할 것.
- 제6조. 연등회·팔관회 등의 중요한 행사를 소홀히 다루지 말 것.
- 제7조. 왕이 된 자는 쓴 충고에 귀 기울이고 아첨은 멀리하며, 백성들의 민심을 얻을 것.
- 제8조. 차현(車峴)이남 공주강(公州江) 밖은 산형지세(山形地勢)가 배역(背逆)하니 그 지방의 사람을 등용하지 말 것.
- 제9조. 모든 관료의 녹봉을 제도에 따라 공적으로 정해줄 것.

• 제10조. 널리 경전과 역사서(史記)를 모아 지금을 경계할 것.

　훈요 10조 중 제8조가 충청도와 전라도와 밀접한 관계가 있어 전체 내용을 알아보는 것이 이해가 쉽다고 생각합니다.

　「차현이남 공주강 바깥은 산의 형태가 땅의 기세가 등지고 거슬러서 나란히 달려 나가니 인심 역시 그러하다. 그 밑에 있는 주군(州郡) 사람들이 조정에 들어와 종친이나 외척과 혼인하여 국정을 잡게 되면 혹여 국가의 변란을 일으킬 수도 있고, 혹여 통합 당한 원한으로 임금을 시해하려는 난을 일으키기도 할 것이다. 또, 과거 관청에 예속된 노비와 진(津)과 역(驛)의 잡척(雜尺, 부모의 역을 세습 받음)들이 권세가들에게 아부해 신분을 바꾸거나 요역을 면제받기도 할 것이며, 종실이나 궁원(宮院)에 빌붙어 간교한 말로 권세를 농락하고 정사를 문란케 하여 재앙을 일으키는 자가 반드시 있을 것이다. 그가 비록 양민이라 할지라도 관직에 올려 일을 맡겨서는 안 될 것이다.

　훈요 10조 제8조의 기록으로만 본다면 지금의 전라도와 충청도 일부에 해당되는 것이 확실합니다. 그러나 이 기록만 가지고 고려가 차현이남(지금의 차령고개)과 공주 밖(공주강 위쪽 또는 북쪽, 미호천) 지역민을 차별을 했는가를 확실하게 알아볼 필요가 있다고 봅니다. 문맥으로 보아 내용을 그대로 인정한다면 충청도와 전라도 지역이 해당됩니다.

나는 전라도(충청도 제외)가 차별 대우를 받았다는 많은 사람들과 함께 같은 생각을 갖고 있었지만, 이 책을 펴내면서 더 깊이 고려 태조 왕건의 훈요 10조 제8조를 다루어 보았습니다.

고려왕조가 전라도를 차별을 했는가, 고려사를 세밀히 검토해 본 결과 탄압하거나 차별한 적이 뚜렷하게 나타난 기록이 없기에 왕들이 훈요 10조를 거의 지키지 않았다는 생각이 들었습니다.
더불어 전라도 사람, 당시 백제 사람으로서 고려왕조를 향해 적개심을 나타낸 적이 거의 없었다는 것입니다.

한편 전라도 사람으로서 조작설로 의심케 하는 훈요 10조가 왕건 26년 943년 박술희에 의해 전수했으나 70년이 지난 1013년 8대 현종 4년에 최초로 발견된 점입니다. 과정을 살펴보았습니다. 8대 현종 원년에 거란군이 침입하여 왕은 전라도 나주로 피신을 간 동안 왕실은 물론 개경이 불에 타버려 모든 문서, 서고가 없어졌습니다. 피난 간 현종이 개경으로 돌아와 복원 사업을 하는 가운데 1013년 현종 4년에 경상도 출신 최재안이 훈요 10조를 최항(972-1034 문신)의 집에서 발견했다며 현종왕에게 바쳤습니다. 바로 여기가 의문점입니다. 황실과 무관한 개인 집에서 발견되었는가.
현종 측은 최항의 조작설을 제기한 사람이 일본 경성제국대학 교수 사회학자 이마니시 류(今西龍)라고 기록돼 있습니다.

특히나 백제 사람(차현·공주)을 등용 말라는 왕건의 훈요에 대하여 고개를 갸우뚱하고 있을 정도의 기록들을 추려 보았습니다.

첫째, 대영웅(고려 태조 왕건)이 태어날 집터를 아버지 왕륭에게 잡아주었고, 고려 400년 도읍지를 송악(지금 개경) 정해준 왕건의 정신적 스승인 도선국사는 전라도 영암 출신입니다.

둘째. 고려 태조 왕건부터 6대 성종까지 여섯 임금을 보필한 신하이자 상주국(上柱國, 국가에 공이 있는 자에 주어진 명예직)인 최지몽도 영암 출신입니다.

셋째, 927년 공산전투에서 왕건이 후백제군에 패하여 목숨이 위태로울 때 왕건의 갑옷을 갈아입고 싸움에 나가 전사하자, 후백제 권훤은 왕건인 것을 알고 목만 잘라간 신숭겸 장군의 지혜에 감탄하여 두상을 황금으로 만들어 매장한 신숭겸은 전라도 곡성 출신입니다. (일부는 춘천시 춘천에 가 활동함.)

넷째. 고려 2대 왕 혜종(왕무)의 어머니 장화왕후는 태조 왕건의 제왕비로서 나주지방 호족 출신 오 씨의 딸입니다.

다섯째. 고려 17대 왕 인종 제1 왕후로 아들 18대 의종, 19대 명종, 20대 신종의 어머니요, 21대 희종, 22대 강종의 할머니로서 고려에 큰어른으로 부르는 공예태후(恭睿太后, 중서령을 지낸 임원후 딸)는 전라도 장흥 출신입니다.

훈요 10조가 진실이냐 조작이냐는 것을 밝힐만한 확실한 근거가 없습니다. 귀에 걸면 귀걸이요, 코에 걸면 코걸이 식 해석과 주장으로 볼 수밖에 없다고 판단됩니다. 고려사 기록을 인정한다면 훈요 10조를 인정할 수밖에 없습니다.

훈요 10조 제8조를 기록대로라면 충청도와 전라도가 거의 포함됩니다. 그런데 유독 전라도 지역 차별이 변하지 않는 진리인 것처럼 계속하고 있는 것은 피해의식을 스스로 만들어내는 전라도 사람의 행동이 옳다고는 볼 수가 없습니다. 왜냐하면 충청도 사람들은 충청도 지역 차별이라 하지 않기 때문입니다.

지역 차별은 지역감정을 만들어 내고 지역 차별과 지역감정, 한(恨)을 만들 수 있다고 생각합니다. 사전적 의미를 「몹시 원망스럽고 억울하거나 안타깝고 슬퍼 응어리진 마음처럼 비극으로 자극적인 원수를 갚겠다는 독한 마음을 가진 인생으로 살아가게 될 것입니다.

훈요 10조 제8조가 처음 기록된 943년부터 1081년이 된 2024년 이후 시대부터는 하늘과 땅 차이보다 더 정치, 사회, 문화가 진화하고 발전된 세상에서 살아가는 전라도 사람이 되어야 합니다. 훈요 10조인 전라도 차별을 영원불멸의 진리로 행동하는 것이 옳지 못하다는 것을 못 버린다면 영원히 고립되어 모두가 함께 살아가는 세상을 볼 수 없을 것입니다.

지금 우리가 지역 차별을 만들고 있다는 사실을 깊이 생각해 보면 어떨까요.

풍전 세류

풍전세류(風前細柳)란 고사성어로
「바람 앞에 하늘거리는 가는 버드나무
바람 앞에 늘어진 버드나무
바람 앞에 나부끼는 버드나무
바람 앞에 가녀린 버들가지」
　자기의 생각과 환경이 달라 풍전세류에 대하여 약간의 차이점으로 해석들 하고 있으나 좋은 뜻에서 보고 있으므로 이러쿵저러쿵 평할 필요는 없다고 봅니다.

사자성어 풍전세류는 조선왕조의 건국 1등 공신 정도전(1342-1398)과 밀접한 관계가 있다는 것을 발견했습니다. 태조 이성계와 정도전은 정치적으로 한 몸이라는 것을 역사 기록을 보고 알 수가 있습니다.

조선왕조 건국 초기 이성계가 정도전에게 8도 사람들의 특성과 기질을 말해보라고 했습니다. 다음과 같이 말했습니다.
- 경기도 사람은 경중미인(鏡中美人)이요 (경기도 사람은 거울 속에 미인과 같고)
- 충청도 사람은 청풍명월(淸風明月)이요 (맑은 바람, 밝은 달과 같고)
- 전라도 사람은 풍전세류(風前細柳)요 (바람에 하늘거리는 버드나무와 같고)
- 경상도 사람은 송죽대절(松竹大節)이요 (소나무와 대나무 같은 곧은 절개 같고)
- 강원도 사람은 암하노불(巖下老佛)이요 (바위 아래 있는 늙은 부처 같고)
- 황해도 사람은 춘파투석(春波投石)이요 (봄 물결에 던지는 돌 같고)
- 평안도 사람은 산림맹호(山林猛虎)요 (산속에 사는 사나운 호랑이 같고)

마지막 이성계 고향인 함경도를 두고 다른 지역처럼 거리낌 없이 대답을 못하고 있는데 이성계가 빨리 말하라고 하므로 독촉에 못 이겨 어렵게 말을 했습니다.

- 함경도 사람은 이전투구(泥田鬪狗)요 (진흙탕에서 싸우는 개처럼 강인한 것 같고)

이성계가 자기의 고향 함경도를 개에 비유하니 기분이 좋지 않다는 것을 알아챈 정도전은 마음속으로 겁을 먹고 석전경우(石田耕牛, 돌밭을 가는 소처럼 묵직한 품성)라고 정도전은 정정을 했습니다.

풍전세류를 「바람 앞에 흔들리는 줏대 없는 사람이요, 간사하다. 경박하다.」고들 기록을 해놓고 있습니다. 전라도는 주관이 없이 자기 좋은 편으로 이리 붙었다 저리 붙었다 하며 살아가는 사람으로 만들어 버리고 있으니 분노, 저항, 차별에 대한 한이 맺히기 마련입니다.

개국공신 정도전이 전라도를 폄훼하고 차별을 하고자 전라도를 풍전세류라고 한 말이 아니라고 나는 생각합니다. 버들가지가 축 늘어져 아무리 강풍이 불어도 지조를 지키고 변함없는 양심으로 변하지 않고 꺾이지 않으며 처음부터 끝까지 한 길로 살아간다는 아름다운 말로 해석하는 것이 옳다고 주장합니다.

서운하게도 2012년에 확실한 날짜는 모르지만, 당시 홍준표 한나라당 의원이 개국공신 정도전의 말을 인용하여 풍전세류가 돼 나라를 책임지기 어렵다며 경상도가 태산준령이 되어야 한다고 전라도를 폄훼한 행동에 대하여 전라도 사람으로서 분통이 터질 일이었습니다.

이어서 네이버를 통해 배영수 선생(2022년 1월 20일) 낙서장을 그대로 옮깁니다.

태산준령과 TK 우리가 남이가.
「대선을 앞두고 가짜 보수, 가짜 TK가 대가리 꼿꼿이 세우고 보수인 양 연기를 하고 있다. 끝없는 욕심이 발동하여 좌파의 똘마니에서 보수인 양 연기를 하고 있는 것이 우습다. 삼봉 정도전의 팔도어록을 잠시 인용하면 TK가 바로 보수의 중심이고 경상도 사람을 태산준령(큰 산과 험한 고개)이라고 했다. 감히 충청도 핫바지가 넘볼 일 아니다.」

이 문장 중 좌파라는 대목에 전라도(좌파니까)가 포함되어 있다는 것을 똑똑히 알아야 합니다. 충청도 뿐만 아니라 전라도는 백제, 고려시대 차현이남이니까요. 경상도여 언제까지 전라도를 차별, 폄훼할 것인가.

전라도 사람이여! 아무리 태풍이 불어도 꺾이지 않는 기세로 축 늘어진 버들가지처럼 살아남으려면 우리 스스로가 어떤 고난과 역경이 닥치더라도 풍전세류를 악의적으로 폄훼하는 지역감정과 차별과 한을 스스로 극복해야 합니다. 풍전세류로 지역차별을 하는 사람들에게 절대로 빌미를 안 주는 행동을 해야만 그들의 입을 막는 길입니다.
풍전세류를 악의적으로 인용하는 자에 말려들지 맙시다.

반역향

앞장에서 조선왕조 태조 이성계 앞에서 개국공신 정도전이 8도에 대한 특성들 평할 때 「풍전세류」라고 전라도에 대한 폄훼 발언이 조선왕조 500년을 통해서 끝난 것이 아니라 시작에 불과했습니다.

대한민국 역사를 통해서 우리의 글 한글을 창제하셨기에 제1, 첫 번째로 꼽히고 있는 조선왕조 4대 세종대왕께서도 전라도를 폄훼한 발언을 했습니다.

「전라도는 산수가 배치(背馳, 서로 반대로 되어 어그러지거나 어긋남)하여 쏠리고 인심이 지극히 험악하다.」

성종과 맹현의 대화 (성종은 조선왕조 9대 왕)

맹현-전라도는 인심이 박약하여 도적이 군기(떼도둑)하여 하극상 풍조가 있습니다. 풍속의 교화를 위해서는 100년 아니면 고칠 수 없으니, 위정자는 마땅히 이에 유념할 것입니다.
성종-전라도는 옛 백제의 땅이라 백성들은 견훤의 반항 습성이 닮아있어 지금까지 변화시키지 못하였으므로 그 풍속이 그와 같다.

전라도를 폄훼한 대표적 왕들의 발언은 그냥 술 취하면 아무 생각도 나지 않는다는 것처럼 왕의 입에서 나온 말을 잊어버렸다는 생각은 아니라고 믿습니다. 나의 생각으로 왕 노릇을 하면 전라도에 대한 자기의 양심 가득 채우고 직무를 수행했다는 것이 옳은 말일 것입니다.

기축옥사(己丑獄事)
기축옥사는 조선왕조 선조 22년 1589년 10월에 정여립이 모반을 꾸민다는 고변에서 시작되어 천여 명 이상의 동인(東人)들이 희생된 사건입니다. 정여립(鄭汝立 1546-1589)사건 또는 난이라고 합니다.

정여립은 예조좌랑(정6품) 홍문관 수찬(정5품)을 지냈습니다. 서인(西人)들에 촉망받고 있는 인물이었습니다. 서인은 선조 8년 1575년 동서분당으로 생긴 당파의 하나입니다. 선조 즉위에 정권을 장악한 사림파(士林派, 사림에서 공부했던 문인·학자)가 훈구파(勳舊派, 혁명과 사대부를 계승한 세력으로 세조 왕위 찬탈에 협조하여 정치적 실권을 장악한 귀족적 관료학자)에 대한 처분을 놓고 강경파와 온건파로 분열되었습니다. 강경파 김효원의 집이 동쪽이고 온건파 심의겸의 집이 서쪽에 자리 잡고 있었습니다. 그래서 동인·서인으로 불렀다.

정여립은 선조 17년 1584년 이이가 사망한 후, 이이 등 서인을 비판하고 동인으로 갈아탔습니다. 선조는 정여립의 행동을 못마땅하게 여겼습니다. 군사일체의 시대에 정여립은 왕이 자기를 싫어하고 있다는 것을 알고 선조 19년 1586년 사직을 하고 고향 전라도 전주로 낙향했습니다.

낙향한 정여립은 전라북도 진안군 죽도에 서실(書室)을 차려놓고는 「대동계(大同系)」를 조직하여 신분에 관계 없이 중인, 노비, 승려 등도 받아들여 강론은 물론이요 말타기, 활쏘기, 칼 쓰기 등 무술연마를 하였습니다. 매월 15일에는 무술대회를 열어 술과 음식으로 잔치를 벌였습니다.

대동계는 전주 부윤 남연경의 요청으로 고흥 손죽도 해안으로 침입하는 왜구를 물리치기도 했습니다. 대동계 해체 후에는 왜구들의 약탈이 더욱 심해져 해안지역 백성들이 상당한 피해를 입었다고 합니다.

대동계는 빠르게 전라도 뿐만 아니라 황해도까지 조직이 확대해 나가고 있었습니다.

황해도 관찰사는 정여립이 조직한 대동계가 황해도에서 빠르게 확산되는 것을 두려워하여 관찰사 한준 등이 연명으로 정여립이 대동계 사병을 이끌고 결빙기를 이용해 황해도와 전라도에서 동시에 봉기하여 입경하고 신립과 병조판서를 살해하고 선조왕을 몰아내려 합니다. 고변(告變, 반역행위를 고발함)하였습니다.

선조는 즉각 체포를 지시했습니다. 정여립 아들 정옥남과 함께 죽도로 달아나 관군에 포위되어 정여립은 자살을 했습니다. 아들 정옥남은 체포되어 한양으로 압송됐습니다. 정여립의 자살로 정여립의 모반이 사실로 인정되고 말았습니다. 정여립의 시신은 한양으로 이송되어 목을 잘린 후 철문교 밑에 매달았고, 몸뚱이는 사지를 찢어 능지처참시켰습니다.

선조는 정여립 모반을 조사할 재판관에 정언신을 임명했으나, 정언신이 정여립의 9촌뻘 되는 먼 친척으로 밝혀져 송광 정철로 교체하여 임명을 했습니다.

서인 정철은 정여립이 동인들과 교분이 많다는 점을 이용해 동인들을 숙청하여 서인의 정권을 잡기 위해서 이 사건을 확대시켜 나갔습니다. 2년 넘게 동인들을 심문하여 유배와 죽음으로 몰아갔습니다. 전라도 사람은 관련자와 가족 그리고 친족인 사람까지 1천 명 이상이 유배와 죽음을 당하여 전라도 동인의 사람이 씨가 말렸습니다. 경상도 출신은 몇백 명에 불과했습니다.

또한 불교계까지 국문을 했습니다. 서산대사 휴정을 정여립과 모의했다는 죄목으로 묘향산에서 끌려가 선조에게 친히 국문을 받았으며, 사명당 유정은 오대산에서 강릉부로 끌려가 조사를 받는 고초를 겪었습니다.

훗날 정철을 향해 가혹한 옥사를 진행하였다 하여 「동인 백정」이라고 별명을 붙이기도 했습니다. 기축옥사는 선조 22년 1589년 10월에 시작되어 1591년 10월에 막을 내렸습니다.

후세 사람들은 정여립은 「천하는 일정한 주인이 따로 없다」라는 천하공물론(天下公物論)과 누구라도 임금을 섬길 수 없다는 하사비군(何事非君論) 등 왕권 체제에서 용납할 수 없는 혁신적 사상을 품은 인물이라고 추켜세웠습니다. (참고문헌 네이버)

필자가 기축옥사를 꺼내는 것은 현재 전라남도 함평군 엄다면 제동마을에 정개청을 받들고 있는 「자산서원」이 있기 때문이요. 그가 정여립 사건(기축옥사)에 희생되었기에 세상 독자들에게 알리고자 하는 생각이 있었기 때문입니다.

정개청(1592-1590)은 나주 출신으로 조선 중기 때 문신이요. 학자이십니다. 단순하게 유학만 공부한 게 아니라 역사, 천문지리, 의학, 복서, 산수병법, 가무 등을 익혀서 학문의 깊이를 더했습니다. 전라감사(선조 7년 1574) 박민헌과 선조 16년(1583) 전라도 출신 영의정 박순이 천거했으나 사양하고 고향 나주에서 학문정진과 후학양성에만 집중했습니다. 41살 때 지금의 전라남도 함평군 엄다에 윤암정사를 짓고 당좌를 떠나 학문에 열중했습니다. 그의 나이 50세가 되어 이산해로부터 천거 받아 선조 20년(1587)에 곡성현감에 재직한 것이 관직 생활 전부였습니다.

1589년 (선조 22년) 정여립 사건이 터지자 정여립에 관계된 사람들을 모조리 잡아들였습니다. 정개청도 한양에 끌려가 국문을 받았습니다. 정개청은 정여립과 알고 지냈고, 정여립이 집터를 봐준 일이 있었는데, 이를 트집잡아 정여립과 반역을 획책했다는 혐의로 조사 끝에 왕권을 위협할 만한 권신이나 국정을 어지럽히고 나라를 혼란케 하는 간신으로 보이지 않아 모반에 연루되지 않을 뻔했으나 다른 데에서 문제가 생겼습니다.

정개청이 압송되면서 집에 있는 모든 책과 문서 등을 압수했는데 논설문 「동한절의진송청담설」을 배절(절의를 배격한다라는 의미. 절의를 배격하는 것은 왕에 대한 불충이므로 곧 반역이라는 논리다.)의 논설이라고 지목을 해버렸습니다. 풀이하자면 「동한 즉, 후한 때 절의를 숭상하고 진송 즉, 서진과 유송 때 청담사상이 유행했음을 비판했습니다. 절의는 지나치게 독선적이며 청담은 예가 없다고 주장한 것입니다.

정여립이 모반을 일으킨다는 상소가 있은 후, 선조가 정철에게 정여립 사건의 조사 책임자로 임명했습니다. 정개청을 정여립 사건에 연루시켜 밟아버리겠다는 작심을 했습니다. 정철은 정개청의 논설 「동한절의진송청담설」을 먹잇감으로 삼았습니다. 정개청이 제대로 관직을 지내지 않았고, 관직이라고는 곡성현감 밖에 없으나 절의를 배격했다고 주장하며 왕권을 위협하는 권간(권력과 세력을 가진 간사한 신하)으로 정철이 몰아갔습니다.

정철이 정개청을 미워한 것은 두 가지가 있습니다. 정개청이 곡성현감으로 있을 때 창평에 내려와 있었던 정철을 찾아보지도 않고 회피한 일이요, 또 하나는 술보로 유명한 정철에게 그렇게 술을 좋아하면 나이 어린 후학들이 뭘 보고 배우겠느냐고 충고를 한 이유입니다. 결국 정개청은 모반 혐의로 권간이란 누명을 쓰고 함경도 경원의 아산보(북한 아오지탄광이 있는 곳)에 유배되어 고문 후유증으로 얼마 안 가 (선조 23년

1590년 6월 62살로) 세상을 떠났습니다.

　사실 정개청을 앞장서서 죽인 사람은 정철 본인의 원한 때문이었다는 뒷이야기가 무성했습니다. 정개청의 제자들이 주장하기도 했습니다. 놀라운 것은 정개청의 제자들이 400명이 넘는다고 합니다.

　자산서원(紫山書院)은 전라도 사림을 이끌고 우리나라 성리학을 정립시킨 대학자 곤재 정개청 선생이 기축옥사에 연루돼 유배지에서 병사하여 문인들이 스승의 신원운동을 전개하면서 광해군 때 1616년 건립한 서원입니다. 자산서원의 이름은 숙종 때 1679년 사액(賜額, 임금이 이름을 지어 내림)하였다고 합니다. 1868년 서원 훼철령에 이르기까지 다섯 차례나 철폐와 복원을 반복했습니다.

　1987년 6월 1일 전라남도 유형문화유산 제146호로 지정된 정개청 문집 「곤재 우득록」 목판이 소장되어 있습니다.

　기축옥사 후 전라도는 반역향(反逆鄕)으로 불리게 되었습니다. 기축옥사가 조선조 붕당(朋黨)역사 속에서 한 사건으로 고문으로 가혹하게 희생시킨 사건이라는 증거로, 옥사에서 죽은 사람 10명에 불과하고, 귀향한 사람 3명에 불과하지만 고문에 의하여 죽은 사람이 거의 다라는 기록입니다. 이것뿐 아닙니다. 전라도 광주 출신으로 장원급제한 후에 동인의 거두가 된 이발(1544-1589, 조선 중기 문신)은 정여립과 친하게 지낸 것이 화가 되어 이발 본인, 동생 이길과 82세 노모, 8세 아들까지 희생되었습니다. 노모, 어린아이까지 이런 비극, 참상이 기축옥사의 잔인성을 말해줍니다.

기축옥사가 조작이냐 진실이냐는 말이 나오고 있었습니다. 선조가 왕권을 장악하기 위해 꾸민 것으로 정철을 하수인으로 내세워 동인과 서인을 대립시켜 사대부가 힘이 없도록 무력화시키고자 선조의 보이지 않는 손이었다는 기록이 있습니다.

지금에 와서 정여립을 「정여립을 왕위의 세습과 충군사상을 부인한 공화주의자로 보면서 기축옥사는 현실적 모순을 해결할 수 없는 주자학적 통치 이념에 대한 반발과 백성을 도외시한 위정자들의 권력투쟁, 그리고 지배계급에 의하여 수탈당한 백성의 불만이라는 시대적 배경에 의하여 발발한 사건이라고 평가했습니다.」〈한국향토문화전자대전 참고〉

대원군의 역사적 발언도 있었습니다.
우리나라 가장 큰 폐단이
1. 호서(湖西)의 사대부(士大夫)이요.
2. 관서(關西)의 기생(妓生)이요.
3. 호남(湖南)의 이서(吏胥)이라 했습니다.
전라도 관리들의 착취와 학정이 인정사정 없었다는 것이다.
그러므로 동학혁명을 일으켰던 것이다.

전라도 개똥쇠(새)

「전라도 개똥쇠」라는 말은 전라도를 폄훼, 차별, 소외, 멸시를 하는 말입니다. 8도 지역마다 특징이 있으나 유독 전라도만이 억울한 대접을 받고 있습니다.

   서울-깍쟁이
   경상도-고집쟁이, 문둥이
   전라도-개똥쇠
   충청도-양반, 멍청도
   강원도-감자바우

황해도-황치
평안도-박치기
함경도-할라궁이

한마디로 *괄시받고 있는 개똥쇠에 대하여 알아봅니다.
「개」라는 접두사를 자주 쓰게 된 것은 「모든 사물을 낮잡아 말하고 무시, 폄훼할 때 말」이라 국어사전에서 볼 수 있고, 「똥」은 더럽고 냄새나고 지저분한 곳에 쓰이는 말이요, 「쇠」는 남을 낮잡아 하는 말을 비유하는 말로 쓰이고 있습니다.

이상의 설명대로라면 개똥쇠는 폄훼, 소외, 멸시하는 말이 분명합니다.

나는 개똥쇠란 말로 전라도 외 지역 사람들로부터 무시 당하기만 할 수 없다는 생각에 네이버를 이용하여 개똥쇠의 유래를 알아봅니다.

전라도 개똥새의 유래는 전라도가 아니라 충청남도 부여군 은산면 설화 속에 있습니다. (한국구비문학대계)
「가난하고 조실부모지만 성실하게 농사꾼으로 살며 근면 성실하게 머슴살이를 하여 장가 갈 돈을 마련했다. 장가도 갔다. 농사꾼은 아내와 알뜰하게 살아 이를 악물고 20마지기 (한 마지기 200평) 개똥논(갯벌 논, 바다를 메꿔 만든 논, 간척지)을 샀다. 농사가 잘 되었다. 농사꾼은 수확한 쌀을 어떻게 할까 생각을 했다. 이 쌀을 먹지 않고 봄(보릿고개)에 팔면 논이나 밭을 더 살 수 있겠는데?」

바로 아내와 상의 들어간 농사꾼.
- 농사꾼-우리가 이렇게 머슴살이해서 개똥논 20마지기 사서 농사지어 이만큼 수확했는데 이거 먹지 말고 봄에 팝시다.
- 아내-아, 그럼 우리는 뭘 먹고 살아요?
- 농사꾼-아! 다른 거 없고 당신은 친정으로 가고, 나는 처가로 가고, 자식들은 외갓집으로 가면 되지 뭐!
- 농사꾼-올해만 신세 지고 내년 봄에 쌀 팔아서 신세 갚으세.
- 아내-좋아요.

가족이 모인 곳은 아내의 부모 집이었다.
결국 겨울에 아내와 처가에서 신세 지내다가 봄이 되어 농사꾼 집안에 꽁꽁 들여놓은 쌀을 보는데 쥐들이 쌀을 다 먹었더라. 아끼다 똥 되었더라.

이 설화는 「잘못된 마음으로 요행을 바라면 뜻대로 되지 않고, 그럴듯한 계획도 예상외의 변수로 뜻대로 되지 않는다.」는 교훈이었습니다.

이 설화에서 개똥논을 갯벌논이라고 불렀습니다. 개똥 하면 개가 싼 똥이라고 어학사전에서 말해주고 있습니다. 여기에서는 개가 싼 똥이라고 하지 않고 갯벌 논을 개똥논(개땅논)이라고 했습니다. 세월이 흐르면서 말하는 게 변하여 갯벌논을 개똥논으로 부르게 되었다고 합니다. 개똥을 비유적으로 보잘것 없거나 천하거나 엉터리 등을 말하는 것으로 알고 있습니다.

설화 속에 전라도 개똥쇠를 두고 전라도 개똥쇠라고 전라도를 무시하고 욕되게 하는 내용이 아니라는 것을 말하고 싶습니다.

갯벌 바다를 개척하여 식량을 생산하겠다는 의지와 투지로 전라도 백성의 강인한 행동에 진취적인 개척정신은 박수를 보내야 하고, 이 땅을 열심히 노력해 가꾸어 다 수확을 거둔 머슴 가족이 자랑스럽습니다.

또한 개똥쇠에 대하여 더 알아보겠습니다.

개똥쇠를 「개똥밭에서 난 가난하고 천한 아이」라는 뜻으로 부르는 이름이라고 사전에 나와 있습니다. 한편으로 마당쇠를 개똥쇠로 변했다는 말이 있습니다. 마당쇠라는 말은 인터넷 사전에 부잣집 머슴을 살면서 마당을 쓸기 때문에 마당쇠라고 불렀다고 합니다. 마당쇠를 머슴이라고 하며 머슴 중에서도 수준이 낮은 머슴을 말하고 있답니다.

마당쇠가 개똥쇠로 변한 것은 마당쇠를 강하고 세게 폄훼하고자 단계를 낮춰서 개똥쇠라고 하지 않았나 하기도 합니다.

창피하고 억울하게 전라도 개똥쇠라고 가장 심하게 쓰디쓴 대접을 받는 시기가 해방 후 6·25전쟁을 거치면서 1950년 시작부터 1960년대까지라는 것을 나는 피부로 느끼고 있었습니다. 나는 유년기에 해방을 맞았고, 10대 초반 중학교 1학년 때 6·25전쟁을 맛보았고, 20대에는 해병대 생활을 7년 동안 지내고 30대인 1966년에 제대를 하였습니다.

농촌에 희망을 품고 돌아온 나는 당시 마을 실정에 놀라지 않을 수 없었습니다. 물론 보릿고개 속에 살면서 그냥 그 전대로 입에 풀칠하면서 아무것도 모르는 바보처럼 먹을 것만 바라고 먹는 것이 제일이라는 생각밖에 없었습니다만.

막상 군대 생활을 하고 집에 오니 여기서는 이대로 살 수 없다며 서울로 떠난 사람들이 10여 가구나 되었습니다. 알 필요 없이 도저히 농사짓고 살아간다면 식구들 모두 굶어 죽을 수밖에 없다는 깊은 고민 끝에 서울 또는 대도시로 떠날 수밖에 없는 농촌 실정이었으니까요. 우리 마을 사람도 일부는 서울로 떠났습니다. 이런 농촌의 실정이 우리 마을뿐만이 아니라 전라도 사람들의 비극이었습니다. 거의가 희망 없는 고향 전라도 땅을 눈물 머금고 버리고 알 수 없는 희망을 안고 먹고라도 살아보자고 발걸음을 재촉했습니다.

서울에 올라가서 어떤 일을 했을까 하고 소식을 들으니 가장 많이 하는 일은 농사로 지게질이 능숙하여 물건을 운반하는 지게질이라는 것을 알려 주었습니다. 지게질은 밑천이 안 들어가고 어떤 기술도 필요 없으니 가장 안정된 직업이었습니다. 몸만 건강하면 되니까요. 차츰 지게질에서 손수레로 한 단계 올라가는 사람들이 늘어나기 시작했습니다.

여자들은 거의가 식모살이를 갔으며, 운 좋은 몇 사람은 공장에 취직을 해서 돈을 벌었고, 남자들은 여러 직업인 가게에 들어가 허드렛일을 하는 사람 중 식당, 중국집 등에 들어가 돈을 벌고 공사판에 가서 막노동을 하고 살아 나갔습니다.

듣자 하니 전라도 사람들이 밑바닥 생활(가장 천하고 고된 일)이 많으니 여기저기서 소수의 사람의 좋지 않은 일이 일어나고 있었습니다. 돈이나 물건을 훔치고 달아나는가 하면, 툭 하면 일하다가 대우가 더 좋다면 그 길로 빠져가기에 입소문을 통해서 이전 불상사가 거의 전라도 사람들로 이어졌습니다.

서울에 사는 서울 사람들이 전라도 사람을 가장 많이 구박하고 냉대를 했던 게 사실로 증명되고 있었습니다. 전라도 사람들이 서울 많이 올라갔기에 밑바닥 일을 많이 시켰기에 일도 많이 하면서 의심 사고 구박하고 냉대하므로 성질 급한 사람이 저지른 일로 모두 전라도 사람을 개똥쇠로 취급한 것입니다.

　서울 사람들이 전라도 사람이 떠나고 물으면 「아이고 말도 마라」 하는가 하면, 결혼 말 나오면 「내가 밥 싸고 가서 먹더라도 전라도 사람과 결혼 못하게 말리겠다」고 할 정도였습니다. 전라도 사람인 나로서 「잠이 없고 훔치고 속이고 위선적이고 버릇없고 간사하고 배신을 잘하고 자기 이익만 쫓아가는 사기꾼들」이라고 공공연하게 멸시하고 폄훼하니 숨통이 터질 것만 같았습니다. 1960년대 전라도 개똥쇠란 말을 가장 심하게 듣고 살았다는 것을 알아야 할 것입니다.

　참으로 분통이 터지는 일이 무엇인지 말해보겠습니다. 내가 1966년도에 제대를 하고는 서울로 떠난 아저씨 한 분이 공부께나 하여 사무직에 들어가려고 하니 전라도 사람은 아예 원서 접수조차 받아주지 않아서 방법을 찾아낸 것이 「본적(本籍, 어떤 사람이 태어나고 사는 장소)」을 옮기면 되는 것이었습니다. 「고향세탁」이었습니다.

　본적을 아예 옮겼습니다. 서울이 본적으로 둔갑해 버렸습니다. 뜻대로 취직을 했습니다. 비겁하고 애석하지만 자기의 살 길을 찾아가는데 눈물 머금고 전라도 사람이 서울 사람이 된 것을 욕할 사람은 없을 것입니다.

　형편으로 농사로는 가난해서 먹고 살 수가 없고, 가난하기에 겨우 살길을 찾아 내 정든 전라도(고향)를 떠난 전라도 사람 나와 우리. 구박과 멸시와 천대와 의심을 받고 살았던 전라도 개똥쇠. 인내와 투지로 열심히 노력하여 서울이나 다른 대도시에 살고 있는 전라도 사이 한때는 짐승만도 못한 대접과 눈초리로 살았지만, 이제는 대한민국의 주역이 된 전라도 개똥쇠. 우리나라에서는 유일하게 노벨 평화상을 받고 노벨 문학상을 받은 전라도 개똥쇠들.

  6·25전쟁으로 폐허가 된 서울을 재건하는데 일등공신은 전라도 사람의 지게꾼, 식모살이, 공장대기를 마다 않고 꿋꿋하게 살아간 전라도 사람이 자랑스럽지 않습니까.

전라도 하와이

　나는 고등학교 다닐 때 1950년 후반에 전라도 하와이란 말을 육군에 입대하여 제대하고 돌아오신 8촌 되는 아저씨로부터 가끔 들었습니다. 하와이에 대하여 말을 쏟아 냈지만, 나는 전라도를 폄훼하는 말이라 생각 않고 그렇구나 그냥 넘겨 버렸습니다. 이어서 제대군인이 늘어만 갔습니다. 8촌 아저씨로부터 처음 들은 후부터 다른 사람으로부터도 자주 들었습니다. 내 기억으로 당시 육군에 갔다 온 분뿐입니다. 1950년대 육군 진영에서는 전라도 하와이란 말이 잔치 밥상인 양 씹어댄 시절 같았습니다.

한 시대를 장식한 전라도 하와이는 전라도의 조롱거리가 되었습니다. 이때는 하와이라고 하면 전라도를 가리키는 말로 받아줄 수밖에 없었던 것입니다. 그리하여 나는 전라도에 대한 글을 쓰기 위해 인터넷을 통해 기록들을 찾아보았습니다.

전라도 하와이라 부르게 된 것을 해방 후 미군정이 들어서고 대한민국이 건국한 후에 6·25전쟁을 거치면서 노골적으로 노래를 불러 댔습니다. 또한 더블빽, 니꾸사꾸(독일말 가방),라고 병사들을 욕했다. 도망가면서 더블백. 비품, 옷가지 등 가득 채워간다는 말입니다.

미군 중에 머리가 좋은 게 하와이 출신들이요, 탈영병이 유독 많다는 내용입니다. 하와이 병사들의 행동이 전라도 출신과 같았다는 것입니다. 그리하여 전라도 출신 군인들이 하와이 출신과 같다고 하여 차츰차츰 번지면서 전라도를 강타하고 말았습니다. 심지어 전라도 군인을 하와이 군대라고까지 불러 댔답니다.

나는 군대에 가서 전라도 하와이란 말은 듣지 못했습니다. 귀신 잡는 해병대라서일까. 7년 동안 복무하는 동안 전라도 폄훼하고 조롱하는 말은 없었습니다. 공교롭게도 전남대학교 상과대학에 다니다가 영장이 나와 육군에 입대한 바로 밑 동생이 논산 훈련소에서 신병 교육을 끝내고 부산 항만사령부에 첫 발령을 받고 근무를 했습니다. 나는 당시 1964년 5월이니까 포항 제1상륙사단(지금 1사단)에 근무를 하였기에 동생 면회를 갔던 일이 있었습니다.

동생이 항만사령부에서 3개월째 근무를 하고 있을 때 면회를 했습니다. 부대서 형님이 면회 왔다 하여 1박 2일 특별 외박증을 끊어주어 동생과 함께 부대 근처 여관에서 하룻밤을 자게 되었습니다. 밤새도록 이야기를 했습니다. 그 중에 전라도 하와이 말이 나왔습니다. 부산 항만사령부는 빽 없으면 못 온다고 할 정도로 육군에서 가장 좋은 부대라고 소문이 나 있었습니다. 외국에 수입하는 모든 군대 보급품 등 장비를 취급하는 곳이었습니다.

「전라도 하와이 놈 새끼가. 무슨 빽으로 왔냐」고 상급자가 비꼬는 듯한 말투로 물었다고 합니다. 그래서 전라도 하와이가 무슨 말이요 하고 동생이 상급자에게 질문을 던졌답니다. 상급자는 얼굴을 붉히면서 대답을 하지 않고 대든다며 「하와이 놈 새끼가」 하고 큰소리를 치며 폭행을 하려고 팔을 들자 옆에 있는 병사가 제지를 하여 다행히 불상사는 면했다고 합니다. 동생에게 하와이 새끼라고 지껄인 놈은 서울 출신이라는 것을 다음에 알았다고 합니다.

반복하지만, 전라도 사람은 잔머리를 심하게 굴리고 탈영병

제일 많은, 가장 좋지 못한 인성을 보이는 사람들이어서 붙은 별명이란 것이랍니다. (조영암, 「하와이 근성시비」 글에서)

전라도 하와이란 말을 하와이 출신 군인을 비교해서 알아보았습니다. 또 하나의 유래가 있다는 것을 네이버를 통해서 알아보았습니다.

「이승만」 대통령이 전라도 사람을 하와이라 했다고. 해방이 되고 나서 남한에서 제일 적대적인 두 사람은 이승만과 김구였습니다. 이승만은 미국의 도움으로 남한 단독정부를 세우려고 추진을 했고, 김구 선생은 민족을 분단시켜서는 안 된다고 주장을 하므로 팽팽하게 맞서고 있었습니다. 김구는 미군의 지지받지 못한다는 것을 알고 국민 대중의 지지를 받고자 지방을 순회하며 강연을 하였습니다. 가는 곳마다 열렬한 환영을 가장 많이 받는 전라도이기에 이승만의 진영에 정보가 들어갔습니다.

이승만은 자기 측근들에게 자기에게 환영과 지지가 약하다 생각하고 홧김인지 진정 상태인지는 몰라도 기분이 나빠서 「하와이 놈들 같으니라구」 내뱉은 것입니다.

왜 이승만은 하와이라고 했다는 말인가. 결국 쫓겨나 하와이로 망명한 신세이고 보면 참으로 아이러니하다.
일제시대 미국에서 독립운동을 하다가 우리 동포가 많이 사는 하와이에 가서 사탕수수밭에서 일하는 우리 동포들 모아 독립투쟁을 할 군인들을 양성하고 있는 「박용만」을 만났습니다. 두 사람의 독립운동의 방향이 달랐습니다. 이승만은 외교로 독립을 해야 하고, 박용만은 독립군으로 독립을 해야하므로 두 사람은 대립을 하고 말았습니다. 하와이 동포들 분열되기 시작을 했습니다. 결국에 이승만 지지 쪽은 소수에 불과했습니다. 이승만은 궁지에 몰리고 말았습니다.

　남한에 들어와서 남한 단독정부 수립을 하겠다는 이승만의 계획과 추진에 김구보다 전라도에서 지지를 못 받으니 하와이에 있었던 것처럼 보여 전라도 사람들을 하와이라고 부르기 시작을 했다고 했습니다. 이 내용은 전라도 출신 작가 조정래가 소설 한강에서 전라도가 김구를 이승만보다 더 많이 지지해서 열받아 이승만이 전라도를 비하하며 「하와이 같은 놈들」이라 내뱉었다고 썼던 게 이유다. 신빙성이 없이 헛소리라고 비난하기도 했습니다.

　전라도 하와이라고 취급받으면서 전라도 출신 군인들은 당당하게 대들고 따지지도 못한 채 묵묵히 당하고만 군대 생활을 했다는 게 억울하다고 생각합니다. 하와이에 조용히 하고 받아주고 찍소리 아니하니 전라도 출신 군인들을 폄훼하게 만들고 말았습니다. 결국 전라도 폄훼를 해도 당당하게 대항 못한 전라도 사람 우리에게도 책임이 없지 않나 합니다.

21세기 살아가는 우리는 한때의 하와이란 조롱과 멸시를 받았다 해도 씹지만 말고 삼키고 살아가는 게 전라도의 위신이요, 자존심이 높아만 갑니다. 오늘날 군대에서 전라도 하와이란 비하 발언 찾아보려 해도 찾을 수 없습니다. 깨끗합니다. 하나 된 군대입니다. 이 시대에는 전라도 하와이라 지껄이는 사람이나 하와이라 조롱받아도 억울하게 참고 살아가신 사람도 거의 사라졌습니다. 반세기가 지났습니다. 우리 군대는 세계에서 여섯 번째 가는 자랑스런 군대가 아닌가요.

  이제는 전라도 하와이란 말 듣고 살아가지 않는 당당한 전라도 사람이라는 것을 세상이 알고 있습니다. 하와이 말을 들으면 어쩌냐. 하와이는 우리와 밀접한 관계가 있습니다. 1902년 1월 13일 새로운 희망을 꾸고 수만 리 떨어진 미국 땅 하와이 호놀룰루섬 101명 인천항을 떠나 한 달 이상을 배를 타고 도착하여 사탕수수밭 농장에서 모진 노동과 학대를 받으면서도 꿋꿋하게 버티고 용감하게 살아간 투철한 정신이 자랑스럽습니다. 하와이 놈 만들었으면 어떠냐. 21세기 전라도 사람이 그 모진 차별을 받고도 창피를 무릅쓰고 살아온 보람이 자랑스럽지 않습니까. 현재 대한민국을 놀라게 하고 두렵게 생각하고 있는 호남향우회 서울을 비롯하여 세상을 주도하고 있으니 전라도 사람이라면 자랑스럽습니다. 전라도와 하와이를 비하하는 말은 실은 하와이를 욕하는 말이기도 합니다. 그러나 하와이는 세계에서 가장 아름다운 관광지라는 것을 알아야 합니다.

2

5·18특혜

5·18 민주화운동에 특혜 보려고 목숨 던지고
감옥 구타 부상 당한 것이 아니라면
5·18 희생자들의 숭고한 정신을 빛나게 해주려면
유족들이나 부상자, 유공자들은
특혜에 욕심 부리지 말라.

5·18 민주화운동

　5·18은 헌정질서 파괴와 부당한 공권력으로 정권 탈환을 위해 5·18-5.27까지 10일간 광주에서 일어난 민주화운동이라고 부르게 되었습니다.

　나는 5·18에 직접 광주에서 시위에 가담하지를 아니했습니다. 집에서 농촌이라 농사 준비에 바빴습니다. 나는 날짜를 기억 못 하지만 전남대와 조선대 학생들의 5월 들어 매일 시위를 했습니다. 나의 막냇동생이 조선대 2학년에 재학 중이었습니다. 다. 어느날 광주경찰서에서 광주경찰서로 오라는 전화를 받았습니다.

　광주경찰서에 갔습니다. 동생이 데모를 열심히 참여하고 있다는 것입니다. 설득을 해서 데모를 하지 않도록 타일러 공부에 열중하도록 조치해 주면 좋겠다는 말로 점잖게 나를 설득시켰습니다. 아마 동생과 나와 연결성이 있다는 것을 알고서 말을 하는 것 같았습니다.
　사실 나도「내가 본 민정」『촌놈 소리①』를 세상에 내놓으려다가 압수당하고 또한 김대중 대통령 후보 시절 1971년 4월 중순에 신민당 정책실에 보관 중인 마지막 원고가 도난을 당하여 그 후 나는 요시찰인물로 낙인이 찍혀 자유롭게 살아가는 신세가 아니었습니다. 나에 대한 신원 파악을 했다고 단정합니다.
　내가 신원 보증을 서서 동생은 풀려나게 되었습니다. 놀라운게 경찰 수사관의 말은 교수가 잡아가라고 했답니다. 왜냐하면「어용교수 물러가라」구호를 외치면서 데모를 했으니까요.

　나는 직접 광주 현장에서 시위를 하지 않았기에 그간 유인물이나 책자 등 자료를 보고 정리를 해보았습니다. 원인과 과정을 본다면 5·18 광주민중항쟁이 광주에서 처음 일어난 것이 아니라는 것을 알게 되었습니다.
　서울의 봄(1979.10·26.-1980.5.17.)은 이렇게 이루어졌습니다. 1979년 10월 26일 17년간 장기 집권한 박정희 대통령이 부하인 김재규 중앙정보부장에 의하여 시해되었습니다. 전국에서 제주도를 제외하고 계엄령을 선포했습니다. 최규하 대통령 권한대행과 정승화 계엄사령관은 합동수사 본부를 설치하고 전두환 보안사령관을 합동수사 본부장으로 임명돼 육군 소장 전두환은 막강한 권력인 보안사령관과 합동수사 본부장을 겸임하게 되었습니다. 전두환 소장은 정보·보안·수사 등 업무를 총괄하는 직책을 갖게 되었습니다.

계엄사령관, 육군 참모총장은 자기의 생각대로 군의 공식 지휘체계를 장악하려고 그동안 대통령 경호실, 육군본부지휘부, 수경사, 특전사 등 요직에 있으면서 특혜를 본 정치 장교들을 배제하는 방향으로 군 인사를 개편하려고 했습니다.

전두환 합동수사 본부장은 김재규를 심문했다. 이 사이에 정승화 계엄사령관은 전두환 합동수사 본부장의 맘에 들지 않았습니다. 정 총장은 유신체제가 변해야 한다 했고, 전두환은 유신체제 그대로 유지하려 힘으로 전두환을 동해안 지구 경비 사령관으로 전보 발령한 것을 노재현 국방장관과 협의를 했습니다.

정보·보안·수사의 막강한 직책을 가진 전두환은 자기를 동해안 지구로 전보 발령한다는 정보를 입수하는데 식은 밥 먹기였습니다. 정승화 계엄사령관은 자기의 일상 행동을 하나부터 열까지 감시하고 있다는 것을 모르고 있었다고 한다면 군 장성으로 너무나 어리석은 인물에 불과합니다.

전두환 합동수사 본부장은 가만히 당하고 있을 인물이 아님니다. 나라도 이런 일이 생기면 가만히 있을 리가 없습니다. 한 바탕 붙어나 보고 죽자는 생각이 폭발할 것입니다.

  1979년 12월 12일 오후 6시경에 비상사태임에도 불구하고 전두환 합동수사 본부장을 비롯하여「생일 잔치」란 암호명에 따라 수도권지역 부대 대령들이 경복궁 내 수경사 30 경비단 장실(장세동, 육사 16기)에 집결했습니다.
  정승화 총장 연행 책임자 보안사 인사처장 허삼수 대령과 육군 범죄 수사단장 겸 합수부 수사 2국장 우경윤 대령이 선발되었습니다. 경복궁 수경사에 모인 후 1시간 후인 밤 7시경 연행 책임자들은 한남동 총장 공관에서 정 총장은 총격전 끝에 연행하는 데 성공했습니다. 정 총장은 서빙고 보안사 분실에 감금해 버렸습니다. 죄목은 김재규로부터 돈을 받았고, 박 대통 시해 근처 장소 참석, 김재규 사건 축소 지시 등이었습니다.

  전두환을 중심으로 한 하나회라는 군사 조직으로 기반으로 1979년 12월 12일 8시부터 12월 13일 새벽까지 10시간도 안되어 군의 정식 계통을 완전히 장악해 버렸습니다. 신군부라 불렀습니다.
  신군부는 집권을 정당화 하기 위해서「K-공작계획」을 세웠습니다. 그리고 언론 공작반을 만들어「호도된 민주화 여론을 언론계를 통해 안정세로 전환한다」는 방침이었습니다. 구체적으로 ①보도 검열단을 통한 봉사활동 ②언론계 중진 94명을 접촉, 회유 공작을 실시하여 전두환 중심의 신군부만이「혼란의 확대 재생산」을 막을 강력한 세력임을 주입시키기 위해서 였습니다.

신군부의 활약상을 지켜본 전국의 대학생들은 1980년 봄에 학생회 부활 운동에서 시작하여 학원 민주화 투쟁을 거쳐 계엄 해제와 유신잔당 퇴진을 향해 정치 투쟁으로 변해 버렸습니다.
신학기를 맞아 각각 학교에서는 총학생회장 선거가 민주화 투쟁을 준비하는 열풍이 일어나기 시작하며 1980년 3월 서울대 총학생회장 선거로 시작, 4월 초까지 각 대학들이 끝내는 상태였습니다.

4월 중순에 접어들면서 병영집체훈련 거부 투쟁이 본격적으로 떠오르자 신군부는 안보의식이 부족하다는 말로 시위를 하지 말 것을 권장했으나 대학가는 따라주지 않아 각 대학별로 교내시위를 멈추지 아니했습니다.
그런데 학생들이 전두환 소장이 보안사령관, 합수부 수사단장을 겸하여 지나친 직책을 이용해 정권 야욕이 있다는 전제로 전두환을 보고 있는 차에 중앙정보부장 서리로 임명되었다는 소식에 놀란 서울대 학생들이 5월 2일을 기해 입영 훈련 거부 투쟁과 계엄 해제, 유신잔당 퇴진, 정부 개헌안 중단, 노동3권 보장 등 외치며 정치 투쟁을 하기로 결정했습니다.

5월 10일 전국 23개 대학 대표들이 고려대 총학생회장실에 모여 비상계엄 즉각 해제와 전두환, 신현확 등 유신잔당 퇴진을 결의하고 성명서를 발표했습니다.

학생들은 쿠데타의 명분을 신군부에 명분을 제공하지 않기 위해서 평화적인 교내시위만 하기로 결정했습니다. 드디어 강경파 학생들이 약속을 깨 5월 12일 광화문 일대 시위로 전면적인 민주화 투쟁을 위한 가두시위가 불을 붙였습니다.

학생들은 학생들 나름대로 정치 투쟁에 가속화 나가는데 정부의 개헌주도권(이원집정부제)을 둘러싼 관료 집단의 대결국면에서 협력했던 세 김 씨들의 개헌을 전제로 대권 경쟁을 시작했습니다. 1980년 2월 28일 김대중 전 총재가 복권이 되어 김대중·김영삼의 경쟁이 음지에서 시작되었습니다.

두 김 씨는 학생운동과 노동운동이 구실을 제공하지 않는다면 신군부가 정치에 개입할 수 없을 것으로 계속해서 인내와 자제만을 요청하고 있었습니다. 그러나 학생들의 교내정치 투쟁이 가열되면서 5월 15일 총궐기한다는 소문이 돌았습니다.

양 김 씨는 기자회견을 했습니다. 계엄령 해제, 임시국회 소집, 정부 개헌 작업 중지 등을 발표했습니다. 국회 임시 소집에 가장 중대한 문제는 「전두환 중앙정보부장 겸직 임명」에 대한 것이었습니다. 양 김이 임시국회 소집에 전두환은 자신에 대한 공격을 할 것이 뻔할 것이 분명하다고 마음 속에 깊이 새겨두었을 것입니다.

 정치권과 학생들의 방향을 수집한 신군부는 전국적인 시위에 대하여 미리 훈련 시킨 「충정부대(주로 공수부대)」를 중요 도시에 투입할 점검을 마쳤습니다. 이미 일부 병력은 점령 목표를 향해 이동을 하기도 했습니다.

 1980년 5월 14일 새벽 4시 고려대 총학생회장실에서 서울지역 27개 학생회 대표 40여 모여 오전부터 가두시위를 하기로 결의했습니다. 정오를 기해 서울 대학생 7만여 명이 광화문을 향해 시위를 했습니다. 「비상계엄 해제하라. 전두환 물러가라. 유신잔당 타도하자. 언론자유 보장하라. 정부 개헌 중단하라. 노동3권 보장하라.」 외치며 광화문에 집결했습니다.

서울역 회군

 날이 바뀌어 5월 15일 서울역에 10만여 명이 모였습니다. 대구·광주·부산·인천·목포·청주·춘천·천안 등 대학 있는 모든 도시가 학생들의 시위의 불길을 막을 수가 없었습니다.

 서울역 광장에 모인 학생들은 역 광장 중심으로 연좌하여 신군부와 최규하 정부에 대한 대규모 성토대회를 했습니다. 이 소식을 들은 정치권은 신민당이 「비상계엄 해제 촉구 결의안」을 국회에 제출했고, 김종필 공화당 총재는 「어떤 경우에도 물리적 방법에 의한 사태 해결은 반대한다.」 입장을 내놓았습니다.

 시민들의 적극적인 호응이 없고, 심야에 군과 충돌하는 게 좋지 않다는 것으로 판단했습니다. 군대가 투입할 가능성이 있다는 정보를 입수한 학생 대표들은 「서울역 회군」을 결정했습니다.

서울역 회군이 결정되어 서울 대학들은 조용한 분위기가 조성되었으나 16일 조선대, 전남대 학생들은 도청 앞 광장에 쏟아져 나와 시위를 했고, 밤늦게까지 촛불시위를 이어 갔습니다.

광주민중항쟁

5·18까지 전남, 광주 대학들의 발자취를 살펴본다면, 전남대와 조선대 등 광주·전남 대학생들도 서울 등 전국의 학생운동에 영향을 받지 않을 수 없었습니다. 10·26과 12·12 사태를 거치면서 반민주 세력 청산을 위한 운동을 시작했습니다. 「학원 자율화 추진 위원회」를 설립하여 관제 기구인 학도호국단을 깔아뭉개고 맥을 추지 못하게 만들어 갔습니다.

전국적인 학생운동의 영향을 받은 전남대, 조선대 학생들은 신군부의 정권 찬탈에 소문을 듣고, 이를 대응하기 위하여 5월 초를 분기점으로 잡고 학내 민주화 투쟁에서 민주화에 의한 정치 투쟁으로 발전해 나갔습니다. 그리하여 비상 학생총회는 5월 8일부터 14일까지 「민족 민주화 성회」 기간으로 정했습니다.

5월 8일 첫날 민족 민주화 성회에서는 전남대 총학생회와 조선대 민주 투쟁 위원회 공동명의로 5월 14일까지 비상계엄 해제와 만약 대학 휴교령을 내린다면 온몸으로 거부할 것이라고 성명서를 발표하고, 학생들이 가두시위에 나서자는 요구사

항으로 오후에 경찰의 저지를 뚫고 교문을 박차고 전남대생 7천여 명이 도청 앞 광장에 시위를 했습니다.

　학생들은 도청 앞 시위에서 만약 휴교령과 휴업령이 내린다면 도청 앞 광장에 모여 시위를 하기로 결정을 했습니다. 다음 날 15일에도 계속되었습니다. 서울역 광장에 10만여 명의 학생들이 밤늦게까지 시위를 하다 서울역 회군 결정의 날이기도 합니다.

　위기를 맞이한 신군부 선택이 5·17 조치였습니다. 15일 서울역 광장에서 10만여 명이 시위를 하는 동안 전남대생과 조선대 광주교대 1만여 명, 전남대 교수, 청년, 시민 등 수천 명이 도청 앞 광장에 집결을 하였고, 5월 16일에도 광주지역 모든 대학 학생들과 일부 고등학생, 일반 시민 등 5만여 명이 집결하여 「민족 민주화 성회」를 열렸습니다. 밤이 되자 촛불시위로 14일부터 시작해서 16일까지 3일 동안 민주화 성회를 광주 곳곳 도로를 누비며 촛불시위로 끝이 났습니다.

　나의 생각입니다만, 서울역 회군 결정 이후 서울 등 타지역은 시위 없이 조용하기만 했으나 광주에서는 서울역 회군 결정을 무시하고 강렬한 시위를 강하게 나가고 있으니 신군부에서는 밀리면 안 된다는 결정으로 첫 번째로 광주를 지목한 것으로 볼 수밖에 없었습니다. 전국에서 광주가 가장 위험한 것으로 알아차린 신군부는 그냥 지나칠 수 없는 입장이었습니다. 광주만 조용하다면 신군부 진행에 차질이 생기지 않는다는 결정이 확고해 버렸습니다.

내 생각인데, 정보를 통해서 광주는 김대중 씨가 조정을 하고 있다는 것도 부인을 하지 못할 상황이었습니다. 진실이건 거짓이건 김대중을 전라도에 신처럼 받들고 있으니까요. 정치적인 김대중의 뿌리를 뽑는데 절호의 기회라는 신군부의 작전일 가능성도 있을 수 있다고 보여집니다. 김대중만 때려잡으면 우리 길에 큰 장애물이 없어지니. 서울역 시위에 감동한 김대중은 5월 16일 제2차 민주화 촉진 국민 선언문을 발표했습니다.

「5월 22일을 기하여 군인·경찰을 포함한 전국에 모든 국민은 검은 리본을 달고 전국적으로 봉기하여 정부를 전복할 것이다.」라는 최후통첩이었던 것입니다.

5월 14일부터 5월 16일 3일간의 광주 도청 앞 광장시위가 신군부의 목적 달성에 빌미를 주는 가장 정확한 답이 아닌가 생각합니다. 나의 개인적인 생각이지만 말입니다.

신군부는 계획대로 8월 17일 12시에 제주도를 제외한 전국 비상계엄령을 선포했습니다. 계엄령 선포 전후를 통해 군사 기습작전처럼 김대중을 비롯하여 거물급 정치인 26명을 연행했고, 전국적으로 민주인사 수백 명이 강제 연행을 했습니다. 17일에는 광주 시내 대학생들은 가두시위를 중단하고 있었기에 조용한 분위기였습니다. 계엄령이 선포되기에 앞서 신군부는 광주 시내 모든 대학을 계엄군이 점령하고 있었습니다.

계엄 확대와 더불어 발표된「계엄 포고 10호」는

1. 모든 정치활동 중지.
2. 대학 휴교.
3. 옥내의 집회·시위 및 전·현직 국가원수 비방 금지.
4. 직장이탈 파업 불허.
5. 언론 사전검열.

(1)

광주학생과 시민은 물론, 전국 대학생들은 계엄 해제를 줄곧 요구해 왔으나 무산되고 오히려 전국으로 확대해 버리므로 온몸에 불이 타고 말았습니다.

광주대 학생들은 5월 8일에 민족 민주화 성회에서 전남대와 조선대가 계엄 해제, 휴교령이 내려진다면 온몸으로 거부하겠다는 성명서에 신군부는 정반대로 계엄 확대, 휴교령을 내렸으니 광주 시내 대학생들의 약속대로 온몸을 바치기로 각자 각자가 결단을 내렸습니다.

5·18 민주화운동이 광주 땅에서만 일어났습니다. 1980년 5월 18일 광주·전남의 시민과 주민과 학생들이 신군부의 공수부대와 역사 내 남아야 할 6·25 전쟁 이후 한바탕 싸움이 시작되었습니다.

어느 누구인가가 5·18을 이렇게 말하기도 했습니다.

전두환과 김대중 싸움이요, 반민주주의와 민주주의 싸움이요, 광주·전남 시민과 공수부대 싸움이요, 군사 정부와 시민 정부의 싸움이라고 하는 말도 잘못된 말이 아닌 것 같습니다.

광주 5·18 민주화운동이 최초로 시작을 알렸습니다. 기록에 의하면 신군부의 중요한 공격 목표 1호는 광주에 제7공수여단 33대대와 35대대가 전남대, 조선대에 각각 배치되어 있었습니다.

5·18 날이 밝았습니다. 계엄군은 전남대 정문에서 학생들의 출입을 막고 있었습니다. 대학생들이 도서관에 공부하려 나왔다가 계엄군에 저지를 당한 학생들과 휴교령이 내리면 다음 날 10시에 교문 앞에 모이자고 약속했던 학생들이 혹시나 하고 나온 학생들이 함께 어우러져 계엄군과 실랑이를 벌이게 되었습니다. 계엄군은 휴교령을 내린 사실을 알리면서 학생들에게 돌아갈 것을 권했습니다.

학생들은 돌아가지 않았습니다. 10시가 지났습니다. 100여 명의 학생들이 정문 앞 다리에서 농성을 하기 시작합니다. 300명으로 자꾸 늘어만 갔습니다. 학생들은 국가에 명령받고 온 시위 진압 계엄군에 저항을 했습니다. 과격 학생이 돌을 던져 계엄군이 부상 입고 피를 흘리자 계엄군은 학생들을 향해 돌진했습니다. (학생들이 가방에 돌을 담아왔다는 기록도 있다.)

쫓기는 학생들은 서로 연락을 하여 광주역 광장에 집결한 후 대오를 갖춘 후 400여 명이 「비상계엄 해제하라. 김대중 석방하라. 휴교령을 철회하라. 전두환 물러가라. 계엄군 물러가라.」 구호를 외치며 도청 앞 광장을 향해 시외버스터미널을 지나 가톨릭센터 앞까지 도착했습니다.

「공수부대는 모두 술에 취한 경상도군이다. 전라도 사람 씨를 말리려 왔다. 경상도 군인들이 대검으로 여인의 가슴을 도려내고 머리 껍질을 벗겨 매달아 놓았다. 경상도 군인들이 여학생을 겁탈하고 유방을 도려냈다. 임산부를 군홧발로 밟아 태아가 튀어나왔다.」

광주와 100리 떨어진 함평에 살고 있는 나도 22일 장날 읍내로 나가 이 유언비어를 들었습니다. 말로만 아니었습니다. 경상도 사람만 보면 구타하고, 경상도 차량을 보면 불태우고, 경상도 사람이 운영하는 상점도 불태워 버렸다는 소문까지 들었습니다.

경상도 사람으로 「화려한 휴가」란 암호명으로 저라도 사람을 죽이겠다는 말에 나 자신도 분개하고 전라도 사람 모두가 분개하지 않으면 사람이 아닙니다. 경상도 군인에 대한 적개심이 목구멍까지 넘어왔습니다. 그래서 시민들이 적개심을 품고 시내로 뛰쳐나오게 되었습니다.

나중에 알았지만 5·18측은 계엄군이 학생들을 공격했다고 하지만, 학생들이 먼저 계엄군에게 돌을 던져 공격했다는 것으로 밝혀졌고, 광주에 투입된 7여단 공수부대 주둔지는 전북 금마였고, 여단 병력은 40%가 전라도 출신으로 밝혀졌습니다. 여인의 가슴을 도려냈다는 것도 거짓말이었습니다. 유언비어의 끔찍한 만행은 시민을 자극하는 심리전이 되어버렸습니다. 유언비어에 자극된 시민들이 거리로 나왔습니다. 사회에 불만이 많은 소외 계층인 구두닦이, 넝마주이 등이 시위에 합세하여 시위군중은 도청 광장 등 거리에는 시위대의 분풀이를 마음껏 누릴 수 있는 세상이 되었습니다. 파출소들이 불타고 경찰들이 두들겨 맞고, 인질로 잡히고 시위대를 저지하는 경찰력은 맥도 못 추고 두 시간도 안 돼 (전대 정문에서 대학들이 출발한 이후) 속절없이 무너지고 말았습니다. 다급해진 전남 경찰과 전남 도지사는 계엄군의 투입을 요청했습니다.

오후부터는 공수부대가 광주 시내 전역에 나타났습니다. 유동3거리, 금남로 등 시내 중심부에만 국한되지 않았습니다. 공수부대는 학생들을 도와주는 시민과 청년들까지 뒤쫓아 곳곳을 시위대와 충돌하면서 마구잡이로 구타를 했습니다. 오후 5시경 600여 명이 전남 도청 앞 노동청 앞에서 시위를 벌였으나 공수부대의 돌진에 시위대는 해산을 하고 말았습니다.

저녁 7시경 계엄사령부는 광주지방 통행금지 시간을 밤 9시로 앞당긴다고 발표를 했습니다.

(2)
5월 19일 새벽 3시경 11여단 공수부대가 광주역에 도착했고, 일부는 오후 6시경 조선대학교에 도착했습니다. 시위대가 만만치 않다고 판단하였기 때문입니다. 특히 광주를 제외하고는 계엄철폐하라 등 구호를 외치며 시위를 하는 곳은 광주뿐이었습니다. 광주 시위대가 공수부대를 두렵게 생각을 하지 않는다는 것을 알아차린 것입니다. 기록에 보면은 정호영 사령관은 7공수여단의 2개 대대가 소요진압작전을 못 하고 고전을 치루는 상황이라 11공수여단을 증파한 것이라 합니다.

5월 19일은 말 그대로 금남로의 공포의 날이었습니다. 시내 상가는 문을 닫았고, 금남로 일대는 차량 통행금지 되었습니다. 학생들은 별로 보이지 않았습니다. 시민들 3,000여 명이 집결했습니다. 경찰과 계엄군은 최루탄을 쏘아 해산에 나섰습니다. 시위대는 도망가지 않았습니다.

갑자기 군용 트럭 30대에 분승한 공수부대가 도청 앞과 금남로 사거리에 나타나 시위대를 압박했습니다. 새로 투입된 11공수여단으로 밝혀졌습니다. 남녀노소 할 것 없고, 공부하는 어린 학생들까지 진압 대상이 되었고, 옷을 벗기고 끌고 가며 구타하고 차로 신고가는 「화려한 휴가」를 즐기는 무자비한 진압이었습니다.

시내 병원에는 치료할 병상이 없어 부상자를 치료하는데 애를 먹고 있었습니다.

19일 시위를 마치고 공수부대의 만행에 분노하여 내일을 기대했답니다.

(3)

20일, 고등학교에 휴교령이 내려졌습니다. 어젯밤 비가 오기 시작했으나 오늘 오전에 그쳤습니다. 시민들은 시내 금남로를 향해 모이기 시작했습니다. 시내 곳곳 거리에는 공수부대 병사들이 지키고 있었습니다. 오전에는 별다른 충돌이 없었습니다.

오후 들어 10만 시위대가 금남로를 가득 채웠습니다. 경찰과 공수부대의 최루탄이 터졌습니다. 시위대 물러섰다가 다시 뭉쳤습니다. 공수부대의 무자비한 진압에 시민들은 물러나지 않고 대항했습니다. 시위대도 결사적이었습니다. 물러서지 않았습니다. 도청 앞 모든 도로에 시위대는 밀물처럼 밀어닥쳤습니다. 금남로 일대는 전쟁터였습니다.

오후 7시경이 되자 무등경기장에서 출발한 200여 대의 자동차가 일제히 헤드라이트를 켠 채 금남로에 도착했습니다. 저녁 도청 앞 금남로는 시위대와 공수부대의 공방전으로 지옥이 되어버렸습니다. 시위대가 공수부대 저지선을 금남로 1가 전일빌딩 앞까지 후퇴시켰습니다. 밤 9시경, 1980년 5월 20일 화요일 밤 9시경에 시위대 버스가 경찰 저지선으로 돌진하여 휴식을 취하고 있던 경찰관 4명을 사망케 했습니다. 내가 살고 있는 함평경찰서에 근무하는 경찰관들이었다.

공수부대가 시위대에게 포위된 분위기가 되었습니다. 밤이 길어갈수록 쌍방이 공방전을 벌였습니다.

MBC, KBS가 불타고 있었습니다.

밤 11시경에 광주역에서 최초의 발포로 총성이 울렸습니다. 시위대가 공수부대를 향해 차량으로 돌진하자 공수부대가 발포를 했습니다. 앞장선 시위대 한 사람이 쓰러졌습니다. 비슷한 시기에 광주 세무서와 조선대 부근에서 총성이 울렸습니다. (이 말은 5·18측의 말입니다. 군인이 먼저 시위대를 죽였다는 것을 의미함.)

　공수부대는 광주 시내의 항쟁이 외부로 확대되지 않기 위하여 시외로 통하는 교통과 통신을 차단해 광주를 고립시켰습니다.

(4)

　21일 새벽 1시경 시위대가 세무서로 몰려가 건물을 부수고 불을 질렀습니다. 순식간에 파출소를 파괴한 시위대는 과격한 행동을 했습니다. 광주역에 사망한 시위대 시신을 태극기로 덮고 도청 앞 광장으로 왔습니다. 시위대는 격분했습니다. 시위대의 식사를 아주머니들이 주먹밥으로 제공했습니다. 각종 음료수, 빵 등을 시위대에 전달을 하기도 했습니다. 오전 10시경에 금남로 도청 앞 광장에 10만여 시위대가 집결했습니다. 쇠파이프나 몽둥이로 무장한 시위대도 있었습니다. 12시경 아세아자동차 공장에서 몰고 온 장갑차 1대가 도청 광장으로 긴급 진출하기도 했습니다.
　이 무렵 계엄사령관 이희성 장군이 처음으로 「담화문」을 발표했습니다. 광주사태를 불순분자 및 간첩들의 파괴·방화 선동에 기인한 것이라고 했고, 계엄군의 자위권을 강조했습니다.

　오후 1시경 도청 옥상에서 애국가가 울려 퍼졌습니다. 총성이 요란했습니다. 전일빌딩, 도청, 상무관, 수협 건물 옥상에서 공수부대원 둘이 시위군중을 향해 10분간 집단 발포를 했습니다. 금남로는 피바다가 되었습니다. 죽어가는 애절한 고통 소리와 부상자들 신음과 고통 소리가 금남로 일대를 슬프게 만들었습니다. 시위대는 분노에 치를 떨었습니다. 한편, 수사 기록에 의하면 도청 앞 발포는 9번째 발생한 자위용 발포요, 시위군중이 탑승한 장갑차, 대형트럭 수십 대가 10만 군중 앞으로 나오더니 한 대의 장갑차가 도청역을 지키고 있던 11여단 공수부대 1명을 깔아 죽이고 1명을 부상케 하여 동료의 죽음에 분노하여 돌진 차량을 향해 위협사격을 한, 이것을 도청 앞 발포라고 했습니다.

 시민군, 시위대가 무장을 했습니다. 기록에 의하면 1980년 5월 21일 오후 2시 30분경 나주경찰서, 삼포지서, 영광파출소, 금성파출소, 수완파출소, 예비군 무기 피탈로 무장하여 시민군이란 이름을 갖게 되었습니다.
 무장한 시민군은 광주공원에 있는 시민회관에 본부로 정하고 10여 명씩 조를 만들어 각 지역에 배치하고 지시에 따랐습니다. 도청을 중심으로 전남대, 노동청 공원, 금남로 일대에서 공수부대와 교전을 했습니다. 많은 사상자가 발생했습니다. 시내 모든 병원들은 총상자의 환자로 만원이었습니다. 의사와 간호사들은 정신없이 바빴습니다.

 시민군이 도청을 끊임없이 압박하자 오후 5시경 공수부대는 도청에서 조선대학교로 퇴각을 했습니다. 시민군은 교도소를 제외하고 광주 시내를 완전히 장악을 했습니다. 이날부터 목포를 비롯하여 전남 전지역에 무장한 시민군이 광주사태를 알리며 함께 싸우자는 독촉과 참여를 외치고 다녔습니다. 무장 시위대는 차량을 타고 전남 지역으로 활동을 넓혔습니다. 내가 살던 함평에서 해 질 무렵 무장 시위대가 함평읍 시가를 돌며 광주 5·18을 알리고 다녔습니다.

교도소라고 한마디 해야 할까 봅니다.
5·18 당시 21일 밤, 시민군은 복면을 쓰고 6회에 걸쳐 교도소를 공격을 했다는 것입니다. 이 교도소에는 총 2,700여 명이 복역하고 있는데 그중 170명이 간첩 또는 좌익수가 수감 되어 있습니다. 치열한 총격전으로 시민군 28명이 사망했다는 기록입니다. 말이 많습니다. 민주화운동이라면 간첩이 수감 된 교도소를 습격하려고 했을까요. 5·18 다른 쪽에서 고정간첩, 북한개입설을 밑천으로 삼고 있습니다.
시민군 세상이 되었습니다. 21일 밤 8시를 기해 공수부대가 모두 광주 시내에서 철수해 버렸습니다.

(5)
5월 22일. 시민들의 항쟁 5일째 되는 날입니다. 어젯밤 계엄군이 광주 시내에서 철수를 해버렸습니다. 아침부터 시내는 시민들로 하여금 승리감을 기쁘게 누리고 있었고, 한편으로 시민군은 계엄군의 반격에 대비하고 있었습니다.
도청을 접수한 시민군은 도청을 본부로 정하고, 1층 서무과를 상황실로 사용했습니다. 금남로와 도청 주변에 모여든 수많은 시민들이 도청 앞으로 모였습니다. 낮 12시경 신부, 변호사,

교수, 정치인 20여 명이 「5·18 수습대책 위원회」를 결성했고 학생들은 학생대로 「학생 수습 대책 위원회」를 구성하여 두 단체는 계엄사령부(상무대) 7개안 수습안을 전달했습니다.

오후 3시경 서울 대학생 500여 명이 광주에 왔고, 4시경에 시체 18구를 도청 광장에 안치한 채 시민대회를 개최했으며, 6시경에 23구 시체가 도청 광장에 도착하여 시민들은 슬픔을 참지 못했습니다. 눈물바다가 되었습니다.

학생과 일반 두 수습 위원회는 처음 한결같이 행동을 했으나 계엄사에서 수습안을 받아들이지 않고 먼저 무장해제를 요구하므로 강경·온건파로 대립하기 시작했습니다. 강경파가 주도권을 장악해 버렸습니다.

계엄군은 광주 시내에서 철수했으나 광주 외곽을 완전 포기하고 출입을 막고 있었으며 저항하는 주민은 사살하기까지 했습니다. 나도 내 동생을 찾아보려고 했으나 헛수고였고, 어머니가 마을 사람과 함께 충청도 공주로 2박 3일 여행을 가 18일에 돌아오는 날이었으나 22일이 되어도 오지 않아 소식을 듣고 상황을 알아보려고 광주를 가려고 했으나 모든 길이 차단되어있다는 것입니다. 광주에 들어가려고 한다면 계엄군에 총맞아 죽는다고 해서 나와 온 식구들은 벌벌 떨고만 있었습니다.

(6)
5월 23일은 시민군이 장악한 지 이틀째 날입니다. 오전에 도청 앞 광장 5만여 시민이 모였습니다. 상무관에 시체를 담은

관을 가지런히 모시고, 관이 부족한 시신은 무명천으로 덮어놓고, 입구에 향을 피우고 줄을 지어 분향을 했습니다.

오후 1시경 주남마을 앞서 공수부대가 소형버스에 총격을 가해 17명을 사망케 했고, 1명은 생존했고, 부상자 2명은 주남마을 뒷산으로 끌고 살해하여 매장해 버렸습니다.

(7)
5월 24일. 주도권을 잡은 강경파들은 오후 1시경에 다음과 같은 요구사항을 결의했습니다.

1. 금번 사태를 일부 불순분자들과 폭도들의 난동으로 보도하고 있는데, 현재 광주항쟁은 전 시민의 의지였으므로 폭도를 규정한 점을 해명·사과하라.
2. 이번 사태로 사망한 사람들의 장례식은 시민장으로 하라.
3. 5·18 사태로 구속된 학생·시민 전원을 석방하라.
4. 금번 사태로 인한 피해보상을 전 시민이 납득할 수 있는 범위 내에서 시행하라.

이 무렵, 원재마을에서 수영하던 소년들에게 사격해 중학교 1학년생 방광 군이 머리에 총탄을 맞고 죽었고, 이후 1시간이 지나 송암동에서 퇴각하는 공수부대와 잠복하고 있던 전교사 부대의 총격전이 있었습니다.

(8)
5월 25일. 날이 밝았습니다. 수습위원회 온건파들은 다들 돌아가고 강경파들 남았습니다. 11시경 김수환 추기경 메시지와 구호 대책이 1천만 원이 전달되었습니다. 오후 3시경 제3차 「민주 수호 범시민 궐기대회」를 열었습니다. 저녁 10시 최후까지 투쟁하기를 결의한 항쟁지도부가 탄생했습니다. 새로운 지도부는 무기 반납을 중단하고 투쟁의 조직적 지도를 위하여, 도청 내부의 행정 체제를 잡고 민중 생활의 정상화를 도모했습니다. 계엄군이 총공격해 오면 다이너마이트(5월 212일 지원동 탄약고에서 TNT 8톤 트럭 분량 탈취함)를 폭파하겠다는 위협적인 협상 조건도 계획을 했습니다. (뇌관이 제거된 지 몰랐음. 계엄군이 앞서 뇌관을 제거했음.)

(9)
5월 26일 새벽 5시.
농성동에서 계엄군이 탱크를 앞세우고 시내로 진입한다는 정보가 시민군 상황실에 전해졌습니다. 수습 위원들 중 몇 사람이 농성동으로 달려가 도로에 누웠으나 탱크는 시민군이 설치한 바리케이트를 깔아뭉개고 한국전력 앞길에서 진을 쳤습니다.
10시에 제4차 민주 수호 범시민 궐기대회를 개최했습니다. 광주 외곽을 봉쇄하고 있었던 20사단도 3시 30분까지 전 병력이 공격개시선으로 이동하여 포위망을 좁혔습니다.
계엄군이 진입한다는 보고를 받은 상황실에서 새벽 3시가 되기 전에 시민들에 알리려고 박영순, 이경희가 홍보차량에 올라 목이 터져라 외쳤지만, 시민들은 거리로 나오지 아니했습니다.
방송 내용은 다음과 같습니다.

「시민 여러분. 지금 계엄군이 쳐들어오고 있습니다. 사랑하는 우리 형제자매들이 계엄군의 총칼에 숨져가고 있습니다. 우리 모두 계엄군과 끝까지 싸웁시다. 우리는 광주를 사수할 것입니다. 우리는 최후까지 싸울 것입니다. 우리를 잊지 말아 주십시오…….」

애절하고 가냘픈 목소리는 새벽잠에 깊이 잠든 시민들을 깨우지 못한 채, 새벽 밤하늘에 날려버린 듯한 가두방송이 되고 말았습니다.

계엄군은 작전 1시간 30분만에 시민군의 항쟁을 완전히 진압하고 20사단에게 도청을 넘긴 후 광주를 떠났습니다. 열흘간의 광주·전남 시민의 무장투쟁이 끔찍한 피를 흘리며 막을 내렸습니다.

사망자 165명, 군인 24명, 경찰 4명, 부상 후유증 사망자 376명, 행방불명 76명, 부상자 139명

전두환은 대장으로 진급한 후 11대 대통령이 되었습니다. 김대중은 감옥살이를 하고 있을 뿐입니다.

5·17이 삼킨 서울의 봄

박정희 대통령이 서거한 뒤, 법정 계승자 최규하 국무총리가 바로 이튿날인 1980년 10월 27일 대통령 권한대행 자리에 앉았습니다. 대통령 권한대행은 박정희 대통령 피살 사건을 조속히 수사하라고 지시를 하였습니다. 제주도를 제외한 비상계엄을 선포하였습니다.

계엄사령관에 육군 대장 정승화 육군 참모장을 임명했고, 합동수사본부장에 육군 소장 전두환 보안사령관을 임명했습니다.

돌이켜 보면 최규하 대통령 권한대행이 전두환 보안사령관을 합동수사본부장으로 임명한 것은 결국 전두환에게 목덜미를 잡힌 채, 대통령 중 제일 임기가 짧은 8개월 대통령이 되었다는 게 전두환의 작품에 의해서 이루어졌습니다. 바지사장이란 말까지 들어야 하는 꼴이 된 것도 전두환은 보안사령관과 합동수사본부장을 겸하게 만들어 준 것이 최규하 대통령에게는 큰 실수라고 입을 놀리는 사람들이 많이 있었습니다. 그리고 최규하 대통령이 한 사람에게 권력기관을 겸직시킬 것이 아니라 따로따로 직책을 맡겨주었다면 최규하 대통령이 8개월짜리는 안 되었을 것이 아니냐 하는 사람도 있었습니다.

최규하 대통령이 선출된 지 이틀인 12월 8일 민주화 개헌 요구, 학생 집회, 시위를 철저히 금지한 긴급조치 제9호를 해제했습니다. 서울의 봄이 싹트는 신호가 되기 시작했습니다. 학생들과 정치권은 기쁨이 몸으로 느낄 정도가 되었습니다. 유신체제가 끝나는가 하고 기대감에 희망이 싹트게 되어버린 것 같았습니다.

이게 웬일일까. 최규하 대통령 권한대행이 대통령이 선출된 지 6일 만에 12월 12일 밤 전두환 합동수사본부가 박정희 대통령을 시해한 중앙정보부장 김재규와 관련성이 있다고 계엄사령관 정승화 육군참모총장을 전격적으로 체포하여 감옥에 처넣어버렸습니다. 이를 두고 뒷날 김영삼 정부 때 12·12 군사반란, 또 12·12 쿠데타로 불렸고 대법원에서 군사반란으로 판결 냈습니다.

　대통령의 허락도 받지 않고 육군 대장 계엄사령관을 체포해 간 전두환 합동수사본부장을 임명한 최규하 대통령으로서는 착잡한 심정으로 앞날이 순탄하지 못할 것이라는 예감이 들었을 것입니다. 아무리 마음씨가 넓다 해도 대통령 결재도 받지 않고 상급자 계엄사령관을 하급자 합동수사반장이 전격적으로 체포한 중대한 사건인데도 말입니다. 전두환을 위시한 전두환의 동료, 동기 및 부하들은 하나같이 합동수사본부장에 충성하는 분위기였습니다.

　최규하 대통령은 대통령에 선출되었으나 취임하지 않는 상태에서 쓰디쓴 12·12를 겪은 후, 대통령으로 선출된 지 21일 만인 1979년 12월 21일 제10대 최규하 대통령이 취임을 하였습니다.
　최규하 대통령의 임기는 유신헌법 상 박정희 대통령의 잔여 임기인 1984년 12월 6일까지입니다. 대망의 대통령의 꿈을 꾸는 정치권의 거물들은 최규하 대통령의 임기에 대하여 불만을 토해 내기 시작했습니다. 최규하 대통령이 박 대통령 잔여임기까지 대통령을 해서는 자기들이 기회를 놓친다는 꿍꿍이 속셈이었습니다.

　헌법을 개정하여 새로운 선거를 통해 대통령을 선출해야 한다는 목소리가 여기저기서 터져 나왔습니다. 정치권의 목소리에 신경 쓰든 안 쓰든 간에 최규하 대통령은 취임 후 정치 일정을 발표했습니다. 1년 이내에 직선제로 대통령을 선출하고 1981년에 정권을 이양하겠다 담화문을 발표하였습니다.

1979년 한 해 중 연말에 가까워지는 10월 말경 현직 대통령이 살해되고, 12·12 군사반란으로 신군부가 탄생하면서 훌륭한 군인들이 감옥에 가고 피를 흘린 비극적인 현실을 몸으로 경험한 어지러운 시국에 대통령 권한대행에서 대통령까지 오르게 된 최 대통령의 발자취는 험악한 세상이 아닌가 생각합니다.

1980년 새해를 맞이했습니다. 내 생각입니다만 1980년 새해에는 신군부가 12·12 작전 성공으로 대망의 꿈을 이루려고 무서운 집권 계획을 세워 차근차근 음지에서 극비에 진행하고 있었습니다.

최규하 대통령도 전두환 보안사령관에게 합동수사본부장까지 겸하도록 임명한 것을 후회하지 않았을까요. 대권 꿈도 생각해보지 못한 전두환에게 시국 수습을 하라고 합동수사본부장에 대권의 야망이 생기도록 큰 칼을 쥐여 주었으니 말입니다. 12·12 사건이 대권을 향한 시험대인데 성공을 해버렸습니다. 전두환에게 하나회란 우수한 군조직으로 머리가 좋은 군인들을 품고 있는 게 장점이었습니다.

최규하 대통령은 국민에게 발포한 개헌과 정권 이양을 차질

없이 진행하려고 1980년 2월 29일 김대중을 비롯한 시국사범 687명을 사면복권을 단행했습니다. 말 그대로「서울의 봄」을 최규하 대통령이 바람을 일으켰습니다.

자유롭게 활동을 하게 된 정치권과 김종필·김영삼·김대중은 물론이요, 재야인사 학생들까지 서울의 봄을 즐기기 시작했습니다.

「3김 탄생」

김대중은 김종필·김영삼과는 다르게 정당에 들어가지 않고 재야 시민단체와 학생들과 함께 해 나갔습니다.

이때「3김」이란 말이 시작되고 만들어졌습니다. 이날부터 3파전이 벌어졌습니다.

3월에 접어들었습니다. 전국의 대학교에서도 서울의 봄이 찾아왔습니다. 개학과 동 학생회장 선거 때를 맞이하게 되었습니다. 총학생회장 출마자들 학내문제에서 정치권으로 눈을 돌려 '계엄 해제 신군부 물러나라'는 강한 구호와 공약을 낸 학생을 총학생회장들 뽑았습니다.

4월 14일 전두환 합동수사본부장은 중앙정보부장 서리로 임명함으로 신군부 정권장악의 신호탄으로 알고 전두환에 대하여 강한 반발 의식이 높아만 갔습니다. 정권을 찬탈할 인물로 본 것입니다. 서울 시내 대학뿐 아니라 전국 대도시 대학들이 거리로 쏟아져「전두환 퇴진하라」「계엄철폐하라」는 구호를 외쳐댔습니다.

민주화가 이루어지지 않자 1980년 5월 14일, 15일 도심에서 대규모 시위를 했습니다. 5월 15일, 서울역에 저녁이 되자 군이 개입한다는 전달을 받고「서울 회군」이란 말을 만들어 내기도 했습니다.

국회에서는 민주공화당(김종필)과 신민당(김영삼)이 개헌 특위를 열어 유신체제를 끝낼 개헌논의에 박차를 가했습니다. 연내 정부도 국회와 개헌 일정을 합의했습니다. 드디어 5월 15일 서울역 학생 데모 10만 명이 요란할 때에 약속이나 하듯이 국회에서는 대통령 직선제 임기 4년과 한 번 더 하기로 중임제를 결정하고 5월 20일 임시국회를 열어 통과하기로 약속을 했습니다.

정치권은 계엄 해제하여 군부 개입을 막고 유신체제를 끝내고 대통령 직선제로 하여 민주화로 가는 세상을 만들고자 서울의 밤을 즐겼습니다.

군부를 완전히 장악한 전두환과 신군부는 학생 시위와 정치권의 시위를 예상하고 1980년 서울의 봄에 흠뻑 빠진 틈을 이용해 각 군에 훈련을 강하게 실시하고 있었으며, 유사시 대비하여 공수부대에게 시위 진압에 대하여 집중적인 훈련을 하고 있었습니다. 이를 두고「충정훈련」이라고 이름 붙였습니다. 뒷말로는 군사독재 시절 각종 시위나 민주화운동 진압을 위해서 군에서 실시한 진압훈련이라고도 했습니다.

전군에서는 충정훈련을 하고 있었고, 다른 한쪽에서는 집권 계획에 대하여 정국을 장악할 것을 연구하고 세밀한 계획을 세우고 있었습니다. 전두환과 신군부 세력들이 가장 믿고 보안이 잘 된 보안사령부에서는 전국 비상계엄 확대, 국회해산, 국가보위비상대책위원회(통치권을 확립하기 위하여 설치한 기관) 등을 착실하게 계획을 해놓고 있었습니다.

 1980년 5월 12일 1980년 시작과 함께 보안사령부에서는 집권 설계를 정신 문건으로 내놓아 실행할 것을 공론화했습니다. 며칠 지난 5월 17일 밤, 신군부가 비상계엄 전국 확대 조치를 국무회의에 상정하여 무장군인이 복도마다 배치된 중앙청에서 신현확 국무총리 주재하에 청와대 수석비서관, 장관들이 참석한 확대 국무회의를 열어 단 8분 만에 아무런 토론도 없이 의결을 해버렸습니다.
 김대중·김영삼·김종필의 3김은 하나같이 대권을 잡기 위하여 국회에서 계엄 해제하여 유신체제를 끝내고 민주화 나가는 길을 열어줄 것을 믿고 있다가 전두환 신군부의 칼에 의하여 서울의 봄을 망치고 말았습니다. 전두환의 집권 계획에 맞서는 국회가 20일 임시국회를 열도록 놔둘 수 없었던 것입니다.

 「5월의 봄」이란 소리 들어본 적이 있습니까. 5.17 전국 계엄 확대 조치를 바지사장이라고 비하한 최규하 대통령이 문화공보부 장관 이규헌을 시켜 5월 17일 24시를 기해 비상계엄을 전국으로 확산한다고 발표했습니다. 바로 전국 계엄 확대 발표가 5월의 봄을 알려주는 신호탄입니다.

최규하 대통령은 5.17 전국 계엄 확대 발표 후 특별선언을 했습니다. 「이 중대한 시기에 일부 정치인, 학생 및 근로자들의 무책임한 경거망동은 이 사회를 혼란과 무질서, 선동과 파괴가 난무하는 무법지대로 만들고 있어 우리 국가는 중대한 위기에 직면하고 있으며, 이러한 상태가 더 이상 계속된다면 우리 국가마저 흔들리게 할 우려가 없지 않아 단언을 내리지 않을 수 없게 된 것입니다.」

5월의 봄은 칼춤 추는데 신나도록 놀게 해주었습니다.
보안사령부는 5.17 전국 계엄 확대 발표 전 전군 보안부대 수사과장을 소집에 5.17 전국 계엄 확대 계획과 검거할 예비검속 인원 800여 명의 명단을 알려 주었습니다. 신군부를 방해하는 모든 대상은 5.17 전·후에서 5월의 봄 놀이에 어쩔 도리 없이 속속 당하지 않을 수 없었습니다. 학생이건 재야인사건 정치인들을 가리지 않고 검거·연행을 했습니다.

학생들의 시위는 주모자·주동자들은 미리서 연행하였기에 학생 시위를 할 수 없게 되었고, 100개 넘는 대학에 계엄군이 이미 장악을 하고 있었습니다. 5.17 당일 김대중은 사회 혼란 및 학생, 노조 배후조정 혐의로 20여 명과 함께 연행되었고, 김영삼은 자택 연금을 시켰고, 박정희 정권 시절 거물급 김종필, 이후락 등 부정축재자 10여 명을 연행했으며, 김종필은 보안사령부 감금시켰습니다. 무려 2,699명이 연행·구금·체포 되었습니다.

　속된 말 같지만 서울의 봄을 즐기도록 놔두고 때가 되어 5월의 봄이 서울의 봄을 가지고 신나게 놀아난 것이 5.17이라 누가 말했습니까. 5.17이 삼켜버린 서울의 봄.

　전라도 광주만이 삼키지 못하고 강제진압으로 5·18 광주민주화운동으로 만들어 내, 김대중은 사형선고 받고 재심에서 대법원은 무죄로 확정했으며, 김대중을 사형선고 내린 정권 전두환은 반란죄로 유죄를 받아 역사속에 죄인으로 남게 되었습니다.

　5·17 조치와 5·18 민주화운동은 전라도를 기반으로 정치 생활을 해온 김대중을 없애 버려야만 자기들의 집권이 가능하다고 믿고 철저하게 계획을 하여 5·17에서 5·18로 이어 간 것이 아니니까요.

　5·18은 전라도 민주공화국을 만들어 주는 데 기틀이 되었습니다.

　나 촌놈은 전라도 사람으로 당당하게 주장합니다.

5·18 민주화운동 명칭

　5·18 민주화운동이라는 명칭이 5·18이 바로 일어나서 붙여진 명칭이 아닙니다. 5·18이 일어났을 때는 정부에「신군부」가 광주사태, 광주 소요사태, 폭동 그리고 국가전복을 노린 불순한 배후 세력에 의한 내란이라고 불렀습니다.

　거의 5·18 사태로 불렀습니다. 5·18이 지난 후 전두환 집권 7년여 동안에도 민주화운동이라 부르지 못했습니다. 만일에 민주화운동이라고 떠들다가는 여지없이 체포되어 곤욕을 치르는 게 당연했습니다. 감옥에 가겠다고 마음먹은 사람들은 간혹 몇 사람들은 민주화운동이라고 외쳤습니다. 솔직히 말해서 민주화운동이라고 함부로 외치는 정치인들도 전두환 정권에서는 외치지 못하고 몸들을 거의 아꼈습니다.

5공청문회 때 텔레비전 생중계를 통해서는 전두환 전 대통령 향해 삿대질, 폭언, 질책 등을 한 정치인들 가운데 전두환 정권이 칼을 쥐고 있을 때 몇 사람이나 5·18 민주화운동이라고 외쳤습니까? 칼 놓아버린 힘없는 전두환 전 대통령 향해 큰 소리는 치는 정치인들이야말로 기회주의 정치인이 아니고 무엇입니까. 입도 뻥긋 못한 정치인들 비겁자라는 것을 스스로 인정해야 합니다. 나는 보았습니다. 국민은 보았습니다.

전두환 정권이 지나고 역시 5·18의 주역인 노태우 장군이 군복을 벗어 버리고 민주화의 두 거물 김영삼·김대중 후보가 단일화에 실패한 덕택으로 14대 대통령에 당선된 노태우가 1988.3.24.「민주 화합 추진위원」에서 5·18을 처음 공식적으로 민주화운동으로 규정했습니다. 실은 5·18을 두고서는 대통령이 되어서는 안 될 사람입니다.

역사적으로 볼 때 노태우는 전두환과 함께 12·12쿠데타를 주도하여 전두환이 대통령이 되자, 차기 대통령으로 당연히 뒤를 이을 것으로 국민들은 알고 있었습니다. 사실 그렇게 되었습니다. 역사의 소명일까요. 5·18로 전두환 대통령과 함께 정권을 이어 갔습니다.

　대통령 취임 1개월 만에 노태우 대통령은 5·18을 민주화운동으로 규정했다는 것은 놀라운 일이 아닐 수 없습니다. 그 뒤로 5·18 명칭이 광주 민중항쟁, 광주 민중봉기, 광주학살, 광주항쟁, 광주 시민항쟁 등 자기들 입맛에 맞게 불러대기 시작했습니다.

　민주화운동으로 규정한 후에 국회에서 진상 조사특위가 구성할 무렵 통일민주당 평화민주당이 「민주화 투쟁」으로 부르자고 주장하자 당시 민주정의당은 투쟁의 대상인 신군부(전두환, 노태우)의 책임이 불거질까 두려워 민주화운동으로 주장했습니다. 민주화운동으로 여야가 합의했습니다.

　신군부 정권이 막을 내리고 15대 대통령 김영삼 정부가 들어섰습니다. 문민정부라고 불렀습니다. 1993년 취임한 후 김영삼 대통령이 5·18에 대한 담화를 발표했습니다.
　「80년 5월 광주의 유혈은 이 나라 민주주의 밑거름이 되었으며 그 희생은 민주주의를 위한 것이요, 오늘의 정부는 광주민주화운동 연장선에 있는 민주 정부입니다.」
　김영삼 문민정부 5·18민주화운동의 정당성을 명확히 규정했습니다.

　담화 후 역사바로세우기 차원에서 이후 5·18 민주화운동 특별법을 만들어 5·18 희생자들을 위하여 5·18 민주화운동 정신 계승하는 기념사업을 추진하고, 5·18 민주화운동 관련자들에게 보상하도록 만들었습니다. (5·18 민주화운동 등에 관한 특별법 제4조 특별 재심, 제5조 기념 사업, 제6조 배상 의제 참조)

5월마다 5·18 추모식을 국가 정부 주도로 거행하고 있으며, 2011년 「1980년 인권 기록유산 5·18 광주민주화운동 기록물」로 유네스코 세계 기록유산으로 등재되었습니다. 세계인이 인정하는 5·18 민주화운동을.

떳떳하고 자랑스러운 5·18유공자라면 의혹, 쓴소리에 이유 달지 말고 투명하게 '까'보여주는 것이 명예스런 5·18유공자가 되는 것입니다. 뒷말 못하게 쓴소리 모두 '까'기 바랍니다.

소급입법 5·18 특별법

5·18 특별법은 1995년 12월 19일에 만들어졌습니다. 14대 김영삼 문민정부 시절입니다. 5·18 특별법이 만들어지기까지 어느 한쪽에서는 13대 노태우 대통령 때부터 시작되었다고 합니다. 5·18의 정상적 민주화운동 가치를 두고 만들어진 것이 아니라, 김영삼 총재, 김대중 총재 2인의 뒷거래로 만들어졌다는 기록입니다. (네이버)

12대 전두환 전 대통령의 이순자 여사가 백담사에 귀양살이 아닌 귀양살이를 하고 있는 1989년 2월 15일 노태우 대통령과 김영삼 통일민주당 총재, 김대중 평화민주당 총재, 김종필 신민주공화당 총재와 청와대 영수회담을 가졌습니다. 이 자리에서 한 말입니다.

「이래서는 나라가 미래를 향해 나아가지를 못하니 통 크게 합의를 하자」고 했습니다.

「5·18 광주 민주화운동 유혈진압 관련자 공직 사퇴 및 고발하고 광주시민의 명예 회복 및 보상을 위한 입법을 추진하고 전두환 전 대통령을 국회에서 증언 등으로 이 문제(전두환 신상 처리)를 끝내자」 합의했습니다.

이렇게 전두환에 관한 5공청산을 마무리하기로 합니다.

전두환 전 대통령이 1989년 12월 31일 국회에 출석했습니다. 연설을 하는 동안 야당 국회의원들은 전두환을 향해 삿대질, 욕설, 고함을 사정없이 질렀습니다. 국회 출석만 한 번 해주면 모든 게 끝난다고 통보받고 나와 연설한 전두환은 기가 막힐 수밖에 없는 심정이었습니다. 모욕주기, 비꼬아대기, 짓밟아버리자는 공감대 형성이나 다를 바 없었습니다.

한 해가 끝나는 이날 12월 31일은 5공 비리특위와 5·18 광주 특위 합동청문회가 열린 날이기도 하여 노무현 의원 합동청문회장에서 명패를 던지고 고함을 질러 정치적 스타로 떠올랐습니다. 영수회담으로 합의를 했기에 약속대로 전두환에 관한 5공청산이 어쩔 수 없이 끝난 것 같았습니다. 조용해졌습니다.

그때는 노태우 대통령 임기가 끝나고 1993년 2월 14대 대통령 김영삼 시대가 열렸습니다. 문민정부란 희망을 내걸고 출발했습니다. 시민단체 일부가 「광주사태 재조사하라. 특별법을 제정하라.」 문민정부를 향해 외쳐댔습니다. 그러나 김영삼 대통령은 이미 여야가 합의한 결론이니 정치적으로 모든 사안이 마무리 되었다고 딱 잘라 말했습니다.

1995년 7월 「성공한 쿠데타는 처벌이 불가능하다」며 공소권 없다고 결론을 내렸습니다. 우리 헌법에 소급입법을 할 수 없게 되어있기 때문입니다.

김영삼 대통령이나 검찰에서 광주사태 재조사하라는 요구를 들어주지 않자, 광주항쟁 진상규명 및 정신 계승을 위한 국민위원회가 헌법 소원을 했고 반대 투쟁을 했습니다.

놀라운 일이 터졌습니다. 5공청산에 대하여 처벌할 법적 근거와 여야 합의로 결론이 났으므로 광주사태를 재조사할 수 없다고 버텨온 김영삼 대통령이 1995년 11월 24일 느닷없이 특별법을 만들어 5·18 사건을 재수사하라고 지시를 내렸습니다. 영수회담을 한 지 5년이 지났고 대통령 20개월 재임 중인 때입니다.

역사바로세우기를 내세운 김영삼 대통령은 광주사태 15년이 지난 마당에 소급법 근거가 없으니 특별법을 만들어 전두환을 처벌하겠다는 것이었습니다.

왜. 김영삼 대통령은 여야 합의한 5공청산을 역사의 심판에 맡기자 해놓고 마음이 변했을까 궁금증이 생기기 시작했습니다.

김영삼 대통령의 5·18 사건을 재수사하라는 지시에 전두환 전 대통령이 골목성명을 냈습니다. 자기 집 정문에서 분노한 음성으로. (네이버 인용)

「5·18 특별법은 소급입법입니다. 소급입법에 따라 15년 일을 처벌한다면 이런 소급입법으로 인한 정치보복을 악순환은 끊임없이 반복될 것입니다. 또한 13대 국회에서 1년 6개월 동안 광주 청문회를 해서 그 진상은 모두 규명이 되었고, 김영삼 대통령도 1989년 당시 4당영수회담에서 이미 정치적 종결 선언에 합의했습니다. 그리고 검찰도 1년 2개월 동안 장기간 수사를 했는데 공소권 없음으로 불기소 처분을 했다.」그런데 무슨 놈의 처벌을 또 하겠다는 것이냐며 쏘아붙였습니다.

골목성명을 발표하고 경상도 합천으로 내려갔으나 체포조가 합천에까지 내려가 있는 전 대통령을 체포해서 압송했습니다. 김 대통령 지시에 의해 12·12 및 5·18 특별수사부가 12·12 군사반란 죄 및 5·18 관련하여 구속해 버렸습니다.

검찰은 아무리 대통령의 명령이라지만 5·18 특별법이 소급입법이라며 못마땅해하는 태도였습니다. 그리하여 1995년 10월 18일 김윤환 민자당 대표가 국회 대표연설에서 「초법적인 소급입법은 안된다. 따라서 이것을 처벌하지 못한다.」고 선언했습니다. 바로 다음 날 박계동 의원이 노태우가 4,000억 원의 비자금을 가지고 있다며 폭로했습니다. 시골에 살고 있는 나도 텔레비전을 통해서 똑똑히 보았습니다.

「노태우 대통령이 가지고 있는 4천억 원 비자금을 100억 단위로 쪼개 시중은행 40개 차명계좌에 분산 예치해 놨다」고 1995년 8월에 서석재 장관이 기자들과 사석에서 천기누설을 한 것이기에 김영삼 대통령이 쓸데없는 소리 했다 하여 서석재 장관을 해임해 버렸습니다. 박계동 의원이 처음 발언한 것이 아닙니다.

어찌하여 김영삼 대통령은 노태우 비자금을 덮으려고 했을까요. 자기도 노태우로부터 받았기 때문입니다. 박계동 의원의 폭로로 민주당은 이 의혹을 정식으로 제기하고 나섰고, 국민들은 흥분하고 말았습니다. 일파만파 세상이 들끓자, 노태우 전 대통령은 가만히 묵인할 수 없어 1995년 10월 27일 재임 중 비자금을 조성했다고 대국민 사과를 했습니다.

참 재미있는 일이 일어났습니다. 노태우가 비자금에 대하여 사과한다는 것을 알아차린 김대중은 노태우 사과 8시간 전 중국 베이징 조어대 숙소에서 기자 간담회를 했습니다.
「14대 대선 때 노태우에게 20억 원 받았습니다. 노 씨가 당시 여야 대통령 후보들 모두에게 돈을 돌렸다고 생각해 위로금조로 문제의 돈을 받았으며, 그 외에는 노 씨로부터 어떠한 정치자금도 받은 바 없습니다.」

만약 노태우 전 대통령이 누구에게 돈을 얼마 주었다고 사실대로 말하면 밝혀진 사람은 정치생명이 끝날 수밖에 없는 입장입니다. 김대중은 말할 것도 없습니다. 전라도 사람들이 뭐라고 하겠습니까. 광주 5·18 민주화운동으로 더욱 김대중을 하늘같이 모시고 있는데 「살인자, 군사 반란자에게 돈을 받다니.」 김대중을 향해 침을 뱉을 것입니다. 나 역시 마찬가지입니다.

김대중이 노태우 사과 직전에 미리 20억 원 돈을 받았다고 선수 친 것은 정치적인 단수가 어느 정치인보다 따라올 수 없는 지능을 가진 인물이라는 것을 증명해 주었습니다. 그러고는 김영삼 대통령도 밝히라고 은근히 운을 띄었습니다. 내가 노태우로부터 20억 원 받았으니 김영삼 너는 안 받았느냐는 물귀신 작전을 펼쳤습니다. 김대중은 당 대표로서 후보인데 나보다 더 많이 받았을 것인데, 조사하면 너(김영삼)는 더 매장되니까. 이를 막아야 한다는 정치적 술수를 김대중은 꺼내 들었습니다.

김영삼의 측근인 민자당 강삼재 의원이 김대중이 20억 원밖에 안 받았다고 하자 「20억 원 같은 소리 하고 있네.」 하며 김대중을 압박하기 시작을 했습니다. 우리는 다 알고 있다는 식의 강삼재 의원의 공격 말투였습니다. 김영삼, 김대중 모두가 노태우의 자금에 놀아났다면 정치생명이 끝나는 게 뻔합니다. 두 거물 정치인들은 노태우 비자금에 대하여 검찰이 성역 없이 조사하면은 한 방에 날아간다는 것을 모를 리 없습니다. 죽을 수는 없다. 살아야 한다는 생각이 김영삼, 김대중은 공통된 생각이었을 것입니다.

　살 방법을 찾아야 한다는 굳은 결심에 찾아낸 것이 5·18 특별법이었습니다. 5·18 특별법을 통해 전두환, 노태우 두 대통령을 감옥에 보내버리는 것입니다. 그래야 국민으로부터 비자금 정서를 5·18 특별법으로 덜어버리는 방법 이외에는 없었습니다.

　드디어 5·18 특별법이 1995년 12월 19일 제정이 되었습니다. 김영삼, 김대중은 정치적으로 손해볼 것이 없는 탁월한 방법이었습니다. 특히 김대중은 전라도인의 숙원이던 5·18 특별법을 훌륭하게 해결했고 이로 인하여 20억+알파 비자금 수령도 덮어지고, 김대중은 명예 회복이 되어 전라도민의 우상이 되었습니다.

　결국 5·18 특별법은 김영삼, 김대중이 노태우 비자금이란 수렁에서 탈출하기 위한 최대의 정치쇼라고 기록되어 있습니다. 소급입법이 그 증거입니다. 5·18 특별법이 엉터리로 만들어졌다는 것입니다. 내용은 5·18 주모자와 공범자에 대하여 공소시효를 정지시킨다는 것이었습니다. 공소시효를 정지시켜야만 새롭게 만들어진 법에 적용을 시킬 수 있기 때문입니다.

　5·18 특별법은 공소시효가 끝났느냐, 아니라는 것을 두고

헌법재판소까지 갔습니다. 헌법재판소에서 위헌이냐 아니냐를 두고 4명은 합헌이고 5명은 위헌이라고 나왔습니다. 헌법재판소에서 위헌결정은 3분의 2가 찬성해야 하는데 그 중 한 사람이 모자랐습니다. 어느쪽도 충족시키지 못했기 때문에 5·18 특별법은 합헌결정을 받은 것이 아니라 위헌결정을 받지 않았다는 것입니다.

위헌결정이 3분의 2를 넘기지 못했으니 5·18 특별법은 위헌이 아니다. 위헌이 아니면 합헌인 것 아니냐고 말장난을 했습니다. 결국 5·18 특별법 해당자들은 공소시효가 정지되었습니다. 바로 소급입법이 된 것입니다. 이렇게 해놓고 이건 소급입법이 아니라며 눈 가리고 아웅 하며 장난을 친 것입니다. (네이버) 이렇게 되자 법률가들이 말장난이라며 심하게 반발 했습니다. 위헌이라 비판을 했습니다.

「5·18 특별법은 명백한 헌법위반입니다. 헌정질서를 위반한 법안입니다. 5·18 특별법은 법률불소급의 원칙과 형벌불소급의 원칙을 천명한 헌법 규정에 명백하게 저촉되기 때문입니다. 공소시효가 완성되어 처벌할 수 없는 사람을 사후입법으로 소급해 공소시효가 완성되지 않았다며 처벌하는 것이기에 이것은 소급입법이라 하는 것입니다.」 (5·18 특별법 재정, 1995)

김대중 총재가 노태우 대통령 비자금에 연루되자 살아남기 위하여 김영삼 대통령의 목을 조르자, 현직 대통령 김영삼도 살기 위해서 5·18 특별법을 만들어 전두환·노태우 두 대통령을 한꺼번에 감옥에 집어넣어 버리므로 국민들의 눈과 귀는 김영삼·김대중의 비자금 사건이 잠잠해 버렸습니다.

5·18 특별법 한방에 전두환·노태우 두 대통령은 감옥에 가고 김영삼·김대중 대통령은 날개를 달아 날아다니는 엇갈린 운명이 되었습니다. 정치지도의 생존을 위해 정치적 행동에 비웃거나 비난해서는 안 될 일입니다.
5·18 특별법에 민주화운동에 봄 바친 모든 희생자들이나 당사자와 유족과 후손들은 특혜를 누리는 생각을 버려야 합니다. 숭고한 정신을 특혜 놀이로 변질되니까요.

5·18 민주화운동 헌법전문에 수록하려면

　민주당과 좌파 세력들은 5·18 민주화운동을 헌법전문에 수록해야 된다고 꾸준히 외쳐왔습니다. 특히 윤석열 대통령도 후보 시절 헌법전문에 수록하겠다고 했고, 한동훈 국민의힘(여당) 대표도 대표 전에 5·18 묘지를 찾아와 헌법전문 수록을 찬성한다고 서슴없이 했습니다.

　국민의 한 사람으로서 정치인들은 여야, 보수·진보를 막론하고 입으로만 내뿜어내지 실제로 5·18을 헌법전문에 수록하겠다는 것은 정치적 인기몰이에 불과하다고 말하고 싶습니다.

좌파 정권, 진보정권, 운동권 정권, 민주정권이라는 19대 문재인 정권은 5·18 민주화운동 헌법전문에 수록하기 위한 헌법개정에 대하여 과반 이상을 차지한 국회의원을 갖고도 시도도 하지 못한 사실에 어떻게 답을 하실 것입니까. 윤석열 대통령이 헌법전문에 수록하겠다는 발언을 해놓고도 시도하지 않는 것이 참으로 웃기는 일입니다. 좌파·민주정권이 못하는 5·18 헌법전문 수록을 보수정권에게 몰아붙이는 것은 스스로 헌법전문에 수록할 수 없다는 것을 잘 보여주고 있다는 증거입니다.

대통령이든 정치인들 상관없이 5·18을 헌법전문에 수록을 찬성한다는 사람은 5·18을 민주화로 외치는 사람들로부터 나쁜 소리, 나쁜 사람이라는 취급을 받지 않기 위해서 겉으로 생색내는 격입니다.

5·18을 헌법전문에 수록하려면 일부 보수우파에서 주장하는 조건들을 해결해야만 가능합니다. 나의 생각으로는 극우, 우파, 보수골수라고 손가락질하며 비난하는 진보·좌파, 속칭 민주세력들이 씹어댈 것을 잘 알고 받아줄 각오도 갖고 있습니다.

첫째: 진상규명이 끝나야 합니다. 2024년도 기준으로 내 나이가 병자생 89살이 되고 보니, 5·18이 일어난 지 44년 세월이 지났습니다. 5·18 민주화운동 진상규명 조사위원회가 2018년 3월 13일에 제정되었습니다. 2019년 12월 27일부터 2024년 4

월까지 4년 동안 5·18 진상규명 조사위원회가 2024년 6월 24일로 활동이 끝난 보고서를 8월 28일경 대통령 국회 등에 배포한다고 밝혔습니다. 우파들 비난하는 대로 518억 원으로 만들어 내놓은 5·18 진상규명 조사위원들에게 안타까움을 금할 길이 없다고 했습니다. 4년 6개월 기간 동안 활동하고도 조작과 부실, 편파적으로 작성됐다는 비난이 쏟아졌기 때문입니다.

발포 명령자, 암매장지 소재 및 유해 발굴과 수습, 군과 경찰의 사망·상해, 불과 4시간 만에 17개 시·군 44개 무기고 탈취(소총 5,403정, 실탄 30만 발, 차량 370대), 국방부 및 군 기관과 국가정보원에 관한 은폐·조작 사건, 헬기 기총사격을 했다는 조종사의 이름, 광주교도소 5회 습격 사건, 경기도 양평 소재 육군 제20기 감사단 선도 차량 14대와 장갑차 및 M16 소총을 탈취한 정체불명 300명의 습격 사건 등 국민들이 납득할 수 있는 규명이 안 되었으니, 진상규명을 앞으로 해야 하는가에 조사위원회에서 국가 차원의 항구적 조사기구를 설치해야 한다고 결론을 내렸습니다. 미완으로 끝난 사건들이 해결하지 못한다면 헌법전문에 절대로 수록할 수 없다는 것을 알아야 합니다.

또한 진상규명에 북한군 개입이 없었다는 성과를 내놓았는데 참으로 엉터리 성과가 아닌가 묻고 싶습니다. 북한개입에 대하여 증언들이 나왔습니다.

광주 5·18 때 북한군 개입을 확인했다는 권영해(87세) 전 안기부장(김영삼, 김대중 때 1994-1998 재임)이 7월 8일 증언이 있었고, 2,000년 김대중 대통령 남북정상회담 준비차 1999년 12월 6일-14일에 김대중 대통령 밀사 자격으로 북한을 방문한 김경재(당시 국회의원, 전 한국자유총연맹 총재) 의원의 증언이 있었습니다.

(1)
권영해 전 안기부장의 증언입니다. 정보기관장 재직시절 북한의 5·18 개입 사실을 정부 직접 확인했습니다.「광주사태 당시 20사단 지휘부 차량을 공격하고 무기고 40여 곳을 한꺼번에 턴 데에다 좌익사범이 있는 광주교도소를 습격한 사람들은 결코 순수한 광주시민일 수 없다.」함경북도 청진에 있었다는 5·18 전사자 가묘와 비석의 존재를 북한에 공작원〈HID〉를 보낸 권 부장이 직접 확인한 것으로 공개되었습니다. (스카이데일리가 공개)「나도 이 비석을 보고 깜짝 놀랐습니다.」

함경북도 청진시 낙양동 청진역 북쪽 800m 지점, 청진 공업대학 부근 낙타산 해발 700m 고지에 광주 5·18에 개입했다고 주장되는 조선 인민군 특수군 534군부대 전사자가 158명의 가묘와 묘비가 있었다 했습니다. 이어서 2012년 9월 27일 탈북자에 의해서 청진 열사묘를 설명했습니다. 5·18에 참전한 전사자 명단이 적힌 청진의 인민군 영웅들의 열사묘(비) 사진이 공개되고, 534군 전사자 관리부대 이름까지 다음날인 9월

28일 북한의 보위부와 대남공작부대에서 긴급 비상대책 회의를 열어 2개 무덤은 그대로 두고 158명의 이름이 적힌 묘비를 철거하기로 결정, 2년 뒤 2014년 여름 철거해 모처에 보관 중이라고 탈북자가 말했습니다. 철거한 묘비 자리에는 6.25 참전 인민군 전사자 묘가 위장설치 돼 있다고 전했습니다.

묘비에 적힌 사망자 이름이 북한 보위부가 작성, 보관 중인 5·18 전사자 명단 이름과 100% 일치하며 사망일자는 일률적으로 1980년 6월 19일, 전사자 명단 작성일자는 1980년 8월 1일이라 했습니다.

함경북도 청진시 낙양동 청진역 북쪽 약 800m 지점에 묘비(인민군 영웅들의 묘비)와 추모비 뒷면에 534부대 158명 명단이 기록되어 있습니다. (2011년 11월 촬영)

김경재(전 자유총연맹 총재) 의원은 당시 새정치민주연합 국회원의 5·18 북한개입에 증언입니다.

1999년 12월 6일-14일 동안, 2000년 남북정상회담을 준비하기 위하여 김대중 대통령 특사(밀사)로 북한에 들어갔습니다. 북한의 조선노동당 고위간부 안내로 우리 국군묘지에 해당하는 북한 「애국열사릉」이 위치한 평양시 형제산 구역 신비동을 방문하였습니다. 북한 애국열사릉에서 5·18 개입 북한요원들의 묘역과 묘비가 조성되어 있는 사실을 목격했다고 증언했습니다. 김경재 전 총재는 당시 자신의 방북에 보좌관과 목사 등 두 명이 동행하여 이분들도 5·18 애국열사의 무덤을 함께 목격했다고 말했습니다. 애국열사 정문 입구에 볼 때 왼쪽 코너에 자리 잡고 있다고도 증언 했습니다.

김경재 전 총재는 자신이 믿기 어렵다고 생각에 안내한 요원에게 해당 묘역에 대하여 재차 질문을 했다고 합니다. 한결같이 5·18 때 참전한 열사가 맞다고 하면서 왜 우리가 거짓말을 하냐며, 성질까지 내더라는 것이었습니다. 의장님(김경재)은 남조선 최고 명문 서울대를 졸업하셨고, 우리는 공화국 최고 명문 김일성 종합대학을 졸업한 사람입니다. 없는 것을 어찌 가짜로 만들겠습니까! 5·18 개입을 사실로 확인한 김경재 전 총재는 소름까지 느끼자 사진 한 장 찍지 못하고 헐떡헐떡 숨을 몰아쉬며 급하게 묘역을 빠져나왔다고 했습니다.
5·18 묘역 내 무연고자 200여 명의 시신이 북한 고정간첩이 아닌가 하는 의심을 하게 하고 있습니다. 북한 애국열사릉에 시신이 없다고 하는 걸 보면 말이요.

귀국하여 김대중 대통령에 보고를 했다고 했습니다. 밀사로서 많은 것을 보고 면담 내용을 보고 했겠지만 그중 대표적인 것은 「북한은 현금을 원하고 있는 것 같습니다. 절대 안 된다.」고 했답니다.
5·18 일어난 지 44년 만에 대한민국에 중량감 있는 중요인사 권영해, 김경재 두 분이 공개적으로 북한 5·18 개입에 증언하고 목격담을 5·18 진상규명 조사위원회에서는 묵살해 버렸다는 것이야말로 진상규명 조사를 똑바로 하지 않았다는 비난

을 받을 만합니다.

 너무나도 조용합니다. 5·18 북한개입을 증언과 목격담을 공개적으로 밝힌 후에 5·18정신을 헌법전문에 수록하자는 여야 정치인들, 5·18을 자기들 밥그릇으로 품고 있는 더불어민주당과 좌파 운동권들, 특히 5·18 유공자와 유공자 단체들, 5·18을 심복으로 모시는 좌파 방송과 언론사들이 권영해, 김경재 두 분에게 입도 뻥긋 않고, 토씨 하나 달지 않고 어떤 반응도 조용하게 침묵만 하고 있습니다. 두 분의 발언에 거물급 안기부장과 자유총연맹 총재라서 거짓말이나 없는 말을 만들어내지 않는 사람으로 보기 때문이 아닐까요. 아니면 대항할 건더기가 없기 때문일 것입니다.
 앞으로 어느 때고 권영해, 김경재 두 분의 증언과 목격이 진실로 밝혀지는 날이면 5·18 민주화운동이 아니라 5·18 폭동이요, 시민군은 북한에 놀아난 반란군으로 바뀌게 될지도 모릅니다. 언제인가는 세월의 진실 여부를 밝히고 말 것입니다.

 만약에 5·18 북한개입설이 사실로 증명되면 아주 반갑게 만세를 부를 사람이 한 사람 있습니다. 누구이십니까. 북한개입설을 학문적으로 정리하여 주장한 지만원 박사(82세, 1987년 육군 대령 예편, 육군 무공수훈자·국가유공자)를 광주 5·18 사태에 북한군 개입한 연구 조사 결과 발표에 광주시민들의 명예를 훼손하고 허위 사실을 유포로 고발당해 최종심에서 징역 2년이 선고된 원심이 확정되어 2023년 1월 16일 서울구치소에 수감, 감옥에서 살고 있습니다.

(2)

5·18 특별법을 폐지하라는 우라들의 목소리가 강하게 쏟아지고 있습니다. 아무리 5·18을 헌법전문에 수록해야 한다고 외치지만 5·18 특별법을 폐지 않고는 어렵다는 것을 모든 국민들이 잘 알고 있습니다. 5·18 특별법이 1995년 12월 21일 김영삼 문민정부 시절 만들어졌습니다. 2024년 올해 기준으로 39년 세월이 되었습니다. 제정 목적을 보면 다음과 같습니다.

「1979년 12·12 군사 반란과 5·18 광주 민주화운동의 진상을 밝히고 책임자를 처벌하기 위한 특별법 제정이라는 국민적 요구에 입각하여 여야 합의에 따르는 필요성이 대두되면서 제정 되었다.」

5·18 특별법 제8조에 대하여 가장 큰 목소리로 폐지해야 한다는 것입니다. 「5·18에 관하여 허위의 사실을 유포하는 자는 5년 이하의 징역 또는 5천만 원 이하의 벌금에 처한다.」 이 조항이 5·18을 성역화하는 대목이기 때문입니다. 우리의 형법에 엄연히 명예훼손 처벌법이 있으니까요.

시골에 사는 농사꾼이지만 5·18 성역화 말을 들을 때면 3·1운동과 4·19운동이야말로 5·18 발아래 존재하게 되었구나 분한 감정이 떠오르게 됩니다. 한마디로 성역화를 통해 헌법에 보장된 표현의 자유를 무색하게 하기 때문이 아닌가 생각합니다. 다시 말해서 헌법이 보장하는 표현의 자유를 심각하게 침해한 것이 5·18 특별법이라는 것입니다.

5·18 성역화를 폐지 주장하는 육·해·공 구국동지회 등 10개의 예비역 안보 단체에서는 5·18 광주 계엄군과 시민군의 무력 충돌 사건이라고도 외치고 있는 실정입니다. 또 5·18 특별법 성역화에 대하여 6.25 남침도, 천안함 폭침도, 대한민국 건국도, 5·16혁명도 특별법을 만들어야 되지 않는가 하고 5·18 성역화를 비꼬우는 사람이 있는 것도 사실입니다.

(3)
「5·18 유공자 명단 공개하라」
지금으로부터 5년 전인가 아들 집 광주에 갔을 때, 광주 금남로를 거닐다가 대낮에 1톤 화물차를 개조한 트럭에 방송시설을 갖추고 5·18 유공자 명단을 공개하라는 우렁찬 함성에 귀를 쏠리어 건너편 인도에 서서 잠시 지켜본 적이 있습니다. 나는 대단한 사람들이라 생각했습니다. 5·18 본거지가 광주인데 뻥굿 하면 봉변을 당할지 모르는 역사의 현장에서「까까. 5·18 명단」을 외치는 함성은 주위 사람들에게 발걸음을 멈추게 하고 있었습니다. 나중에 알고 보니 전라도 출신 애국청년 안정권과 김상진 대한민국을 수호하는데 앞장 서고 계시는 두 분이었습니다. 이 두 분이 함께 외치는 것을 본 것이 아니라 다른 날 한 분이 까까라고 외치는 것을 유튜브를 통해 본 것입니다.
우파 보수단체들이 5·18 유공자 명단을 공개하라는 메아리를 간단하게 정리해 보았습니다.

먼저 2023년 5·18 스카이데일리가 5·18 보상자 4,346명을 입수하였다 하는 것입니다. 5·18과 무관한 전 현직 언론인, 정치인, 문화예술인, 연예인 등과 광주에 없었던 인물이 다수 포함돼 있고, 광주에 없었던 사람, 어린아이 심지어 태어나지도 않은 가짜 유공자가 존재한다고 세상에 알려져 있습니다. 보수 성향을 가진 사람들의 5·18 유공자 명단 공개와 일치합니다.

스카이데일리(Sky Daily)에서는 상당수가 5·18 관련 확인 사항을 살펴보았습니다. 국가 예산으로 보상, 특혜 등 각종 혜택을 받고 있으므로 5·18 유공자 의혹은 반드시 짚고 넘어가야 한다고 하면서, 5·18 기념 공원 추모 승화 공간에 돌판 명단에 새겨진 4,346명을 전문가와 함께 검토를 했습니다. 일부 인사는 5·18 당시 광주가 아닌 타지역에서 시위를 주도했다는 이유로, 5·18 광주항쟁 현장에 있지 않은 인사가 막연히 민주화운동을 했다는 이유로, 정치권에서 가짜 유공자일 개연성이 있는 인사들이 전·현직 국회의원과 도지사를 포함해 310명이 된다고 했습니다. 유공자 중 7.1%로 가장 높은 비율을 차지했다고까지 말했습니다.

국내 거물급 정치인뿐 아니라 국회의원 보좌관이나 특보 등을 지낸 이유로 유공자가 된 경우도 있고, 현직 국회의원 5·18 광주 현지가 아닌 타지역에서 고등학교 재학 중이었지만 유공자 명단에 버젓이 이름에 올라 있다고까지 지적을 했습니다.

언론계도 5·18과 무관한 기자와 프로듀서 등 전·현직 인사만 181명으로 언론사 대표를 지냈거나 편집국장, 논설위원 고위 간부, 또한 언론 노조 활동한 사람 다수가 포함되었다고 밝혀놓았습니다.

일부 연예인도 유공자로 등록되었다고 했습니다. 자신이 부른 노래 한 곡이 5·18을 연상시킬 수 있다는 이유로. 5·18이나 광주에 연고 없는 남녀 중견 탤런트도 3명이나 확인했다고 합니다.

시인·소설가·평론가 등 문화예술인도 등록되었다는 것입니다. 1965년생 작가는 5·18 소재로 시를 썼다고. 1964년생 작가는 5·18 관련 소설을 썼다고. 1963년생 영화평론가도 5·18 관련 평론을 썼다고, 1955년생 사진작가는 2014년 5·18 기념 순회사진전에 출품했다고 유공자에 올랐다는 기록입니다.

1968년생 조 모 씨는 1990년 박종철 3주기 추모식에 참가해 폭력 정권 타도하자는 시위를 하다 집시법으로 징역 1년 집행유예 2년을 받고, 1975년생 오 모 씨는 양심적 병역을 거부했다는 이유로 5·18 유공자가 됐다고 했습니다.

이상 스카이데일리 연구 조사로 밝혀진 사례를 읽어본다면 가짜 유공자가 존재한다는 것을 알 수 있습니다.

들어볼래요. 5·18 유공자 명단을 밝혀야 하는 이유로.
민주화에 공을 세웠는데 왜 공개 못하느냐.
5·18 단체가 떳떳하지 못하니까 밝히지 않는 것이야.
내가 잘못이 없는데 무엇이 부끄럽느냐.
민주당, 운동권 정치인 본인과 친척이 가짜로 끼어 있으니 밝히지 않는 거야.
　자랑스런 유공자가 자랑스럽지 않은가.
　5·18로 혜택 받는 것을 반납하기 두려워서인가.
　유공자라면 꿀릴 것도 없는데 뭐 부끄럽느냐.

　뭐라고요. 유공자 단체나 5·18을 옹호하는 사람들이 가만히 있을 인물들이 아닙니다.
　5·18 추모 공원 돌에 유공자 명단 4,296명이 새겨져 있다.
　서울행정법원에서 판결이 나왔지 않느냐.

　「김종철 판사」—사생활 침해될 위협성이 매우 큰 정보를 공개하는 것은 적절치 않다.— (2018.12.21.)
　극우세력은 민주화 운동가를 범죄자로 취급하는 꼴이다. 보훈처가 5·18 유공자뿐 아니라 국가유공자, 베트남 전쟁 고엽제 피해자도 공개되지 않고 있고, 독립유공자와 참전유공자만 공개했다.

　타지역 유공자에 대하여 5·18 사건이 지닌 범위는 5·18 관련된 유공자는 반드시 광주에서만 일어난 일로만 국한된 것이 아니며 이를 전후에 연속성이 있는 사건으로 5·18 이후 억압 받는 사람도 포함된다.
　어린이·태어나지 않은 유공자에 대하여
　유공자 사망으로 보상 수혜자 이름을 기재한 것이다.

5·18 유공자 명단 공개를 놓고 찬반이 서로 도를 넘는 진흙탕 싸움을 하고 있습니다. 듣기로는 현재 유공자가 4,480명이라고 들었습니다. 4·19 혁명의 유공자는 5·18보다 더 투쟁 숫자가 많고 각 지역에서도 참가했으나 870명도 안 되는데 광주 지역 한 지역과 규모도 적은데 4,480명 왜 이렇게 많느냐는 하소연 같은 소리를 들었습니다.

왜 5·18 유공자는 4·19보다 5배 차이가 많은가를 나름대로 분석을 해보니 많은 이유가 법 때문이었습니다.

예를 들어보자면 이해찬, 설훈, 민병두 더불어민주당 의원들인데 광주에 없었음에도 5·18 유공자로 버젓이 이름이 올라있는 것을 많은 보수우파들이 씹었지만, 다 그럴 만한 이유가 있었습니다.

민주당 의원이나 운동권 인사들이 민주화운동을 했다는 밑천으로 혜택으로 한몫 챙기고 명예까지 얻고자 5·18 당시 광주에만 정하지 않고 범위를 타지역까지 넓혀서 법을 만들었기 때문입니다.

「전두환 대통령에게 반대 운동한 사람은 다 유공자다.」

그리고 허점도 있었습니다.

2명의 인우보증만 있으면 누구나 별다른 증거가 없어도 유공자로 선정되어 버렸으니 말입니다. 또한 국가기관인 보훈처가 아니라 지방 광주시가 담당했기에 초기에는 5·18 위세에 밀려 심사 없이 신청한 대로 거의 인정해 버렸던 것입니다.

농사꾼 촌놈인 나는 5·18 광주 민주화운동이 광주 민주화운동이 아니라 전국적, 세계적 민주화운동이 되어야 한다고 주장을 하며 살아왔습니다. 4·19혁명, 3·1운동처럼.

「5·18을 가짜 유공자가 망친다.」
나는 수없이 들었습니다. 5·18 유공자 명단 공개를 우파 보수의 목소리는 유공자를 폄훼하고 무시하는 외침이 아니라 훌륭한 유공자가 되어야 한다는 목소리라는 것을 이제라도 5·18 유공자를 받아들여 줘야 합니다.

사심 없고 다른 유공자 친척, 친구 등 인우보증을 서주지 않는 사망자 유가족과 총상으로 부상 당한 유공자들이 선정되어 5·18 유공자 중 가짜를 걸러내야 합니다. 스카이데일리의 5·18 관련 보고나 들었을 겁니다. 가짜가 있으니까 명단 공개하라는 것입니다.

내가 한마디 하겠습니다. 건방진 놈이라 해도 좋습니다.
첫째: 5·18 유공자를 당시 광주 현장에 있는 분으로 선정해야 합니다.
둘째: 유공자 심사와 모든 관련된 부분을 지방 광주시에서 국가 보훈처가 담당하게 해야 합니다.
셋째: 5·18 관련 단체가 140개가량 있다고 하는데 사실확인을 해서 단일화로 축소하든지, 10여 개 내로 두는 것이 5·18 유공자들의 위신이 높아집니다. 왜냐하면 5·18을 이용해 국가로부터 돈을 뜯어내 누리자는 것입니다.
넷째: 유공자들 지금까지의 혜택을 유지하고 더 이상 국가

를 향해 어떤 요구도 하지 않는 것이 진정한 유공자 가치이니까요. 사실 정신 위자료가 뭐입니까. 유공자 형제 자매에게 명예수당 지급이라니, 상이용사들도 요구하지 않는데.

다섯째: 전몰, 전상, 순직, 공상군경이나 4·19혁명, 3·1운동을 등 위에서 놀려고 하지 마시고 동급이라고 얌전하게 마음먹고 살아가야 5·18 유공자를 국민이 존경합니다.

여섯째: 5·18 성역화를 스스로 폐지하여야 합니다.

5·18정신을 헌법전문에 수록하려면 이유 여야를 막론하고 말썽 많은 5·18 유공자 명단 공적을 공개하고, 또한 5·18 광주화운동 북한개입설에 대하여 유공자들이 직접 챙겨서 밝혀주어야 합니다. 특히 5·18 북한개입설이 사실로 들통난다면 5·18 민주화운동과 자랑스런 5·18 유공자의 명예가 하루아침에 땅에 떨어진다는 것을 강조하고 싶습니다.

5·18 북한개입설은 전두환 전 대통령을 역사에 영웅으로 만들 수 있는 하나의 증거가 된다는 것을 명심해야 합니다.

5·18로 돈벌이 장사한다는 말 들어 보셨습니까.

5·18 민주화운동에 사망·부상·투옥·감금·구타 당한 희생자들이 특혜를 보려고 희생했단 말입니까.

5·18 민주화운동은 유족회, 부상자회와 투옥된 희생자들에게만 존재하고 소유물이 아니라, 전남대·조선대·교육대·넝마주의 고교생, 광주·전남 등 수십 만 시민들이 함께 만들어 낸 작품이라는 것을 알아야 합니다.

5·18에 쪼라든 보수들

　전라도가 국민의힘「보수」를 적으로 생각할 뿐 아니라 가슴 속에 못이 박혀있는 게 사실입니다. 5·18 광주 민주화운동을 일으킨 후부터로 나는 알고 있습니다. 내 경험을 통해서 지역 감정이 아니라 5월 18일부터 5월 27일까지 발생한 기간에 가담했던 시위대를 5·18이 끝난 후에 대대적으로 잡아들여 유치장에 가두고 구금·구타·구속·고문을 계속했기에 전두환 군사반란자 치하에 살면서 당했던 응어리를 품은 것이 전라도 사람으로서는 보수에게 등을 돌렸다는 것을 나는 피부로 느꼈습니다.

　나도 한때는 나보다 한 살 아래인 영광 출신 조기상 의원 돕고, 내 고장 함평을 발전시키겠다는 욕심으로 노태우 대통령 민주자유당에 입당하지 않고 영광 함평지구 자유민주당 부위원장으로 활동을 한 적이 있습니다. 나는 함평 땅에 찬밥 신세였습니다. 완전하게 죽어서 없어야 할 정도로 민주당뿐만 아니라 주민으로부터, 더욱 하동 정 씨 친척으로부터 고립되는 것은 좋았지만, 외면당하고 말았습니다. 친척도 친구도 마을 주민으로부터까지 눈총을 받고 살았으니 끝까지 굴하지 않고 조기상 전 의원을 당선시키겠다고 당당하게 나아갔습니다. 이 기간동안 5·18 민주화운동에 대하여 비판하거나 폄훼한 행동은 티끌만치도 안 했습니다. 자랑스럽게 여겼습니다.

　전라도 보수를 적으로 생각하고 몰아간다는 말을 하다가 내 개인적 말이 나왔네요. 보수당에 몸담고 있으니 나를 적으로 완전히 대하였기에 피부로 느낀 것을 속 시원히 말하게 되었습니다. 5·18 민주화운동은 지역감정이 아니라는 것을 강조하고서 꺼낸 것입니다.

　민주주의 국가다 보니 선거가 있기에 자연스럽게 보수와 진보로 갈라져 앞으로 나아가니 5·18의 응어리가 전라도 진보로 엎어져 버렸습니다. 5·18 이전 선거에 있어서 박정희 후보와 김대중 후보 간에 대통령 경쟁할 때는 전라도에서 대통령을 만들어야 하겠다는 욕심뿐이었습니다. 어떤 사람들은 지역감정 싸움이라고 많이들 하지만 내 경험으로는 지역감정이 아니라고 자신있게 말합니다.

보수가 전라도 사람에게 적으로 못 박아버린 것은 바로 5·18 민주화운동을 인정하지 않았기 때문이라는 이유를 들을 수 있습니다. 보수정당들은 5·18 민주화운동을 달갑지 않게 생각했습니다. 임을 위한 행진곡을 꺼려했고, 북한개입설이다. 고정간첩 소행이다. 폭동이다. 반란이라는 말에 전라도 사람들의 귀를 간질간질하게 만들어 버린 것이라고 나는 주장하는 것입니다.

나와 생각이 다르겠지만 광주·전남민이 전두환 반란군 신군부가 정권 잡는다는 생각에 학생들 일부에서 알고 있었지만 사실 모르고 순수하게 이유가 어쨌든 간에 학생들이 진압군 공수부대원들에게 구타당하고 있어서 보지 못해 학생들을 위해서 시위를 참가한 게 다수라고 생각합니다. 불행하게도 공수부대는 학생·시민 할 것 없이 가리지 않고 진압을 했기에 사망자 부상자가 발생한 것입니다.

보수정당들이 시위에 가담한 시민들까지 싸잡아 비난해 나가니 전라도 사람이 뭉치게 되고 보수를 적으로 생각하여 선거 때가 되면 전라도가 뿌리내린 민주당에 몰표를 몰아줄 수밖에 없는 실정입니다.

5·18 민주화운동 44년이 되도록 전라도 땅에서는 보수가 발을 내놓을 수 없이 민주당이 싹쓸이해 버리니 「전라도 민주공화국」이란 별명이 생기게 된 것 같습니다.

전라도에 불이 난 보수당은 세월이 흘러가면 갈수록 보수를 외면하여 가니 전라도 민심을 바꿔보려고 노력한 흔적이 보이기 시작했습니다.

보수당이 5·18 민주화운동을 외면한 것이 전라도가 보수당을 멀리한 까닭인 것을 깨닫고 보수당의 5·18에 대한 태도가 달라지기 시작했습니다.

박근혜 대통령 때 말씀입니다.

「5·18 민주화운동을 그 눈물과 아픔을 제 마음에 깊이 새기겠습니다. 진정한 민주주의와 선진국을 만들어 5·18 민주화운동의 희생에 보답하겠습니다.」

이명박 대통령 때 말씀입니다.

「역사의 고비 때마다 정의, 진실을 위해 앞장서 온 분들을 매우 자랑스럽게 생각합니다. 5·18 민주화운동은 크나큰 아픔으로 남았지만 우리가 지금과 같은 민주사회를 이루는데 큰 초석이 되었습니다.」

김영삼 대통령 때 말씀입니다.

「전두환은 대통령도 아닙니다. 세상에 인간으로서 전쟁을 하는 것도 아니고 자국민을 그렇게 수백 명을 죽일 수 있습니까. 5·18 민주화운동은 우리 역사에 길이길이 크게 기록되어야 합니다.」

조갑제 언론인의 말입니다.
「자신이 직접 5·18 당시 현장에서 목격한 상황과 정황에 따른 논리적 판단으로 5·18은 반공 민주화운동이요, 북한개입이 아니며, 이는 좌파들을 도우는 일입니다.」

보수언론 신문까지도 (중앙·동아·조선·방송국)
「5·18 민주화운동이 민주항쟁입니다.」

주호영 의원은 금지곡을 5·18 민주화운동 행사장에서 당당하게 불렀으며, 김종인 전 비상대책위원장 때인지 확실히 알 수 없으나 TV를 통해서 5·18 묘역 앞에 무릎을 꿇다가 쓰러질 뻔한 장면을 보여주기도 했습니다.
국민의힘 초선의원 10여 명은 5·18 묘지를 참배하고, 묘비를 닦는 등 봉사활동을 했습니다.

몇몇 사람들은 전라도 민심을 얻으려면 적극적인 구애와 투자, 5·18에 사죄해야 한다고 좋은 말을 합니다. 이정현 의원은 전남 순천에서 예산 폭탄과 순천의대 설립을 공약을 내세워 열심히 혼자서 선거운동을 진심 있게 행동하여 2014년 순천에서 당선되었습니다. 이정현의 거짓 없는 행보도 있지만 전남 도내 공무원들이 전라도 일색인 민주당 국회의원들보다 하늘 높이 칭찬을 아끼지 않았다는 점입니다.

　전남 도청 직원은 물론, 전남도 시·군 공무원들이 지역 예산을 위해서 이정현 의원을 방문하면 서슴없이 만나주고 때가 되면 이정현 의원이 직접 대접을 했다는 고마운 마음씨에 반하여 칭찬을 아끼지 않았다는 것입니다.
　전라도에서 보수정당이 당선된 사람은 이정현 의원과 전북의 정운찬 의원 두 사람뿐이다. 그러나 불행하게 재선까지는 안 시켜 주었습니다. 이정현 의원의 공약 중 의대 유치가 안 되어 다시 뽑아주지 않았다고 주민들의 서운한 말이었습니다.

　'5·18에 쪼라든 보수들'이라는 말은 보수들을 비꼬우는 말입니다. 명색이 초대 이승만 대통령부터 20대 윤석열 대통령까지 보수가 집권한 것은 68년이요. 진보가 집권한 기간은 16년밖에 안 됩니다. 5·18에 쩔쩔매고 있는 것을 지켜보면 보수가 쪼라든 정당이라고 하는 이유가 있습니다.
　툭 하면 국민의힘(한국당) 집행부에서는 5·18에 관하여 쓴소리를 내놓으면 무슨 큰일이나 일어나 국민으로부터 피해를 입을까 겁이 나서 자기 당 소속 의원을 여지없이 제명 처분을 하거나 공천에서 탈락시키는 행동들을 자행하고 있었던 것입니다. 표가 떨어져 버리니 단속을 한 것이지요.

　예를 들어보겠습니다. 자유한국당 시절 2019년 2월 8일 국회에서 5·18 진상규명 공청회를 개최했습니다. 김진태, 이종명, 김순례 등 극우 인사 지만원 씨가 연설을 했습니다. 지만원 씨는 5·18 이후 북한개입설을 연구·조사한 사람으로서 줄곧 북한개입설을 주장해 왔습니다. 좌파 정당 민주당과 5·18 단체들의 눈엣가시였습니다. 이 자리에 축사를 한 국회의원 두 분이 5·18 관련 말을 하였습니다.

이종명 의원의 발언입니다.
「5·18 사태가 발생하고 나서 5·18 폭동이라 했다. 이후 20년 후 민주운동으로 변질됐다. 정치적으로 이용하는 세력에 폭동이 민주화운동이 된 것이다. 5·18 북한군이 개입했다는 것을 하나하나 밝히는 역할에 최선을 다하겠다.」

김순례 의원의 발언입니다.
「고 이승만, 박정희 전 대통령이 한강의 기적으로 일궈낸 자유대한민국의 역사에 종북좌파들이 판을 치면서 5·18 유공자라는 괴물 집단을 만들어 우리 세금을 축내고 있다.」
이들 의원들 당 차원에서 제명 결정을 내렸다. 5·18 민주화운동을 폄훼했다는 이유였습니다. 김순례 의원은 의원직을 상실했고, 이종명은 위성 정당으로 들어가 의원직을 유지했습니다.

금년 2024년 4월 22대 국회의원 선거에서 5·18을 폄훼했다고 공천자를 탈락시킨 사례도 있습니다.
「5·18 민주화운동에 대해 굉장히 문제가 있는 부분이 있고,

특히 거기에 북한개입 여부가 문제가 된다는 것이 상식이다.」

국민회의 공천관리위원회는 2024년 3월 14일경에 과거 발언을 끄집어내어 도태우 변호사의 대구 중·남구 공천을 취소해 버렸습니다. 도 후보가 5·18 폄훼 논란으로 두 차례나 사과문을 올린 후에도 부적절한 발언이 추가(전두환에 관하여「평화적인 방법으로 새 시대의 문을 열었다.」)로 드러났다며 국민의 눈높이에 맞지 않다고 2019년 유튜브 방송에서 한 말을 두고 공천을 취소했습니다.

5·18 민주화운동 정신을 존중하고 충실히 이어받겠다고 사과했으나, 소용없이 공천을 취소한 것은 이유가 있었습니다. 한동훈 국민의힘 비상대책위원장이 전라도 방문을 하루 앞두고 15일 광주·전남·전북 등 지역구를 찾을 예정이던 것입니다.

보수정당 국민의힘은 5·18에 관하여 폄훼 발언 중 5·18에 북한개입설만 나오거나, 북한개입설에 옹호하거나 찬성하는 당원은 국민의 정서에 안 맞는다고 사정없는 벌을 주어버린 과감한 행동이었습니다. 총선에 막대한 표를 깎아 먹어 버린다는 생각 때문일 것입니다.

나 같은 전라도 사람일지라도 아무리 전라도에 공을 들이고, 5·18에 대하여 칭찬하고 옹호하고 보듬고 가도 아무 소용이 없다고 생각합니다. 5·18 진정한 사죄·사과한들, 폭탄 예산 투입, 인재 등용, 이준석이 국민의힘 당 대표로서 한 때 서진정책을 내세워 활동했지만 변한 것은 없다는 것을 내·외부로 느끼고 있습니다.

윤석열은 2024년 5·18 민주화운동 44주년 기념식에 취임 후 연속 3년째 참석하고 있습니다. 22대 국민회의 의원 당선자, 원외 조직위원장 등 120여 명이 참석해 방명록에「우리의 자유와 번영, 미래를 이끈 5월 정신」이라고 글을 기록했습니다.

「지금의 대한민국은 광주가 흘린 피와 눈물 위에 서있다. 1980년 5월 광주의 뜨거운 연대가 오늘 대한민국의 자유와 번영을 이룬 토대가 되었다.」고 말했습니다. 그리고 임을 위한 행진곡도 제창하였습니다.

앞에서도 기술했지만, 윤석열 대통령은 5·18정신을 헌법전문에 수록한다고 찬성했고 기념사를 통해 5·18이 대한민국의 자유와 번영을 위한 토대가 되었다고 했습니다.

전라도에 살고 있는 나로서 윤 대통령의 5·18에 대한 진정 어린 국가관, 자유민주주의를 마음에 담고 말하였는지 묻고 싶습니다. 뿐만 아니라 5·18정신을 헌법전문에 수록해야 한다는 각계 각지 모든 인물들, 특히 보수정당 인물로서 5·18정신을 계승하고 헌법전문에 수록하자는 보수정치인들에게도 묻고 싶습니다.

김영삼, 김대중 시절 안기부장을 지낸 권영해 씨와 김대중 대통령 북한 남북정상회담 준비를 위해 밀사로 방북한 김경재 전 자유총연맹 총재의 두 부분의 증언과 목격담에 한마디씩 해야 하고, 당장 사실여부 확인을 해야만 진정한 5·18정신 계승을 할 수 있을 것입니다.

 증언·목격담이 6개월 지나가고 있는데 조용합니까. 5·18에 쪼라든 보수들아. 아무리 별별 짓을 다해도 보수에게 표 주지 않으니 집토끼나 잘 지키고, 훌륭한 투사 같은 인재들 앞길 막지 말아다오.

3

황색깃발

김대중 선생은
황색깃발을 함평·영광에 꽂고
황색바람을 일으키는데 두 차례나 성공하여
전라도는 물론이요 각 도시에 조직된
호남 향우회까지 하나로 뭉치게 했습니다.

박정희와 김대중 정치 첫 인연

    정계에 입문한 초년에서는 김대중은 목포에서 인기가 거의 없었습니다. 정치에 꿈을 꾼 김대중은 1954년 제3대 민의원에 무소속으로 출마했으나 민주당 공천을 받은 정중섭 후보에게 떨어졌습니다.
    4대 국회의원 선거에도 목포에 출마할 생각으로 민주당에 입당했으나 민주당 구파 정중섭 의원에 밀려 공천이 어렵다고 판단, 마침 강원도 인제군에 민주당 공천 신청자가 없자 인제군에 공천을 신청해 공천을 받아 4대 국회의원에 출마를 했으나 상대인 자유당 후보가 중복 추천(당시 후보 추천제)을 했다고 등록 무효가 되어 출마를 못하게 되어 두 번째 실패였습니다.

1959년 나상균 당선자가 (자유당) 당선무효 판정을 받아 보궐선거에 민주당 후보로 출마했으나 낙선을 합니다. 불행하게도 사랑하는 부인 「차용애」씨가 병으로 사망하는 슬픈 일이 일어났습니다.

김대중은 연거퍼 4번을 실패한 후 인제에서 보궐선거에 5번째 출마해 당선했으나 5·16 혁명으로 국회에 들어가지 못했습니다.

끈기있는 김대중은 포기하지 않고 1960년 민주당 후보로 제5대 국회의원에 출마했으나 자유당 후보 정형산 후보에게 패하고 맙니다. 다행히 4·19 혁명으로 자유당 정권이 끊어지므로 민주당이 정권을 잡게 되어 민주당 정형산이 공민권 제한 대상자로 의원 자격을 박탈 당합니다. 그리하여 1961년 5월 14일 강원도 인재에서 재보궐 선거에 출마하여 민의원에 당선되었습니다. 초선 국회의원이 되었습니다.

기쁨도 잠시였습니다. 보궐선거로 초선 국회의원이 된 2일 후 1961년 5월 16일을 박정희 장군의 군사혁명으로 국회가 해산되어 2일 국회의원이라는 명예만 얻게 되었을 뿐입니다.

2024년 올해 내 나이가 89살 병자생으로서 내가 26살 때 김대중과 박정희의 두 사람 인연이 서로의 상대성을 맺어준 것이 아니냐 생각이 듭니다. 누가 생각해 보아도 어렵사리 국회의원에 당선된 2일에 국회 해산을 해버린 박정희 장군을 원망하지 않을 수 없지 않겠습니까.

- 1954년 5월 20일 제3대 민의원 선거에 목포에서 낙선
- 1958년 5월 2일 제4대 민의원 선거에 강원도 인제에서 등록 무효로 무산(낙선)
- 1959년 6월 5일 4대 당선자 나상근 의원 당선무효 판결, 보궐선거에 출마해 낙선
- 1960년 7월 29일 5대 민의원 출마 낙선
- 1961년 5월 14일 5대 민의원 당선자 정형산 의원이 4·19 혁명에 의한 공민권 제한으로 하차하여 5대 보궐선거에 당선했으나 2일 후 군사혁명으로 국회가 해산되어 국회 문턱에 발을 딛지도 못한 김대중 의원의 운명이 아닌가.

강원도 인제군에 와서 김대중의 발자취를 살펴보면 고난과 고통과 고민이 아주 많았다는 것을 정리해 보고자 합니다.

김대중은 고향 목포에서 무소속으로 출마해 낙선을 한 후 민주당에 입당하여 정치 해보겠다고 1958년 강원도 인제에 와서 1961년까지 3년 동안 한 번은 등록 무효로, 한 번은 보궐선거에 낙선하고 사랑하는 부인까지 떠나보내고, 한 번은 정식으로 등록하여 낙선하고, 한 번은 보궐선거에 당선했으나 2일짜리 국회의원이라.

3년 동안 네 번을 출마하여 2일짜리 국회의원 심정은 박정희 5·16 쿠데타 주역을 어떻게든지 꺾어야 하겠다는 생각이 없다면은 정치를 안 해야 한다고 나는 생각합니다. 내 말이 삐뚤어졌다고요. 아닙니다.

　강원도 인제군에 와서 정치 인생에 좋다고는 볼 수 없는 김대중의 운명이라고 본인도 미련하지 아니하면 알아차렸을 것이라고 봅니다. 가장 사랑하는 부인을 떠나보낼 때의 심정이야 죽고 싶은 생각이 간절했다는 말조차 못한 순간이 있었습니다만, 더욱 창피하고 부끄러운 일이 더 뼈아픈 시간이 김대중을 괴롭게 만들어버린 이야기를 할까 합니다.

　1960년 7월 29일 제5대 민의원에 출마하여 낙선을 한 때입니다. 4·19 혁명으로 제4대 민의원 임기 만료가 1962년 7월 중순경이었으나 1960년 7월 29일 앞당겨 제5대 민의원 선거를 실시하게 된 것입니다. 자유당은 망했고 민주당은 팔팔한 집권 세력이었습니다. 선거에 김대중 민주당 후보도 무난히 당선될 줄 알았으나 낙선을 했으니, 창피하고 부끄러운 인생이 된 김대중 후보였습니다.

　선거 결과를 보면,
　선출 의석수 233명
　민주당 172석 (79석)
　사회대중당 4석 (0)
　자유당 2석 (126석)

김대중 후보가 낙선한 인제에서 자유당이 2명을 당선시킨 자유당 후보에 낙선을 한 것이 원통하고 분한 것이 아니라 민주당 후보로서 창피를 톡톡히 당한 꼴이 되었다는 사실은 지금까지 누가 한 번도 꺼내지 않았습니다.

네이버를 통해 김대중 역대 선거 결과를 찾아보면 사실이 나옵니다.

실시 연도 1960년. 선거 총선. 직책 민의원 의원. 지역 강원 인제군. 정당 민주당. 순위 2위. 탈락. 낙선.

처음 본 김대중

　해병대에서 생활하고 있었기에 김대중이란 이름을 들어본 적도 없고 본 적도 없었습니다. 7년간 해병대에 근무하고 탄원서를 해병대 사령관에 3차례나 올려 1966년 2월에 제대를 하였습니다. 나는 제대를 하여 농촌에 살면서 농사를 짓고 살겠다는 희망사항을 강조했습니다. 아버지께서 1961년 1월에 당시 전 국민이 두려워하는 폐병(결핵)으로 세상을 떠났습니다.

　가정을 이끌고 가는 가장이신 아버지가 안 계시기에 어머니가 대신 가장이 되어, 장남인 나로서는 가정적으로 내가 책임지고 가장이 되어야 하겠기에 제대를 하여 하루 빨리 집에 가야 하겠다는 꿈이 나를 미치게 만들고 있었습니다.

아버지가 돌아가신 후 5년 동안 해병대 생활 속에서 기쁨도 있었고 설움도 있지만 하여튼 1966년 나는 농사꾼 가장이 되어 즐겁게 살아 나갔습니다.

내가 제대하기 전 아버지가 돌아가신 지 일주일도 안 되어 어머니 혼자 할아버지와 할머니 두 분, 내 동생들 여섯 명, 사촌동생 한 명 등 어머니와 함께 아홉 식구를 감당하기 어렵다는 집안 동네 친척들의 어르신들이 간곡히 원하여 아버지 사망이란 전보를 받고 특별 휴가를 왔기에 벼락치기 결혼을 하고 바로 결혼 이튿날 포항 근무지로 복귀를 했습니다.

내가 없지만 남편인 나와 하룻밤만 지낸 새댁이 어머니를 도와 가정을 이끌어 가게 되어, 나는 군대 생활을 하면서 어머니보다 농사일을 한 번도 해보지 않은 스물한 살의 신부의 모습이 눈에서 떠나지 않았습니다. 낮에는 그런대로 군대 생활에 열중하다 보니 신부 생각이 없었지만 점호를 끝내고 잠자리에 들어가면 눈에서 고난의 역경이 잠을 이루지 못하게 만들어 버렸습니다.

결혼한 지 5년 만에 제대를 했습니다. 곱던 얼굴이 햇볕에 타서 시커멓게 변했고, 곱고 부드러운 손이 대나무처럼 빳빳하게 되어버렸습니다. 상상도 못할 고통을 참고 견디며 살았다는 느낌이 들어 어떠한 위로도 하지 못한 채 마음속으로만 위로 하였을 뿐입니다.

  하루, 이틀, 한 달, 두 달, 1년이 지나 어머니 몫과 부인 몫을 다 짊어지고 살 각오를 했으나 농사일이 그렇게 쉽지 않다는 것을 알아차린 나는 두 사람에게 무거운 짐을 조금은 덜어주는 것 같아 어머니와 아내의 얼굴에는 웃음이 깃드는 것이었습니다.

  전라도 푸대접을 말라는 친구는 이미 정치에 물든 사람이라는 것을 알았습니다. 「너 중학교 다닐 때, 김의택 국회의원 집에 자꾸 찾아간 적이 있지 않느냐.」하며 내가 정치에 관심이 있는가 한 번 떠보는 눈치였다는 것을 나는 알아차렸습니다.

  집에서 꼭 빠져서 농사만 짓지 말고 바깥세상 바람도 쐐보고 살라는 말까지 하는 바람에 아까운 청춘, 농사도 열중하면서 친구들과 함께 밖에서 나가 놀아보는 것도 좋다고 생각해 두말없이 함께 하자고 했습니다.

  내가 친구의 권유에 쉽게 대답한 것은 3달 전 김의택(1909-1983 3대, 4대, 5대, 8대 국회의원, 함평) 씨가 집에 왔다 간 일이 있었습니다. 나는 친구들에게 이진연 보좌관이 집에 왔다 갔다는 말을 하지 않았기에, 친구들은 나와 이진연 보좌관의 관계를 알 수 없기에 나에게 이번 국회의원 선거를 함께 뛰어보자는 친구의 부탁이 당연했습니다.

  나는 태어나서 처음으로 함평 땅에서 직접 국회의원 선거를 하게 되어 관심이 많았습니다. 전라도의 애정에 흠뻑 빠져 있었으니까요. 이진연 보좌관과 자주 만났습니다. 정치인이라 그런지 김의택 국회의원은 야당입니다. 여당은 공화당입니다. 이 진연 보좌관 역시 신민당 소속이었습니다. 영광·함평군 두 군이 합하여 한 지역구(전남 18지구당)가 되었기에 영광 출신 조영규(1913-1986 1대, 3대, 4대, 5대 국회의원, 영광) 씨가 후보자가 되고 김의택 국회의원은 출마하지 않았습니다.

나는 영광·함평의 국회의원 선거에는 관심이 적었습니다. 왜냐하면 김의택·이진연 보좌관께서 나에게 깜짝 놀랄 말을 하셨습니다. 이번 선거에서 볼만한 곳이 목포 국회의원 선거라고 하면서 김대중 후보가 이번 재선에 당선되면 대통령감 후보가 된다는 것이었습니다. 박정희 대통령이 어떻게든 김대중 후보를 때려잡으려고 낙선을 위해 별별 행동을 하고 있다는 말까지 해주셨습니다. 나는 대통령이란 말에 김대중 후보의 얼굴이라도 보고 싶었습니다.

나는 내가 원하는 일에는 성질이 다소 급한 성격이라 이진연 보좌관에게 김대중(6대 목포 초선 당선) 후보의 얼굴을 한번 보아야 하겠다고 졸랐습니다. 쉽게 그렇게 해주겠다 하면서 한 가지 부탁을 들어주면 좋겠다는 말을 나에게 꼬리를 달았습니다. 다 들어주겠다고 싱겁게 대답을 했습니다. 나중에 알았지만 다음에 국회의원 출마하면 나에게 도와달라는 말이었습니다.

1967년 5월 31일 오후 5시. 목포 북교초등학교 합동 정견 발표에 2만여 인파가 모였습니다. 이진연 보좌관과 나는 참석을 했습니다. 김대중 후보를 봤습니다. 단상에서 외치는 김대중을 지켜본 나는 감동이었습니다. 우렁찬 함성, 패기 있는 동작, 들어도 지루하지 않은 연설, 청중을 감동시키는 연설 내용, 웃기고 울리는 청중을 향한 웅변 등으로 나를 미치게 만들어 버렸습니다. 단번에 김대중 후보의 연설을 듣고 그 자리에서 이진연 보좌관에게 대통령감이라 하지 않고, 생각이 마음에서 우러났습니다. 죽음을 건 필사의 투쟁이었습니다.

연설 내용을 지금도 기억하는 부분이 내 머릿속에 있습니다.
「내 얼굴을 똑똑히 보십시오. 나는 내 장래에서 큰 포부가 있습니다. 내가 돈 몇 푼 받고 장래를 망칠 사람이 아닙니다.」
박정희 대통령이 적극적으로 김대중 후보를 낙선시키기 위해서 국무회의를 목포에서 열기도 했습니다. 그리고 민주공화당 체신부 장관을 지낸 진도 출신으로 김대중을 낙선시키고자 목포에 출마한 김병삼 후보가 한일조약 국회 심의 때 김대중도 돈을 받았다는 악선전을 하였기에 돈 몇 푼 받고 장래를 망칠 사람이 아니라고 반박을 했던 것입니다.

김대중 후보가 당선되었습니다. 나의 생각이 맞았습니다. 김의택·이진연 보좌관 김대중 대통령의 꿈을 갖고 있다는 말을 해준 것이 빈말이 아니었습니다. 함평 시골이지만 김의택·이진연 훌륭한 정치인과 함께 김대중을 대통령 만드는데 발 벗고 뛰기로 결심을 했습니다.

나는 후에 『옥새 없는 전라도 왕』과 『옥새 받은 전라도 왕』이란 책을 냈습니다.

첫 대선에 대한 김대중

김대중은 1962년 5월 41살인 이희호(초혼, 1922-2019) 여성 운동가와 39살 때에 재혼을 했습니다.

강원도에서 정치적 뿌리를 내리려고 했지만 하늘이 내려주지 않은 것 같습니다. 1963년경 고향이 좋거나 나쁘거나 자신이 설 곳은 목포라고 마음에 굳혔습니다. 1963년 민주당 후보로 목포에서 출마해 제6대 국회의원에 당선되어 재선 국회의원이 되었습니다.

재선 국회의원이지만 강원도 인제에서 보궐선거에 당선된 2

일 만에 국회에 발을 딛지 못했으니 말만 국회의원이지 의정활동이 전혀 없으니 김대중이란 존재는 누가 알아주지 아니했습니다. 그러나 재선이 되어 김대중은 국회의원은 물론이요, 정치권에서 두각을 나타내기 시작했습니다.

6대 국회의원 당선 김대중은 영웅이 되어 갔습니다.

김대중의 의사진행 발언(필리버스터, 의회 안에서 합법적인 수단을 이용해 의사진행을 고의로 저지하는 행위)으로 세계 최장이란 기록을 인정받아 기네스 증서를 받으므로 김대중 이름이 뜨고 있었습니다.

내용은 이렇습니다.

1964년 자유민주당 김준연(1895-1971, 초대 국회의원 영암군에서 무투표 당선, 3대, 4대, 5대, 6대 의원) 의원이 국회 본회에서 공화당 정권이 한일 협정 협상 과정에서 1억 3천만 달러를 받아 정치자금으로 사용했다고 발언을 하였습니다. 국회가 발칵 뒤집어졌습니다. 이효상 국회의장이 회기 마지막 날인 4월 20일 김준연 의원 구속 동의안을 상정했습니다.

이때 김대중 의원이 의사 발언에 나섰습니다. 물 한 모금 먹지 않고 원고 없이 회기 마감인 오후 6시를 넘어 5시간 19분이나 발언을 했습니다. 재선의원에 지나지 않은 무명의 김대중 의원은 이 의사진행 발언으로 여야 정치권 상관없이 박정희 대통령까지 김대중 의원을 두려운 인물로 보고 있었다는 게, 제7대 목포에서 김대중을 낙선시키려고 애를 썼다는 사실을 알게 되었습니다. 박정희 대통령의 눈에는 김대중 의원이 평범한 정치인으로 보지 않고 있었다는 것을 이미 알고 있었다는 것이 아닐까요.

김대중 7대 대통령 선거에 낙선합니다.
드디어 김대중 의원 1971년 4월 27일 제7대 대통령 선거에 출마했습니다. 박정희 대통령과 김대중은 한바탕 대권을 놓고 치열한 싸움이 되었습니다.

나는 4.27 대통령 선거에 함평 민주당 선전부장이 되었습니다. 나는 이진연 보좌관과 약속대로 김대중 대통령 만들기에 뛰어들었습니다. 함평 신민당 선전부장이란 감투를 쓰게 되었습니다. 이진연 지구당 위원장이 나보다 더 열심히 선거운동을 했습니다. 김대중 후보를 하늘같이 모시는 정치인이라는 것을 같이 행동하면서 느끼게 되었습니다. 4월 22일 장날 김대중 후보가 함평공원에서 유세하게 되었습니다. 함평 전 지역 김대중 후보가 함평에 오신다는 것을 당원들을 통해서 알렸습니다.

김대중 후보가 함평공원에 오셨습니다.
이 시대에 야당 선거운동을 하는 사람은 마음 단단히 먹지 않으면 못합니다. 정보기관·수사기관·형사들이 가만두지 아니했습니다. 구타·연행·협박을 서슴지 아니했습니다.
드디어 김대중 후보가 함평에 도착했습니다. 아마 오전 11시경이었습니다. 공원과 주위 도로 500m까지는 빽빽이 메워버렸습니다. 함평 사거리에서부터 사람이 가득 차 있어 차로는 공원 입구까지 못 가기에 차에서 내려 걸어갈 수가 없었습니다.

지금도 기억이 생생합니다. 열성 당원인 20대 청년 윤봉기 당원께서 길을 트면 이진연 위원장이 김대중 후보를 보좌하여 불상사가 나지 않도록 앞에서 안내를 하였습니다. 나는 공원에 준비한 연설대에 올라서 마이크를 잡고 목이 터져라 '김대중! 김대중!'을 연호하며 공원을 가득 메운 군민들에게 하나 된 목소리로 외치도록 흥분을 몰아치게 이끌었습니다. 공원은 물론이요, 함평 읍내가 온통 김대중 연호로 메아리치고 있었습니다.

연단에 오르신 김대중 후보는 두 손을 하늘 높이 올려 들어 열열한 환영인파에게 감사하고 지지해 주어서 고맙다는 인사를 몸으로 보여주고 있었습니다. '김대중!' 연호가 쏟아지므로 김대중 후보는 연설을 하지 못하고 손만을 흔들 뿐이었습니다. 이진연 위원장이 장내 방송으로 공원을 진동시키는 인파를 향해 그만하면 됐으니 김대중 후보의 연설을 듣자고 알렸습니다.

조용해졌습니다. 공원에 몰아친 파도가 언제 그랬냐는 듯 순간을 모르는 듯 숨소리조차 들리지 않는 분위기가 되어 조용한 공원이 되어버렸습니다. 김대중 후보가 연설을 하기 시작했습니다. 한마디 말씀하시면 내용이 어떤 것인가 들으려 않고 그저 박수만을 쳐댔습니다.

무슨 말을 하셨는지 53년이 지나 기억이 나지는 않습니다. 그래도 두 가지 말은 떠올랐습니다.

「10년 썩은 정치 농촌을 망치고 있어! 빚이 농사에서 돈 버는 농사로 만들 것이여: 내가 대통령이 되면 농촌을 잘 살게 만들 것입니다. 논 열 마지기 해서 쌀 20가마 수확, 돈으로 14만원 정도. 비료대, 농약대, 농기구대, 노임을 제외하면 2만밖에 안남아. 반면 이 논을 팔아 70만원을 은행에 예금하면 매년 15만을 타먹을 수 있으니 누가 농사를 지어. 내가 집권하면 이중곡가제 실시해. 가마당 1만원으로 추곡을 매입해, 7천5백 원에 판매할 거여. 남는 농사 만들거요! ---저 벚꽃을 보시오. 꽃잎들이 떨어지고 있어요. 떨어질 때가 되나 박정희도 곧 떨어지게 되어 있어요. ---」

함평공원 안에는 벚꽃나무가 꽉 차 있습니다. 4월 10일경에는 하얀 물결로 덮습니다. 만개한 벚꽃이 10일을 지났으니 꽃잎들이 떨어지고 있는 것을 가리키며 웃음과 함께 박수로 이끌어갔고, 김대중 후보를 향해 '대통령 김대중! 대통령 김대중!' 내가 연호를 하자 모두가 따라 '대통령 김대중!'으로 분위기가 바뀌었습니다. 30분가량 연설을 마치고 함평공원을 떠나는 김대중을 향해 「대통령 김대중」의 구호는 열기가 뜨거워졌습니다.

박정희 후보는 한 번도 함평에 오지 않았습니다.

박정희 후보가 당선되면 선거도 없고 총통 시대가 옵니다.
나는 4월 18일 서울 장충공원에서 45살 신민당 김대중 후보가 100만 군중 앞에서 연설한 것 가운데「정권 교체를 못하면 앞으로 선거 없는 영구집권의 총통 시대가 옵니다.」이 말씀은 전국에서 난리가 날 정도로 박정희 후보에게 가슴을 철렁거리도록 만들어버렸습니다. 4월 25일 박정희 후보는 장충공원 유세에서 절대 그런 일은 없다고 반박을 했습니다.

제7대 대통령 선거에 가장 값진 말이 바로 박정희가 다시 대통령이 된다면 선거가 없다는 말이 맞았습니다. 이 말로 김대중 후보는 낙선됐지만 국민들이 김대중 후보는 앞날을 잘 내다보는 지도자라고 높이 칭찬을 하기 시작했습니다.

최초 지역감정 발언한 이효상(제7대 국회의장, 제5대, 6대, 7대, 9대, 10대 의원) 국회의장입니다.

「박정희 후보 신라 임금의 자랑스런 후손이다. 이제 그를 대통령으로 뽑아 이 고장 사람을 천 년만의 임금으로 모시자. 경상도 대통령을 뽑지 않으면 우리 영남은 개밥에 도토리 신세가 된다.」

한국 정치사에서 정치적으로 지역감정을 이용한 최초의 정치인이 되고 말았습니다. 이효상의 지역감정의 말에 우리 전라도 사람은 바보가 아닙니다.

이효상의 말대로「이 고장은 신라 천 년의 찬란한 문화를 자랑하는 고장이지만 이 긍지를 잇는 이 고장의 임금은 여태껏 한 사람도 없었다」고 한 말을 전라도 사람에게는 한반도 역사가 생긴 이래 임금도 없는 전라도를 비웃고 폄훼하는 말이 되었으니, 전라도 임금, 왕, 대통령을 탄생시키겠다는 단결을 불러일으키는 말이 되었다고 봅니다.

전라도 출신 김대중 후보는 낙선되었습니다.
경상도 출신 박정희는 대통령에 당선되었습니다.

제7대 대통령 선거 결과 (1971.4.27.)
박정희 민주공화당 후보 6,342,828표 57.19%
김대중 신민당 후보 5,395,900표 45.25%
947,928표 차

제7대 대통령 선거로 경상도 출신 이효상 국회의장 지역감정 발언으로 전라도도 대통령 탄생시키겠다는 한을 품게 되었습니다. 전라도 한은 김대중 대통령 만들기였습니다. 이효상 국회의장이 전라도 한을 갖게 만든 최초의 인물이라는 것은 역사에 기록으로 남을 것입니다.

유신헌법

김대중 대통령 후보 10월 유신을 장충체육관에서 예고했습니다.

박정희 대통령은 10월유신을 선포하면서 전국에 비상계엄령을 선포해 버렸습니다. 계엄사령관에 노재현 육군참모총장이 임명되었고, 계엄사 포고령 1호로 정치 활동 금지, 대학 휴교, 언론·출판·방송 등 사전검열 등을 발표했습니다.

우리 역사상 두 번째 유신이었습니다.

첫 번째는 1513년 조선조 제11대 왕 중종 10월 유신이 발표했습니다. 타의에 의하여 왕좌에 오른 중종은 반정공신들이 멋대로 설치는 바람에 부정부패가 만연하고, 가난한 선비가 장안

감부가 되고, 미관말직이 공신이 되어 권세를 휘두르고, 역행하는 오류행실이 늘어나고, 사회 풍조가 땅에 떨어지자 말세로 보고, 해박한 학습과 참신한 청년 학자 조광조를 등용하여 새로운 기풍을 진작하고 선구적인 개혁을 단행하고자 유신을 기약했습니다.

중종의 유신과 박정희 대통령의 유신은 달랐습니다. 중종의 유신은 부정부패로부터 도의 정치 유신이었다면, 박 대통령 유신은 장기 집권이라고들 모두가 단정합니다만 나는 지금 89살 된 2024년으로 볼 때, 조국 건설을 위해 잘 사는 대한민국을 만들겠다는 한 꿈을 실현하고자 유신을 선포한 것이라고 생각합니다. 세계 최고 가난한 국가에서 세계 경제대국 10위권 안으로 만들어진 것을 보고 말입니다.

1972년 10월 17일 유신 선포 후 11월 21일 유신헌법 확정을 위해 국민투표를 실시했습니다.

총유권자 수 15,676,395명
투표자 14,410,714명
찬성 13,186,559명
반대 1,106,143명
무효 118,012명
기권 1,265,681명

유신헌법에 따라 대통령은 통일주체국민회의 대의원들이

선출합니다. 대의원은 읍·면·동 별 인구수에 따라 1명 또는 3명까지 유권자의 직선투표로 다득표자 수로 대의원이 됩니다.

 1대 통일주체국민회의 선거가 1972년 12월 15일 실시됐습니다. 초대 대의원 2,359명이 선출됐습니다.

 이어서 1972년 12월 23일 대통령 선거를 실시했습니다.

 박정희 대통령이 장충체육관에 모인 2,359명 전원이 참석하여 2,357표를 얻어 초대 통일주체국민 대통령이 되었고, 8대 대통령이 되었습니다. 북한의 김일성, 김정일, 김정은 국가주석 선출방식과 같았습니다. 대의원 아무나 출마 못했습니다. 정보기관을 통한 암묵적인 허락이 있어야만 출마가 가능했습니다. 나는 실제 경험을 했습니다.

 야당은 대통령 생각을 말아야 합니다. 야당 국회의원이 있으나 마나가 되어버린 유신헌법이었습니다.

 1971년 대통령 선거에서 밝힌 대로 김대중의 전망이 딱 맞았습니다.

 「3선 개헌을 강행하여 박정희 씨의 계속 집권의 고속도로를 만들어 놓고 이번 선거를 총통을 탄생시키는 절호의 기회를 삼으려고 하는데 만일 우리 양심 세력이 이를 막지 못 한다면 우리는 영원한 총통 치하의 노예가 될 것이다.」

 국민은 김대중 후보 연설을 거짓말이라고 비웃었습니다. 그 말 사실이 되었습니다. 국민은 박정희 대통령에게 총통제 하도록 만들어 주었습니다.

유신헌법 개헌으로 대한민국 제4공화국이라 불렀습니다. 체육관 선거라고도 비하합니다. 현대사에서 가장 큰 규모의 헌정중단 사태이자 친위 쿠데타라고 비꼽니다.

박정희 대통령은 5대, 6대, 7대 합쳐 3선까지 당선되어 직접 선거로써는 대통령 되기 어렵다는 것을 느꼈는지 갈수록 뜨는 김대중을 의식하고 7대 대통령에 당선된지 5개월 될 무렵 유신을 선포하고 체육관 선거로 제8대 대통령이 되었습니다.

유신헌법은 파격적인 내용을 담았습니다.
1. 대통령 직선제 폐지 및 통일 주체 국민 회의를 통한 간접선거.
2. 국회의원의 3분지 1을 대통령의 추천으로 통일 주체 국민 회의에서 선출.
3. 대통령에게 헌법 효력까지도 일시정지시킬 수 있는 긴급 조치권 부여.
4. 국회 해산권, 법관 임명권, 법률 거부권 등 대통령이 가질 수 있는 권한을 늘려 대통령 3권위에 군림할 수 있도록 보장.
5. 대통령 임기를 연장하고 연임제한을 철폐하여 종신 집권을 가능케 함.

유신헌법으로 박정희, 최규하, 전두환 3명의 대통령이 선출되었습니다. 12대 대선 후보 6·29 선언으로 16년이라는 세월 만에 민주정의당 노태우 후보부터 1987년 유신헌법이 마감됐습니다.

황색바람

　김대중 후보 당선을 위해 함평 선전부장으로서 권력의 압력에도 굴하지 않고 뛰었으나 낙선이 되어 한숨만을 쉴 뿐이었습니다.
　그래도 정신을 차리고 이제 우리 전라도 대통령 만들기에 한을 품은 나는 두 후보의 지역에 대한 표 계산을 해보았습니다.
　박 후보 선산 40,777표 (김 후보 3,832표)
　김 후보 목포 38,780표 (박 후보 18,889표)
　박 후보 경북 1,333,051표 (김 후보 411,116표)
　김 후보 전남 874, 974표 (박 후보 479,737표)

김 후보 함평 28,490표 (박 후보 12,312표)

두 후보의 연고지 득표율을 보면 경상도가 지역감정에 많이 작용되었다는 게 사실로 나타났습니다. 선거는 선거니까 받아줄 수밖에 없습니다.

「김대중 후보가 1971년 정상에 가는 길은 패배했으나 역사가 지나가면 김 후보가 내놓은 공약을 보면 승리자는 김대중이었으나 대통령 자리에는 앉지 못했고, 박정희 대통령은 대통령에 앉았으나 선거(공약)에는 패한 자로 판정을 하게 될 것에 더욱 국민으로부터, 세계로부터 김대중 후보를 인정하게 되리라.」

1987년 12월 26일 13대 대통령에 낙선한 김대중, 김영삼.
단일화를 바라던 국민의 표를 외면하여 민주화 정부를 세우지 못한 정권 교체가 물 건너가 영하의 날씨가 강물을 꽁꽁 얼어붙게 만들어버렸습니다. 따라서 국민 민주정부를 바라던 민주화 지지자들은 실망에 빠져버리고 말았습니다.

단일화가 불가능하므로 통일민주당에서 나와 평화민주당을 창당하여, 한 달 18일 만에 13대 대통령 선거에 낙선. 김대중은 그대로 주저할 수 없어 1988년 4월 26일에 치러질 13대 국회의원 선거에서는 반드시 제일야당이 되겠다는 굳은 결의로 착착 계획을 진행하고 있었습니다.

그동안 자기를 지지해준 재야인사 98명(1988년 2월 평화민주통일연구회, 약칭 평민연)을 당체제를 반반씩 권한을 갖기로 하고 평민당에 영입하는데 성공을 했습니다. 재야인사 대표적인 인물 문동환(1921-2019, 문익환 동생 13대 전국구 국회의원), 박영숙(1932-2013, 사회운동가, 13대 전국구 국회의원), 서경원(1937- , 농민운동가, 전국 카톨릭 총회장, 13대 함평·영광 국회의원), 이해찬(1952- , 13대 초선, 국무총리) 등이 있습니다.

김대중 총재 13대 대선에 낙선으로 총재직을 내려놓고 재야에서 영입한 전라도 출신 박영숙 씨가 권행 대행으로 13대 선거를 치렀습니다.

당을 창당한 본인으로서 김대중은 총재직을 내려놓고 권한 대행 체제로 선거를 치르지만 실제로 김대중이 총괄 공천에 집중하고 있었습니다. 당의 얼굴이 사람이요, 당선 가능성을 위한 인물이냐, 국민이 바라는 쪽이 어디 인물이냐, 선택을 하는데 골치 아픈 김대중 총재였습니다.

전국 민주화를 위해서 투쟁하는 인물이냐에 국민들의 성향을 찾았습니다. 그러므로 기존 당파와 재야입당파와 팽팽히 맞서고 말았습니다. 재야는 재야대로 지분을 요구하고 있었고, 당권파는 당권파대로 당의 지명도가 있는 현역 의원을 탈락시키지 않으려고 죽기 아니면 살기로 팽팽히 맞서고 있었습니다.

가장 대표적인 곳이 내가 살고있는 함평·영광군 지역구가 해당되었습니다. 재야입당파 서경원 카톨릭 농민회장과 3선을 한 이진연 의원이었습니다. 3-4 차례 공천 명단이 발표되었지만 마지막까지 두 사람의 공천은 발표되지 않고 있었습니다.

애타는 쪽은 3선의 이진연 의원 쪽이었습니다. 자유당·공화당·민정당 정권에서 맨손으로 싸우면서 평생을 김대중과 함께 민주화 투쟁을 하였지만, 공천 명단을 발표할 때마다 소식이 없으니 애만 타고 있었습니다. 당 공천 심사위원회에서도 결정을 내리지 못하였다고 합니다.

농민운동가와 정치인의 함평·영광군 지역구 공천은 결국 김대중 손에 넘어오고 말았습니다. 김대중 총재는 이진연에게 공천을 줄 마음이 있었지만, 영입파에서 서경원 카톨릭 농민회장에게 공천을 안 주면 모두가 평민당을 떠난다고 최후통첩을 했습니다. 나중에 들었지만 김대중 총재도 이진연 의원에게 공천을 안 주어서 서운한 마음을 갖고 있었다고 합니다.

13대 국회의원 평민당 공천에 함평·영광군 지역구가 전국적으로 가장 뜨거운 한판 승부였는데, 서경원이 함평·영광 지역구 평민당 공천을 받았으나 민주정의당의 공천을 받은 조기상 (1937-2021, 11대, 13대 국회의원, 정무장관) 의원과 한판 승부가 전국적으로 재미있게 펼쳐졌습니다.

무학과 서울대, 농민과 2선 정치인, 가난과 부자의 대결이 싱겁게 조기상이 당선된다고 하면서, 조기상 의원이 정치 복을 탔다고까지 서경원의 낙선을 기정사실로 몰아가고 있었습니다. 백 가지면 백 가지가 하늘과 땅 차이가 난다고 했습니다.

농민으로서 국회의원이 되겠다는 굳은 의지로 유권자, 군민들의 별소리 해도 눈 하나 깜짝 않고 함평·영광 거리를 누비며 어딘가 모르게 자신을 주민들에게 보여주기 시작했습니다. 기존 평민당으로부터 인적·물적·사무적 관계를 일절 인수받지 못한 서경원 후보는 농민운동을 함께 한 동지들과 선거운동을 해 나갔습니다. 당시 김광모 병원 옆에 10평 안 되는 가게에 사무실을 차려 놓았지만 주민들은 찾아와 위로를 해주는 사람이 드물었습니다. 찬바람만 난다고 할까요. 책상 하나밖에 없는 초라한 사무실.

후보 등록이 되고 합동 유세가 시작되었습니다. 영광·함평을 향해 이렇게 외쳤습니다.
「쓰러져가는 농민을 위해서, 파멸되어 가는 농촌을 위해서 일을 하라고 우리 평민당 총재 김대중 선생님이 나를 영광·함평에 공천을 해주었습니다. 나는 국민학교도 안 나왔지만 농민을 위해서 무서운 독재정권과 목숨을 내걸고 싸워 왔습니다. 전두환 일당, 노태우 일당이 정권을 탈취해 김대중 선생을 사형 선고까지 내린 자들이요. 총선 승리해서 노태우 정권 독재 못하도록 막아야 하겠습니다.」
농민의 실정을 뼛속에 닿도록 서경원 후보가 연설하자 뜨거운 박수가 터져 나왔습니다. 게다가 김대중 선생의 이름을 외치니 잠잠하고 덤덤한 청중들의 열렬한 박수가 터져 나왔습니다.
일에 시달려 살 한 점 없고, 햇볕에 타버린 검붉은색 얼굴을 내민 서경원 후보의 전형적인 촌놈은 우렁찬 목소리를 청중을 놀라게 만들어 버렸습니다. 밉게 보면 한없이 밉게 보이는 것처럼 온몸에서 솟아 나오는 열정과 비판으로 외쳐대 나가니 유권자들의 입에서 쓸 만하다고 하나씩 둘씩 점점 이어가고 있었습니다.

선거일이 10일밖에 안 남았습니다. 서경원 후보 지지도가 약간은 좋아졌지만, 당선권에는 너무나 멀어져 갔습니다. 서경원 후보가 낙선하면 공천해 준 김대중 총재에는 큰 타격이 주어지기 마련입니다. 김대중 총재는 자신이 잘 알고 있기에 서경원을 당선시키면 전라도를 싹쓸이할 수 있다는 생각과 다짐에 김대중을 함평 땅, 영광 땅에 지원 유세를 할 계획이 이미 짜여 있었습니다.

김대중 총재의 영광·함평 유세 날이 4월 17일로 정해졌습니다. 4월 17일은 함평장날입니다. 유세 장소는 고수부지로 정해놓았습니다. 서경원 후보 차량은 오래간만에 힘이 솟아났습니다. 골목마다 누비며 김대중 선생님 함평에 오십니다. 힘찬 방송은 군민들의 가슴을 흥분시키고 있었습니다. 대통령 선거때 함평공원에서 한 번 보고 보지 못했으니 이번에도 꼭 봐야지 - 나도 한 번 봐야지 하며 김대중 선생의 함평 유세에 너도나도 가보겠다는 마음이 서로 통하고 있었습니다.
군민들은 서경원 후보에 관심보다 김대중 선생에게 관심이 몰아치고 있었습니다. 남녀노소 할 것 없이 김대중 선생의 연설을 듣겠다고 들뜨고 있었습니다. 날이 새고, 또 날이 새고 하루하루가 금방 지나갔습니다.
장터 고수부지 꽉 차버렸습니다. 둑에도 가득 메웠고 물 건너 앞쪽 둑에도 사람으로 가득 차 있었습니다. 「김대중 선생님이 도착했습니다」 하는 방송 소리에 도로 쪽에서 차에 내려 연단이 있는 쪽으로 걸어오는 김대중을 향해 「김대중! 김대중! 서경원!」 연호가 함평 읍내를 삼켜 버렸습니다. 키가 작은 사람은 김대중 선생을 볼 수가 없었습니다. 존경하는 지도자가 나타나는 것은 백만 군중을 휘어잡는 정신적 지주인 것처럼 함평 군민을 완전히 김대중 선생이 잡아 버렸습니다. 서경원 후보의 주인공이 아니라 김대중의 김대중이 주인공으로 되어 버린 것 같았습니다.

김대중 선생이 서경원 당선을 위해 연단에 올랐습니다.
「반갑습니다…. 정치군인들에게 사형 선고를 받고 살아서 대통령 선거 때 보고 또다시 만나게 되어서 기쁩니다…. 지난번 선거 때 나를 위해서 많은 표를 주신 데 대하여 감사합니다…. 노태우 씨가 컴퓨터 조작을 해서 대통령이 되었습니다…. 농가 부채도 국회 들어가서 탕감할 수 있도록 하겠습니다…. 서경원 후보가 못나고 밉더라도 나를 보고 꼭 국회로 보내주십시오. 서경원 당선이 나 김대중 당선입니다. 서 후보를 꼭 국회로 보내겠다고 약속하면 서 후보에게 박수 한 번 더 쳐주십시오…. 감사합니다.」

20분간 짧은 연설은 김대중 황색 바람(평민당 깃발이 황색 깃발) 함평 군민의 가슴을 찡하게 만들어버렸습니다. 함평 시장 고수부지에서 일어난 황색 바람은 거침없이 함평·영광을 완전히 휘어잡아 버렸습니다. 막을 길 없는 황색 바람은 집에 있는 함평 군민의 얼굴에 새차게 닿았고, 거리에 지나가는 사람에게도 감고 돌았습니다.

황색 바람은 전라도 왕을 탄생시키는 바람이 되었습니다.

선거 결과가 나왔습니다.
민정당 125석 (38%)
평민당 71석 (16%)
민주당 60석 (13%)
공화당 35석 (8%)
기타 8석

황색 바람을 일으킨 평민당은 광주·전남·전북에서 37석 전부 휩쓸었습니다. 전국구 11번 김대중 후보도 무난히 당선되어 5선에 올랐습니다. 인구 3할이 살고 있는 서울에서 42석 가운데 17석을 차지해 평민당이 1위가 되었습니다.

특히 대통령 선거 단일화에 포기하고 평화민주당을 창당해 4당 필승론을 주장한 김대중 총재를 비난했으나 창당 5개월 만에 제1야당으로 등극하여 비난들을 말끔히 씻어버렸습니다.

13대 국회의원 선거로 3김 시대 자리를 튼튼히 잡았고 김종필을 충청도 왕, 김영삼을 경상도 왕, 김대중을 전라도 왕으로 역사 속에 만들어버린 선거가 되었습니다.

황색 바람으로 무학 후보가 서울대 출신 2선 국회의원을 압도적으로 물리쳤습니다.

4

운 좋은 김대중

네 번이나 죽을 뻔 했으나
하느님, 또한 세계 유명인사들이 고비 때마다
구명운동을 했고
개인적으로도 훌륭하지만 주위 사람의 도움으로
대통령, 노벨평화상까지
일생을 보면
김대중은 좋은 운을 타고났습니다.

영부인 비명과 명동 사건

　김대중 총재가 납치되어 1973년 8월 13일 집에 돌아온 후부터 동교동 자택은 동교동 교도소가 되어 김대중은 교도소에서 살아가야만 했습니다. 가택 연금되어 경찰들이 집 주위를 완전히 지키고 있었습니다. 사복경찰이나 정보원은 주위를 살피며 오고 가는 사람을 주의 깊게 감시, 살펴보고 있었습니다.

　동교동 교도소 생활을 하는 김대중은 정부에 의하여 삼엄한 경계를 계속 받고 있었습니다. 반유신·반독재를 외치지 못하게 철저하게 외부와 차단을 해버렸습니다.

김대중은 납치로 우리 국민뿐만 아니라 세계가 김대중의 민주화운동에 감탄했고, 전라도 사람은 대통령을 만들겠다는 한을 더욱 품게 되어버렸습니다.

김대중이 동교동 교도소에 수감 된 후 2개월째 되는 10월에 학생들은 두려움 없이 중앙정보부 해체, 독재정치 중지, 김대중 사건 해명을 외치면서 전국적으로 시위를 확산시키고 있었습니다. 지긋지긋한 유신시대이지만 학생들은 정의감에 반유신을 강하게 몰아붙였습니다.

두려움을 느낀 박 대통령은 1974년 1월 8일 오후 5시 긴급조치 1호, 2호를 선포했습니다.
「대한민국 헌법을 부정, 반대, 왜곡 또는 비방하는 일체의 행위, 헌법 개정 또는 폐지를 주장과 발의와 제안 또는 청원하는 일체의 행위, 유언비어 날조, 유포하는 일체의 행위를 금함. 또한 이들 행위를 권유, 선동, 선전하거나 방송, 보도, 출판, 기타의 방법으로 이들 타인에게 알리는 일체의 언동을 금함.」

박 대통령은 국제 정세 국제 경제가 몰고 온 거센 풍랑과 북한 공산주의자의 도발을 미루어 조국의 현실을 그야말로 백척간두에 처해있어서 긴급조치를 내린 이유라고 하였습니다.

영부인 육영수 여사는 총탄에 비운을 맞았습니다.

긴급조치 1호, 2호 선포한 7달째 되는 날 1974년 8월 15일 10시 제29주년 광복절 행사를 서울 국립극장에서 치르고 있었습니다. 때마침 박 대통령이 경축사를 읽는 도중 연단 옆에 앉아계신 육 여사께서 총소리와 함께 쓰러지고 말았습니다. 박 대통령 암살을 시도했으나 대신 육 영부인이 총에 맞았습니다. 대한민국의 비극이었습니다. 발표에 의하면 제일동포 2세 23살 먹은 문세광의 총탄에 맞아 영부인 육 여사께서 돌아가셨다고 했습니다.

육 여사를 비운으로 보낸 박 대통령은 민주화의 메아리에 시달리고 학생들 시위에 골치가 아팠으나 경제개발에 열중하여 새마을운동을 활발하게 이끌고 가고 있습니다.

해가 바뀝니다.

1975년 4월 30일 우리 국군을 파병시킨 월남이 패망을 합니다. 완전히 공산화 되어버렸습니다. 우리 대한민국이야말로 월남 공산화에는 달갑지 않은 처지가 되었습니다. 박 대통령께서 좋지 않은 시간이 되어버렸습니다. 유신철폐 시위는 계속되어 전국은 혼란 상태에 빠질까 정부는 가만히 지켜볼 수만은 없었습니다.

1975년 5월 13일 긴급조치 9호를 선포했습니다.

김대중은 2년 넘게 동교동 교도소에서 살아가니 답답하기만 하였으나 감금된 몸이라 어쩔 수 없이 받아들여야만 되었기에 참고 인내하며 살아 갔습니다. 그런데 또 긴급조치 9호를 선포하자 가슴이 터질 것만 같은 마음이 괴로워지기 시작을 했습니다. 더 이상 연금 상태에서 몸부림치는 자신의 마음을 달랠 수 없는 김대중이었습니다.

여기에다가 민주화를 같이 해온 장준하(1918-1975, 독립운동가, 민주운동가, 정치인, 언론인) 선생님이 1975년 8월 17일 경기도 포천시 약사봉에서 의문의 사망 소식에 김대중은 슬픔에 앞서 유신 반대 투쟁에 몸 바치겠다는 각오가 활활 타올랐습니다.

나는 장준하 선생에 대하여 잘 알지 못하지만 사상계(1953-1970까지 발행한 월간 시사잡지) 책을 군대 생활을 하면서 구입해 보았고, 제대 후에도 계속 구입해 보았으므로 장준하 선생님을 알게 된 것입니다. 학생과 지식층들이 좋아했지요.
1976년 명동성당에서 3·1 민주 구국 선언을 합니다.
1975년 긴급조치 9호로 사회가 유신체제의 강압 통치로 질식하고, 강요된 한 해를 보내고 1976년을 맞이하며 양심 세력들이 꽁꽁 얼어붙은 사회를 풀어보려고 국민들에게 민주화 정당성을 알리기 위한 노력이 꿈틀거리기 시작했습니다.

1972년 10유신 4년 뒤에 1976년 3월 1일 오후 6시, 명동성당에서는 전국에서 올라온 20여 명의 사재단들이 공동집권을 했고, 2천여 명의 신·구 교회 관계 인사와 신도들이 기념미사를 올렸습니다.

　서울여대 이우정 교수가 재야인사 16명이 서명한 민주 구국 선언문을 낭독했습니다.

　「이 민족은 또다시 독재정권의 쇠사슬에 메이게 되었다. 삼권분립은 허울만 남고 말았다. 국가안보라는 구실 아래 신앙과 양심의 자유는 날로 위축되어 가고, 언론의 자유와 학원의 자주성은 암살 당하고 말았다.」

　「현 정권은 이 나라를 여기까지 끌고 온 책임을 져야 할 것이다. 우리의 비원인 민족 통일을 향해서 국내외로 민주 세력을 키우고 규합하여 한 걸음 한 걸음 착실히 전진해야 할 이 마당에, 이 나라는 일인 독재 아래 인권은 유린되고 자유는 박탈당하고 있다.」

　「이리하여 이 민족은 목적의식이나 방향감각 민주주의에 대한 신념을 잃고 총 파국을 향해 한 걸음씩 다가서고 있다. 우리는 이를 보고만 있을 수 없어, 여야인 정치인 전략이나 이 해를 넘어 이 나라의 먼 나라의 앞날을 내다보면서 민주 구국 선언을 선포하는 바이다.」

　「이 나라는 민주주의 기반 위에 서야 한다. 우리는 국민의 자유를 억압하는 긴급조치를 곧 철폐하고 민주주의를 요구하다가 투옥된 민주 인사들과 학생들을 석방하라고 요구한다. 언론, 출판, 집회 등의 자유를 국민에게 자유를 돌리라고 요구한다.」

「우리는 유신헌법으로 허울만 남은 의회 정치가 회복되어야 한다고 주장한다. 우리는 사법권의 독립을 촉구한다. 경제 입국의 구상과 자세가 근본적으로 재검토되어야 한다. 민족 통일은 오늘 이 겨레가 짊어진 지상의 과업이다.」

윤보선, 김대중, 함석헌, 함세웅, 이우정, 정일형, 윤반응, 김승훈, 장덕필, 김택암, 안종석, 문정현, 문동환, 안병무, 이문영, 서남동 (서명자)

(네이버, 3·1 민주 구국 선언 참고)

이 기사는 10일이 지나서야 나왔습니다.

「정부 전복을 선동한 재야인사 20명은 대통령 긴급조치 9호 위반하여 구속했다. 김대중, 문익환이 주동했고 윤보선, 함석헌 등들이 동조했다. 민주 선동, 국가 반란을 계획하다가 종교 행사에 편승하여 이를 악용했다.」

명동 사건이라고도 합니다. 김대중, 문익환은 징역 5년을 선고받고 상고했으나 1977년 3월 23일 민복기 대법원장 주제 전원 합의체로 18명 모두에게 상고를 기각했습니다.

3·1 민주 구국 선언을 유신체제 하 최대의 반정부 선언 사건이라고 합니다.

대선 두 번 낙선한 김대중

 6·29 선언으로 김대중 등 시국사범들이 사면·복권이 됩니다. 6·29 선언은 1987년 6월 민주항쟁으로 국민들의 민주화 요구에 직선제 개헌과 민주헌법을 제정하도록 집권당 민주정의당 노태우 대표가 전격 발표한 선언입니다.
 6·29 선언에 대하여 노태우냐, 전두환 대통령이냐 엇갈린 말이 나오고 있었습니다.
 먼저 노태우 대표는 전두환 대통령에게 건의할 목적을 대통령 직선제, 김대중 등 사면·복권과 시국사범의 대거 석방, 대통령 선거법 개정, 국민 기본권 신장, 언론 자유 찬탈, 지방 자체

실시 등 8개 항을 제시하였다고 합니다.

그리고 만일 전두환 대통령에게 건의하여 받아주지 않으면 당 대표 등 공직에서 물러나겠다고 했습니다.

전두환 대통령은 선언 다음 날 6·29 노태우 대표의 선언을 받아들였습니다. 전 청와대 홍보비서관 김성익 씨의 저서에 의하면, 노태우 대표가 독단적으로 결정한 것이 아니고 전두환이 결심한 뒤 노태우로 하여금 이를 건의해 노태우가 수용하고 발표하게 하였다. 노태우의 직선제 당선 가능성을 높이기 위한 일종의 이미지메이킹을 한 것. 〈전두환 육성 증언〉에서 전두환 본인은 이렇게 주장했습니다.

「사실은 2주일 전에 노 대표와 저녁을 함께 할 때 내가 직선제를 검토해 보라고 했더니 노 대표가 펄쩍 뛰었다. 그래서 내가 필사즉생, 필생즉사라고 했어. 인간사회의 모든 원리가 백 보 전진을 위한 일 보 후퇴에 있다. 지는 사람이 이기는 거라고 말해주었다.」

전두환 대통령의 주장에 반론을 제기한 말도 나왔습니다.

「4.13 호헌 조치가 참아왔던 국민의 분노가 폭발하여 6월 항쟁을 통해 국민의 민주화 요구가 거세지자, 노태우 대표는 6월 29일 수습을 위해 선언문을 발표했다」는 것입니다.

독자의 이해를 돕기 위하여 4.13 호헌 조치에 대하여 간략하게 말하고자 합니다. 당시 많은 국민들이 직선제 개헌을 요구하며 시위를 하고 있는데, 전두환 대통령이 1987년 4월 13

일 헌법 그대로 하겠다는 선언이었습니다. 당시 헌법에 선거인 단을 만들어 대통령을 뽑는 간접선거로 앞으로 대통령 선거를 간접선거 하자는 게 호헌 조치입니다.

결국 전두환 대통령의 4·13 호헌 조치가 6월 항쟁을 거세게 일으키는 계기가 되어버리자 혹 떼려다 혹 붙인 격이 된 셈이라고까지 비꼬기도 했습니다.

김대중이 평화민주당을 창당해 총재가 됩니다.
6·29 선언 이후 사면·복권이 된 김대중은 1987년 10월 29일, 그러니까 6·29 선언 4개월이 되는 날 평화민주당(평민당)을 창당하여 총재가 됩니다. 13대 대통령 선거 날짜는 12월 26일로 정해져 있었습니다. 10월 유신 이후 16년 만에 대통령 선거를 직선제로 치러지게 되었으니, 대망의 꿈을 꾸는 거물 정치인들이 서둘러 대통령 후보에 열을 올렸습니다.

13대 대통령 선거에 가장 불리한 후보는 6·29를 선언한 민주자유당 노태우 후보가 아닌가 봅니다. 12·12 군사 반란으로 신군부란 완장을 찬 전두환, 노태우를 군부 독재자로 꼽고 있기 때문에 국민이 가장 싫어하는 사람이 아닌가 생각합니다. 전두환 대통령이 4·13 호헌 조치대로 하면 시위가 있더라도 무난히 대통령에 당선될 것인데, 왜 국민이 가장 싫어하는 군사정권의 후예가 6·29 선언을 하고 대통령에 도전했을까.

양 김(김대중, 김영삼)이 절대 단일화되지 않을 것이라는 확신을 하지 않고는 당선은 불가능한 일입니다. 민주화의 거물 김대중, 김영삼 후보가 단일화해버리면 노태우 후보는 낙동강 오리알 신세가 되는 게 뻔합니다. 내 생각만이 아니라 모든 국민이 그렇게 믿고 있습니다.

김대중 총재자 대권 두 번째 출마합니다.
김대중 총재와 김영삼 총재는 단일화만 하면 단일화된 후보가 당선되는 것은 식은 죽 먹기라고 자신들, 지지층뿐만 아니라 세상 사람들이 그렇게 믿고 있었습니다. 군사정부라고 그렇게 비난하고 종식을 간절히 외쳐왔던 민주화 세력과 정치 지도자들의 바람이 왔다는 것을 믿고 있는 분위기가 훨훨 타고 있었습니다.

양 김은 수십 차례 단일화에 협상을 하였으나 서로 입장 차만 엇갈리고 있어 재야인사들은 분열한 민주화는 망한다고 강도 높게 비난을 하기 시작했습니다.
1987년 10월 10일 김영삼 총재는 선거 출마를 발표하게 됩니다. 절대로 불리한 위치에 있던 김대중은 10월 18일에 통일민주당을 탈당해 버립니다. 앞에서 평화민주당을 탈당하고 독자적 출마하기 위해서 평화민주당을 창당한 것입니다. 그리고 바로 김대중 총재는 대통령 선거에 뛰어들었습니다.

12·12 군사 반란의 주역이라 할 수 잇는 노태우 민주정의당 후보와 민주인사로 군사정부 타도를 외친 김영삼 통일민주당

후보와 김대중 평화민주당 후보, 그리고 5·16 군사 혁명의 주역 중 하나인 김종필 신민주공화당 후보로 4파전으로 선거가 치러지게 되었습니다.

선거 불리하다고 생각했던 노태우 후보는 양 김의 분열로 한층 더 희망을 갖고 당선을 향해 열심히 뛰어들었습니다. 6·29 선언 이전 노태우 후보는 1987년 6월 10일 전당대회를 개최하여 일찌감치 대통령 후보로 선출됐습니다. 바로 6·29 선언은 국민이 바라는 직선제와 양 김의 분열을 확실하게 예상한 것이 적중되어 선거일이 다가올수록 여론이 좋아져만 갔습니다.

신민주공화당 김종필 총재는 1987년 10월 3일 당 대회에서 대통령 후보로 추대되고, 통일민주당 김영삼 총재는 1987년 11월 9일 전당대회를 개최하여 대통령 후보로 추대되었습니다. 평화민주당 김대중 총재는 11월 12일 전당대회에서 대통령 후보로 추대되었습니다.

군소 후보들은 백기완 민주통일민중운동연합 부의장은 야권 단일을 촉구하며 사퇴했고, 홍숙자 여성단체협의회장 후보는 김영삼 후보를 지지하며 사퇴했고, 한주의 통일한국당은 신정일 총재를 추대했고, 일체민주당 김선적 총재는 후보로 추대된 후 노태우 후보 지지를 선언하며 후보직을 사퇴했습니다.

광주에서 노태우 후보에게 달걀 세례를 했습니다.

노태우 후보가 광주시에 와서 유세를 하는 동안「광주 학살의 원흉, 방조자의 한 사람」이라고 달걀을 던지는 일이 발생하기도 했습니다.

대한항공 858기 폭파 사건이 일어났습니다.

1987년 12월 26일 선거일 31일 앞두고 1987년 11월 29일 오후 2시 115명을 태운 858기가 바그다드 국제공항을 출발하여 방콕을 경유한 후 한국(목적지 김포공항)으로 오던 중, 인도양 상공에서 폭파되었습니다. 조사 결과 북한이 파견한 공작원「김현희」등에 의해 공중 폭파된 사건으로 결론 내려졌습니다.

광주의 달걀 세례와 대한항공 858기 폭파 사건은 노태우 후보에게 다소나마 도움이 되는 사건이 되고 말았습니다.

김대중 후보는 두 번째 대통령 선거에서도 낙선합니다.

민주화의 열망에도 불구하고 12·12 반란의 주역의 한 사람인 민주정의당 노태우 후보가 당선됨에 따라 신군부 정권이 연장된 것은 양 김 씨의「대통령 병」때문에 분열되어 버렸기 때문에 국민들은 노태우 대통령을 받아줄 수밖에 없는 노릇이 되어버렸습니다.

대통령 선거 결과입니다.

노태우 민주정의당 8,282,738표 36.6%
김영삼 통일민주당 6,337,581표 28%
김대중 평화민주당 6,113,375표 27%
김종필 신민주공화당 46,650표 10.3%

김대중 후보는 노태우(당선) 김영삼(2위)에 이어 3위가 되었습니다. 13대 대통령 선거 결과를 양 김이 단일화되지 않아 민주화 세력, 군사 정권에게 패하였다고 하는 것은 당연하다고 단정들 해버렸습니다. 비록 3위로 낙선한 김대중 본인이나 지지자들은 억울하고 분하기도 하는데, 여기에다가 김대중 총재가 단일화 양보를 아니해서 분열되어 패배했다는 말이 전라도 사람인 나는 매우 섭섭한 마음을 안 가질 수 없었습니다.

그래서 기록들 찾아 여기에 올립니다.

전두환 대통령이 4.13 호헌 조치를 내리고 바로 8일 후에 김영삼 상도동계와 김대중 동교동계가 주축이 되어 13대 대통령 선거를 앞두고 1987년 4월 21일 통일민주당을 창당했습니다. 총재 김영삼을 추대했습니다. 김대중은 정치규제에 묶여 사면·복권이 되지 않아 총재란 이름으로 세울 수가 없었습니다.

통일민주당 지지자들은 단일화를 기대했습니다. 두 사람은 경쟁하듯이 양보 의사를 밝히기도 했습니다.
1986년으로 거슬러 올라가 김대중은 1986년 11월 5일 「직선제 개헌이 받아들여진다면 다음 대선에 출마하지 않겠다.」
했고, 김영삼은 「김대중이 사면·복권이 이루어지면 김대중 후보가 대선에 출마하도록 권유할 것이다.」 했습니다.

통일민주당 지지자들은 단일화가 잘 되리라 믿었습니다.

민주당이 창당된 후 3개월이 되어 가는 1987년 7월 10일 김대중의 기자회견을 꺼내 들었습니다.

「나는 대통령이 되는 데 관심 없다. 현재로서는 불출마 선언은 변함이 없다.」 해 놓고는 뒤끝이 서운한지 몰라도.

다음날 7월 11일 인터뷰에서 「작년의 불출마 선언은 전두환 자발적으로 6·29선언을 한 경우에 불출마한 것이지 이처럼 국민의 압력에 의하여 이루어진 것과는 아무런 상관이 없다.」 김대중은 하룻밤만에 불출마 선언을 뒤집어 버렸습니다.

민주화 투쟁의 양대 산맥은 통일민주당 창당 때만 해도 손을 맞잡고 희망에 훈훈한 모습을 보여주었지만, 대선을 넉 달을 앞두고 찬바람이 불기 시작했습니다. 끝내 두 김 씨는 찬바람을 맞고 말았습니다.

13대 대통령에 당선된 민주정의당 노태우의 당선에 김대중, 김영삼의 득표를 분석해 보면 양 김이 단일화만 했다면 노태우 후보는 말할 것도 없이 찬바람에 온몸을 떨 수밖에 없었습니다.

1971년 4월 27일 제7대 대통령 선거에 민주공화당 박정희 후보와 대결해 낙선의 고배를 마시고, 다시 1987년 12월 26일 13대 대통령 선거에 민주정의당 노태우 후보와 대결해서 3위로 낙선한 것은 김대중에게 두 번 대선에 고비를 맞이하고 말았습니다.

김영삼·김대중 두 분의 민주화운동의 지도자로써 개인 대통령 욕심 때문에 대통령이 되어서는 안 될 군부 출신 노태우 민정당 후보에 대통령을 만들어 준 것에 마땅히 비난을 받아야 마땅합니다.

그러면 대통령 먼저 할려고.

네 번째 죽을 뻔한 김대중

첫 번째는 인민군에 의해 죽을 뻔했습니다.

김대중을 공산주의자라고 몰아갔는데 1950년 7월 목포를 점령한 인민군은 자본가란 이유로 몰아, 붙잡아 사형 선고를 내려 처형을 하기 직전에 유엔군 사령관 맥아더 장군이 이끄는 인천 상륙 작전이 성공을 했다는 소식을 듣고 갑자기 떠나는 바람에 처형을 면했으며 공산당원들에 의하여 감금되어 있을 적에 탈출하여 목숨을 건졌습니다.

두 번째는 교통사고로 죽을 뻔했습니다.

1971년 4월 27일 대통령 선거에 낙선한 김대중 후보. 제8대 국회의원 선거 비례대표 2번을 받고 전국을 돌며 지지 연설에 열중하고 있었습니다.

1971년 5월 24일.

두 번째 죽음의 고비를 맞은 김대중 후보는 무안에서 죽을 고비를 이렇게 말했습니다.

「71년 8대 국회의원 선거입니다. 전라도 지방 유세를 끝내고 목포에서 비행기로 상경할 계획이었습니다. 갑자기 예약이 취소되어 버렸어요. 날씨 때문에 비행기가 못 뜬다는 거예요. 이것도 알고 보니 정부의 음모였어요. 그런데 광주에는 뜬다는 거예요. 광주로 비행기를 타려고 가는데 무안 입구 1차 도로를 지날 때였습니다. 마주 오던 14톤 트럭이 거의 90° 각도로 확 꺾으면서 중앙선을 넘어 내 차를 덮치는 거예요. 마침 운전수가 살려고 속도를 확 냈어요. 그래서 트럭이 내 차 뒤 트렁크를 살짝 받았는데 워낙 큰 차가 받아서 내 차는 붕 떠서 길 논에 처박혔습니다.

1백 미터 앞에는 저수지가 있었는데 거기에 빠졌으면 죽었을 겁니다. 나는 오른쪽 뒷좌석에 타고 있었습니다. 차에는 앞에 둘, 뒤에 둘 모두 네 명 탔습니다.

그런데 내 차 뒤에는 결혼식에 다녀오는 손님을 태운 택시가 따라오고 있었는데 그 손님들이 나를 알아보고는 인사를 하려고 택시를 경호차 앞으로 몰았어요. 내 차를 받은 트럭이

이 택시를 정면으로 받았어요. 앞에 탄 사람 2명은 즉사하고 뒤에 탄 3명은 중상을 입었어요. 우리는 무안 읍내 병원에서 치료를 받고 송정리역에서 기차를 타고 서울로 올라갔습니다.

김대중 후보는 오른쪽 무릎을 다쳐 고관절 후유증으로 평생 지팡이를 짚고 다니는 운명이 되어 버렸습니다.

김대중 후보를 죽이려고 한 사람은 누구겠습니까. 당시 정권의 암살 시도라고 주장을 하였습니다. 근거로 14톤 트럭이 맞은편에서 중앙선을 침범했다고 주장을 했고, 이 트럭은 공화당 비례대표 의원의 아들 소유라고 했습니다. 사고지점이 무안 경찰서에서 10분이면 도착하는데 2시간 넘어서야 사고 현장에 경찰이 도착했다고까지 분함을 호소하기도 했습니다. 또한 트럭 운전사를 살인 혐의로 조사한 검사를 교체하고, 교체된 검사는 단순 교통사고로 처리해 버렸다는 것입니다. 운전수는 1년 징역형을 받았는데 형을 다 살지 않고 나왔고, 나중에 의문의 죽임을 당했답니다. 중앙정보부의 소행이 아니냐, 목소리를 높이기도 했습니다.

얼마 후 월간조선 기자가 운전수를 불러 인터뷰를 했답니다. 중앙선을 침범한 것은 김대중 쪽이다. 고의 사고가 아니라고 운전수는 말했다는 것입니다.

당시 검사였던 허경만은 자기가 끝까지 사건을 맡았으며 외압이 없었다고 주장했습니다. 고의성 의심이 있기는 하지만 설령 살인미수 혐의가 있다 하더라도 증명할 방법이 없어서 경찰 조사대로 트럭 운전사의 졸음운전으로 인한 과실치사로 처리했다고 합니다.

공교롭게도 김대중 교통사고 담당검사인 허경만을 경찰에서 나와 민주당에 들어가 제31대, 32대 전남 도지사를 하였고, 1992년-1994년 국회 부의장까지 하였습니다.

김대중 후보의 전국적인 지원 유세와 교통사고로 개헌선을 저지하는 신민당 89석(지역 65명, 전국구 24명)을 당선시키는 것을 김대중 덕분이라고들 했습니다. (민주공화당 113석-지역 86명, 전국구 27명)

세 번째는 일본에서 납치를 당했습니다.
1971년 5월 교통사고 후유증 때문에 일본 게이오 대학병원에서 치료하던 중, 1971년 10월 17일 오후 7시, 박정희 대통령은 10월 유신을 선포합니다. 박 대통령은 전국에 비상계엄 선포, 국회 해산, 정치 활동 중지, 현행헌법 효력 정지, 비상국무회의에서 국회 기능 대행에 전 국민을 놀라게 했습니다. 국정감사로 국회의원들이 호통치고 있었습니다. 공화당 의원들도 놀랐습니다. 김대중 의원이 4.27 대통령 선거 낙선한 지 약 6개월 후인, 5월 25일 8대 국회의원 선거 비례대표로 당선된 지도 약 5개월밖에 안 되었습니다.
박정희 대통령의 유신 선포는 지난 대통령 선거 때 김대중 후보가 박정희가 대통령이면 국민은 선거를 할 수 없게 되고 총통제가 된다고 국민을 향해서 외친 말이 이렇게 빨리 올 줄을 아무도 몰랐습니다.

유신 선포를 들은 김대중은 귀국해 봐야 국회가 해산되고 계엄령 하에 정치 활동을 할 수 없다는 것을 알고 외국에서 자유로이 박정희 대통령과 유신체제와 투쟁을 하기로 맘 먹고 망명을 택했습니다.

김대중은 미국·일본을 오고 가면서 반유신에 대하여 비판과 규탄에 열중하고는 1973년 7월 6일 미국 워싱턴에서 「한국 민주 회복 통일 촉진 국민회의」라는 단체를 만들어 초대 의장이 되어 교포사회를 중심으로 반정부 투쟁을 해 나갔습니다.

김대중은 미국만이 아니라 일본에서도 「한국 민주화 회복 통일 촉진 국민회의(한민통)」 지부를 설치하려고 1973년 7월 10일 일본에 입국했습니다. 김대중은 도쿄 팰리스 호텔 2211호에서 머물고 있는 양일동 민주통일당 대표(1912-1980, 정치인 제3대, 4대, 5대, 8대, 10대 국회의원)를 만나서 대화를 나누었습니다. 오후 1시경 호텔방에서 나오다가 괴한에게 납치를 당해 2210호실에 감금을 당합니다. 마취약으로 김대중의 의식을 잃게 만들어 버렸습니다.

바다에 수장을 하기로 납치를 한 이야기가 펼쳐집니다.

김대중은 배로 옮겨집니다. 용금호(1966년 김형욱 정보기관이 만든 공작선)라는 배에 끌려온 김대중을 배 밑쪽 선실로 끌고가 몸을 묶고, 손발을 꽁꽁 묶고, 테이프로 눈을 못 뜨게 붙이고, 그 위에 다시 붕대로 감았습니다. 그리고 오른손과 왼 발목에 수십 킬로나 되는 돌을 각각 달았고, 마지막으로 등에 판자를 대고서 온몸을 묶었습니다.

의식이 약간 돌아온 김대중은 독실한 천주교 신자로서 예수님께 간절히 빌었다고 합니다.「국민들이 불쌍하니 살려달라」고.

김대중은 발 양쪽이 묶여 있어서 당기려 해도 끄떡도 않더라는 것입니다. 자기를 바다에 던지겠다는 자기들끼리 주고받는 말을 김대중은 들었습니다. 솜이불을 붙여야 안 떠오른다고 하더랍니다. 또 어떻게 하면 상어가 먹기 좋다는 말까지 들었습니다.

일본 해상 자위대 함정이 김대중이 바다에 수장될 위험이 있을 적에 용금호 배를 추격해 온 것을 알아차린 괴한들은 사건이 발각되지 않으려고 계획을 변경하여 김대중을 납치 5일 만인 1973년 8월 13일 밤 10시경 동교동 자택 주유소 근처에 풀어주었다고 합니다. 자택 감금이 되었습니다.

김대중이 수장되기 직전 동해 일본 해상 자위대에 의하여 살아날 수 있었던 것은 독실한 천주교 신자(세례명, 토마스 모어) 김대중의 기도를 받아주어 하느님 예수 그리스도께서 해상 자위대를 보낸 것이 아닌가 생각합니다.

김대중 납치는 이후락 정보부장이 저질렀다 하기도 하고, 박 대통령 충성파들이 저질렀다 하기도 하고, 박 대통령이 지시했다는 말도 하기도 하고, 죽일 계획은 없었고 반유신을 지나치게 비판 못하도록 위협을 주기 위해서 꾸민 일이라는 설들이 있으나 정확한 결론은 아직까지 없습니다. 김대중이 살아 있으니 다행입니다.

네 번째는 내란죄로 사형 선고를 받았습니다.
1980년 5월 초에 전두환은 보안사 대공처장 이학봉에게 계엄 해제, 전두환 물러가라, 신군부 퇴진하라는 구호를 외치는 대학가의 시위를 묵살하고, 학생 시위를 조정하는 정치인과 재야인사 복학생 등을 예비검속(혐의자를 미리 잡아넣는 일) 강제로 체포하도록 지시했습니다.
이학봉은 주요 정치인과 재야인사, 학생들을 국가 문란죄와 권력형 부정 축재자로 각각 구별하여 수사계획을 세워 1980년 5월 15일 최종 보고서를 전두환 합동수사 본부장에게 제출했습니다.

이에 앞서 5월 13일 김대중은 기자회견을 합니다.
「북한 공산집단이 우리의 과도기를 이용하여 남한에 대해 폭력에 의한 그들의 야욕을 성취하려는 음모를 획책하는 일이 절대 없도록 엄중 경고한다. 국민과 학생, 근로자들이 질서를 지키고 사회 안정을 유지하여 북한 공산집단이 오판할 기회를 주지 않아야 한다.」

김대중은 학생 시위를 하지 말도록 당부를 했습니다.

그리고는 5월 16일 계엄 해제, 전두환 퇴진, 정치 일정 구체화를 정부가 22일까지 실행할 것을 촉구하는 성명서를 발표했습니다. 김대중은 국민연합에서 5월 20일 임시 국회 소집을 이유로 정부가 18일까지 대답하라는 초안을 22일까지 연장할 것과 계엄군이 상관의 명령에 복종하지 말 것을 요구하는 조항을 내란 선동에 걸린다는 이유로 삭제할 것을 당부를 했답니다.

김대중이 학생운동권의 질서 유지를 당부한 것과 신군부에게 계엄 해제 요구 등 성명서를 발표한 행동에 대하여, 신군부는 오래전부터 집권계획을 완전하게 수립하여 착착 진행하는데 방해 요소가 된다는 생각 않고, 마음껏 놀아보라는 식으로 비웃고 있었습니다. 김대중은 신군부의 계획을 알 리가 없었습니다. 그저 공중을 향해 소리칠 뿐이었습니다.

5월 17일 전국 비상 확대 선포를 했습니다. 김대중이나 국민연합, 재야인사 등은 닭 쫓던 개 꼴이 되어버렸습니다. 신군부 세력들은 5월 17일 0시 전후에 예비검속을 비호같이 단행해 버렸습니다. 비상계엄 전국 확대 조치를 내리면서 동시에 김대중, 김종필을 비롯한 정치인과 재야인사들이 체포되어 버렸습니다.

김대중은 학생, 노조 소요 관련 배우조정 혐의로 동교동 자택에서 수도 경비사령부 헌병대에 의해서 체포되었습니다.

김대중은 사형 선고를 받습니다.

1980년 5월 18일 광주민주화운동 주모자로 체포된 후에 7월 31일 내란음모, 국가보안법, 반공법 등 위반 혐의로 계엄보통군법회의 검찰부에 기소되었고, 9월 17일 김대중 내란음모 사건을 주동한 혐의로 사형 선고(전두환 국보위 상임위원장이 10대 대통령 보궐선거로 1980년 8월 27일 통일주체국민회의 간접 선고로 당선하여 20일밖에 안 된 날)를 받고, 해를 넘겨 1981년 1월 23일 기소 6개월 만에 대법원에서 사형이 확정(11대 대통령 전두환이 5개월째 되는 날)되었습니다.

김대중 사형 선고 일부에 광주에 관련된 내용을 살펴보았습니다.

「복직 교수와 복학생을 조정하여 학원 사퇴 과열의 악화를 꾀했으며, 전남대 복학생 정동년(1948-2022, 제14대 5·18 기념재단 이사장)에게 500만 원을 주어 계엄 해제와 정치 일정 단축 등을 주장케 하여 사실상 광주 사태를 배후에서 조정했으며, 또 광주 사태 당시 무기 반납을 방해하도록 지시하고, 제2 광주 사태를 준비했다.」

김대중은 사형에서 무기징역으로 감형됩니다.

김대중의 사형 선고 전, 최후 진술에 감명을 받아 김대중 구명운동에 적극적으로 나섰다고 합니다.

「나는 먼저 죽지만 먼저 죽은 나를 생각해서 이 땅에서 다시는 정치보복이 없도록 해달라.」

김대중의 최후 진술이 알려지면서 국제적으로 김대중에 대한 동정론이 퍼져나갔습니다. 예정대로 김대중은 사형이 집행

될 것이란 말을 들었던 레이건 대통령 당선자 측근은 사형시키다면 한·미 관계에 재앙이 될 것이라고 말을 하기도 했습니다.

40대 미국 대통령 로널드 레이건 대통령은 와인버거 국방장관, 전 한국 CIA 한국지사장에게 김대중 구명할 것을 전두환에게 요구했고

● 에드워드 케네디 하원의원과 부통이 될 엘 고어 하원의원 석방을 촉구하는 항의서한을 전두환에게 보냈고

● 독일의 전 총리 빌리 브란트와 교황 요한 바호로 2세는 선처를 해달라는 서한을 보냈습니다.

● 지미 카터 전 미국 대통령, 레이건 행정부, 미국 의회, 세계 각국 지도자와 종교인, 인권 단체들이 김대중 사형 중단을 거세게 압력을 가하기도 했습니다.

전두환 대통령은 미국 등 세계 유명 각계 지도자들의 김대중 구명운동에 국무회의를 열어 사형에서 무기징역으로 감형을 단행했습니다.

김대중은 무기징역에서 20년으로 감형됩니다.

11대 대통령은 유신체제와 차별한다는 미명 아래 대통령 임기 7년 단임을 내세워 선거인단을 구성해 각 지역에서 선거토록 헌법을 개정하여 11대 대통령 임기 6개월 만에 1981년 2월 25일 전두환 대통령을 12대 대통령에 출마하여 당선되었습니다.

12대 대통령 전두환은 12대 대통령이 된 지 1년도 안 되는

1982년 3월 2일에 김대중을 무기징역에서 20년으로 감형됐습니다.

김대중은 형집행정지로 풀려나옵니다.

전두환 대통령은 20년으로 감형된 지 8개월이 지나는 무렵 12월 16일 복역 중인 김대중을 서울대 병원으로 이송해 주었고, 곧이어 서울대 병원 생활 9일 만에 12월 23일 2년 7개월 옥고 끝에 형집행정지로 풀려나왔습니다.

김대중 신병 치료를 위해 미국에 가게 해달라고 서약서를 전두환 대통령에게 올렸습니다.

서약서 전문 (탄원서)

「전두환 대통령 각하. 국정에 전념하신 가운데 각하의 존체 더욱 건승하심을 앙축하나이다. 각하께서도 아시다시피 본인은 교도소 생활이 2년 반에 이르렀사온데 본래의 지병인 고관절 변형증과 이명 등으로 고초를 겪고 있으며, 전문의에 의한 충분한 치료를 받고자 갈망하고 있습니다. 본인을 각하께서 출국 허가만 해주신다면 미국에서 2-3년간 체류하면서 완전한 치료를 받고자 희망하오는데, 허가하여 주시면 감사천만이겠습니다. 아울러 말씀드릴 것은 본인이 앞으로 국내외를 막론하고 일절 정치 활동을 않겠으며, 국가의 안보와 정치의 안정을 해하는 행위를 하지 않겠음을 약속드리면서 각하의 선처를 앙망하옵니다.」

-1982년 12월 13일 김대중-

김대중은 친필로 편지를 써서 전두환 대통령께 올렸습니다. 전두환 대통령은 편지를 받은 지 10일 만에, 12월 23일 감옥에서 김대중을 나오도록 선처를 해주었습니다.

김대중은 바라는대로 미국으로 떠났습니다.

김대중은 언론으로부터 선동과 전모 술수로 마키아벨리즘(국가의 유지, 발전을 위해서는 어떠한 수단이나 방법도 허용된다는 국가지상주의, 정치 목적을 위해서 수단과 방법 가리지 않음)의 화신, 약속 잘 뒤집는 거짓말쟁이, 계략 선동의 명수, 대통령병 환자라고 전국민에게 폄훼하여 국민들이 김대중을 부정적으로 알게끔 열을 올렸습니다.

또한 김대중은 사형 판결 받은 후 해외로 도피하기 위하여 당시 대통령이었던 전두환에게 반성문(탄원서)을 썼다. 이는 곧 자신의 범행을 인정하며 자신을 반대하는 독재자에게 자비를 구하는 행위를 했다고들.

반면 김대중의 지지자들은 강요에 못 이겨 자술서(서약서)를 쓴 것이라고들. 뒷날 김대중은 자신이 자진해서 쓴 것이 아니라고 했습니다.

4번의 죽음을 당할 뻔한 김대중은 죽지 않고 살아가 1998년 2월 25일 제15대 대통령에 취임하였습니다. 참으로 세상살이는 알 수 없다는 것을 새삼 느꼈습니다. 김대중 대통령에게 사형 선고를 내린 전두환은 대통령에 물러난 후 감옥에 가고 사형 선고를 받은 김대중은 대통령이 되었으니 말입니다.

김대중 내란음모 등으로 사형 선고받았으나 재심을 청구해 모두 무죄 판결을 받았습니다. (내란음모 조작 사건)

1995년 5·18 특별법이 제정되어 당시 유죄판결을 받은 사람들이 재심 기회가 열리게 되었습니다. 김대중 대통령도 임기 5년이 끝난 후, 2003년에 재심을 청구하여 2004년 1월에 무죄를 선고받았습니다.

재판부의 판결 요지는 다음과 같습니다.

「1979년 12·12 사태와 1980년 5·18을 전후에 발생한 신군부의 헌정 파괴 범행을 저지하거나 반대함으로써 헌법의 존립과 헌정 질서를 수호하기 위해 정당한 행위이므로 형법 제20조 정당행위에 해당, 범죄가 되지 않는다.」

신군부는 김대중을 비롯하여 체포한 사람을 두 달 동안 육체적 정신적으로 가혹한 고문을 해서 원하는 계획대로 자백을 받아내어, 오직 자백만을 증거로 해서 내란음모로 기소했던 것입니다. 재판부는 구체적 증거 없이 유죄 판결을 내렸던 것입니다. 최종 목표는 자기들의 집권에 방해되고 적수가 되는 김대중을 밟아버려야 한다는 것이었습니다.

김대중이 전라도 민주공화국을 만드는데 박정희 대통령에게도 있지만 전두환 대통령은 아주 크게 한몫을 차지했습니다.

서경원 공작금에 시달린 김대중

　제13대 서경원 의원은 어느 국회의원보다도 평범한 정치인이 아니라 특별하게 화제의 인물이라고 합니다.
　1937년 7월 전라북도 순창군에서 목수의 외동아들로 태어났습니다. 아버지를 따라 남원, 승주, 곡성 지역을 돌아다니며 살다가 아버지가 1956년에 사망하고, 19살 된 서경원은 함평 땅에 정착했습니다.
　함평에 와 4H운동, 농촌운동에 몸을 던졌고, 1972년 35살 때 고려대학교 노동문제연구소 교육를 수료하고 카톨릭 농민회에 들어가 농민운동에 몸을 던졌습니다. 서경원은 39살 때 함평 고구마 사건에 단식투쟁과 소송을 통해 정부로부터 보상을 받는데 성공을 시켰습니다.

서경원은 42살 때 1979년 안동 교구 카톨릭 농민회 사건으로 구속된 오원춘 농민의 석방을 요구하며 시위를 하다가 징역 6년을 선고받았으나, 10·26 사태로 석방되었습니다. 서경원은 43살 무렵 1980년 5·16 민주화운동 이후 내란죄로 구속되어 군사재판에서 3년형을 선고받고 복역하다가 형집행정지로 풀려나왔습니다.

카톨릭 농민회에서 청년회장 전국 부회장을 거쳐 47살에 카톨릭 농민회 회장이 됩니다. 이듬해 민주통일민중운동연합(민통연)에 가입하고 50살이 되어 6월항쟁 당시 민주헌법쟁취국민운동본부 공동대표가 됩니다.

서경원은 51살에 13대 국회의원 선거에 김대중 총재가 이끄는 평화민주당 재야영입 98명 중 카톨릭 농민회 자격으로 당당하게 평화민주당에 영입되어 제13대 국회의원 선거 함평·영광에서 당선을 했습니다.

서경원은 정식 학교 문턱에 가본 적도 없는 무학교 인물이요, 농민으로서 농사에 열중하면서도 농민운동, 민주화운동에 몸을 바친 인물이다. 농민 무학자로 민주화 운동가 이진연 3선을 제치고 13대 평화민주당 공천을 받은 인물로, 무학·농민운동가로 서울대 출신 2선 의원 조기상 민주정의당 후보 꺾고 13대 국회의원에 당선되었습니다. 1988년 5월 30일 13대 국회 개원 때 두루마기 하얀 한복을 입고 등원한 인물이요, 비행기 안에 맨발로 걸어 다닌 인물이요, 마지막에는 국회의원이 된 지 3개월도 안 되어 아무도 모르게 북한에 들어가 김일성 주석과 허담 부총리를 만나 대남방송 중단, 1988 서울올림픽 참가, 가축 종자 교류, 김수환 추기경 초청 등을 요구한 인물입니다. 북한에서 돌아와 김일성 주석 손금을 그려왔다고 자랑한 인물로, 이래서 화제의 인물이라고 합니다.

섭섭하게 생각할지 모르지만 서경원의 어린 시절, 동광원 시절, 군대 시절 등을 기록할 필요가 없어 농민운동, 직위 면에서만 대략 큰 줄거리를 소개했습니다.

서경원 의원이 공작금 5만 달러 받아 1만 불을 김대중 총재에게 줬다고 합니다.
서경원은 1985년 서아프리카 아이보리코스트에서 열린 국제 카톨릭 농촌청년동맹 정기총회에 참석하고 서독에 들어와 유학생 최권행을 통해 북한 공작원 석낙영 목사를 만나 북한 방문에 대하여 알아보았습니다. 그 후 1988년 국회의원이 되어 재야운동가들과 연락하여 북한으로부터 방북 허가를 받아 프랑크푸르트(독일 경제·금융도시)를 거쳐 프라하(체코)에서 북한 여권으로 평양행 비행기를 탔습니다.
1988년 8월 19일부터 8월 21일까지 2박3일 동안 김일성과 허담 부총리와 자강도 김일성 별장에서 30분가량 면담 후에 백두산 삼지연, 한일유격전 본부 등 관광하고 베이징-취리히-프랑크푸르트를 거쳐 9월 5일 귀국하였습니다.

서경원 의원은 김수환 추기경과 함세웅 신부, 서울대교구 관련자에게만 알리고는 당분간 아무에게도 방북을 했다고 알리지 않았습니다. 그러나 10개월 지날 무렵 서경원은 함께 농민운동 했던 이길재 대외협력 위원장에게 알리고, 이길재 의원이 원내총무 김원기 의원에게 알리자, 김원기 원내총무는 김대중 총재에게 서경원 의원 방북 사실을 보고했습니다.

보고받은 김대중 총재는 김원기 총무에게 자수하도록 지시했습니다. 김원기 총무는 서경원 의원을 데리고 안전기획부 박세직에게 자수시켰습니다.

1989년 6월 29일 서경원 의원을 국가보안법 위반으로 구속시켰습니다. 서경원 의원이 공작금으로 5만 달러를 받은 돈 가운데 김대중에게 1만 달러를 주었다고 하여 김대중 총재에게도 외환관리법, 불고지죄로 입건하였으며, 이길재 등 김수환, 함세웅 등을 불고지죄로 입건했습니다.

서경원 의원 구속된 지 1년 4개월 만인 1990년 8월 24일 대법원은 징역 10년을 확정했습니다. 불고지죄로 입건된 김대중, 추기경 등은 모두 흐지부지 넘어가버렸습니다.

15대 대통령 김대중은 1998년 3·1절 특별사면으로 서경원은 8년 6개월 감옥살이로 하고 자유로운 몸이 되었습니다.

나는 서경원 의원의 방북 사건에 10개월 동안 간첩 잡는 안기부가 국회의원 신분으로 외국을 방문하는 행적을 모르고 있었다는 것은 전라도 왕 김대중을 두들겨 잡겠다는 공작이라고 의혹을 살 수밖에 없었습니다.

공안정국을 만들어 죽이려고 한다는 것을 김대중 총재는 모를 리 없었습니다. 심지어 서경원을 통해 김일성에게 전달하였다는 친서에 대해 조사도 한다는 것이 아닙니까. 김원기 원내총무가 서경원 방북 사실을 보고할 때 누구에게 그 사실을 말하지 말라 했다고 하고 서경원의 방북 때 50만원 돈까지 주었다고, 또 서 의원으로부터 공천 대가 5천만을 받았다고 김대중 총재를 몰아붙였습니다.

가만히 앉아서 당할 김대중 총재와 평민당이 아니었습니다. 검찰 발표는 완전 허위입니다. 공안당국의 조작이라고 대들었습니다. 서울에서 돈이 없어서 방을 얻지 못해 의원회관에서 먹고 자고 했어요. 먹고 살기 힘든 서 의원이 1만 달러를 주었다는 하나만 가지고도 충분히 조작된 말입니다.

1노3김(노태우, 김영삼, 김대중, 김종필)의 여소야대 속에 노태우 정부도 박정희, 전두환에 이어 김대중에게 공안정국을 만들어 서경원 의원의 방북 사실을 알고 있으면서 서경원 의원의 간첩 활동이 김대중 총재 등 평민당을 박살 내기 위하여 한 건을 잡으려고 했으나 전혀 간첩으로 잡을 건더기가 없었습니다. 서경원 의원이 10년 징역으로 대법원에서 확정되자 김대중은 포기하지 않았나 생각합니다.

서경원 의원 형 확정과 함께 국회의원직 13개월을 국정 활동을 자유롭게 했지만, 그 후 1년 2개월간은 국회의원 신분으로 구속된 상태였습니다. 형이 확정되므로 의원직을 상실했습니다. 국회의원 생활은 2년 8개월뿐이었습니다.

김대중 총재에 간첩죄를 씌우려고 서경원 의원과 서 의원의 보좌관 방양균(5·18 유공자) 씨의 뒷말을 들어봅니다.

서경원 의원은 고문에 못 이겨 김대중 총재에게 5만 불 중 1만 불을 주었다 했고, 김대중 총재에게 5만 불을 주면 다 주었지 1만 불만 주겠느냐고 했으며, 방양균 보좌관에게는 구속영장 없이 불법 구금 상태로 고문 수사를 받아 사형을 면하게 해주겠다며 자백을 요구하여 이에 넘어가 7년간 감옥살이를 했답니다. 1996년 7년 만기로 자유로운 몸이 되었습니다.

북한 공작금 수수사건은 2001년 1월 검찰 재수사에서 조작으로 드러났습니다.

연고도 주민등록도 없는 경상도 사람
함평 영광에 공천

지나간 역사를 통해 김대중 총재께서 경상도 사람을 전라도 함평·영광 땅에 보궐선거로 공천한 것은 자기를 향해 똘똘 뭉치게 하는 기회를 시험해 보려고 한 작전이었습니다.

여소야대 1노3김(노태우, 김대중, 김영삼, 김종필) 제13대 국회의원 선거를 5공청산을 하도록 만들어 낸 것은 국민의 힘이라고 생각합니다. 정치권과 국민은 1988년 9월 17일-10월 2일까지 세계적인 88올림픽을 앞두고 정쟁을 삼가고 국가적 행사로 하나가 되어 사상 유례없는 성공으로 막을 내렸습니다. 우리는 소련·동독·미국 다음으로 4위가 되어 체육 왕국으로 떠올랐습니다.

올림픽을 성공적으로 마친 국민들의 목소리가 가을바람을 따라 5공청산을 해야 한다는 방향이 커져갔습니다. 13대 국회의원 비례대표 13번에 당선된 평민당 김대중 총재가 당당하게 제1야당으로서 5공청산에 큰 목소리를 냈습니다.
「전두환·최규하 전 대통령의 국회 증언과 광주 문제 관련된 정호영·이희성 등은 공직에서 사퇴해야 한다」 강하게 주장했습니다. 그래서 1988년 12월 5일 청와대 식당에서 1노3김이 모여 5공청산에 합의했습니다.

5공 주역의 전두환 전 대통령은 퇴임 후 친동생 전경환 새마을운동본부중앙회 회장과 처남이 공금횡령으로 구속되자 자기 외측근의 권력적 비리에 죄책감이 들었는지 국민 앞에 사과 발표를 하고 12월 22일 백담사로 은둔생활을 시작하는데 12월 31일 한 해가 저물어 가는 마지막 날, 국회장의 증언대에 섰습니다. 전두환 재임 시절엔 찍소리 못했던 국회의원들이 때를 맞은 듯 복수심에서 모욕 주기에 열을 올렸습니다.
(퇴임 6개월 만에 전두환은 1988년 12월 22일에 들어가 769일간 은둔 생활을 하고 1990년 12월 30일 연희동 자택으로 돌아옴)

자기에게 사형선고를 내린 전두환 전 대통령을 국회 청문회장에 세운 것은 복수가 아닌 5공청산에 대한 국민의 요구를 따를 수밖에 없는 입장이라는 것을 국민들은 이해해주어야 합니다. 다소나마 위안이 되어가는데 김대중 총재에 날벼락이 떨어졌습니다.

 5공청산에 1노3김이 합의사항을 진행하며 김대중 총재를 뒤에 두고 1노2김(노태우, 김영삼, 김종필)이 합당을 선언해 버렸습니다. 1990년 1월 22일 헌정사에 처음으로 합법적인 정계 개편이 이루어졌습니다. (3당 합당 앞장 참고)

 1990년 2월 9일 정식으로 민주자유당이라는 간판을 내걸었습니다. 민주정의당, 통일민주당, 민주공화당=민주자유당입니다. 김대중은 민자당이 4분의 4 이상을 갖게 되어 내각제 개헌을 막아내야 한다는 각오로 평민당, 민주당 및 재야인사로「범민주통합수권정당」을 구성했습니다. 그러나 쉽지 않았습니다.

 김영삼 총재가 3당 합당하므로 10여 명의 국회의원들이 따라가지 않고 통일민주당 그대로 간판을 걸고 있는 그들, 꼬마민주당과 71석이나 되는 평화민주당에게 조건을 내걸었습니다.「평민당 총재 김대중이 2선으로 물러나고 당 대 당 통합을 해야돼.」라고 조건을 내거니 김대중 총재는 어이가 없다고 느꼈습니다.

 야권 단합에 고민하고 있는데 느닷없이 서경원 의원이 간첩으로 구속입건 되었다는 발표가 나왔습니다. (앞장 참조 바람) 150회 임시국회가 김대중 총재에게 큰 선물을 주었습니다. 16개 법안을 30초 만에 날치기 처리해버립니다. 김대중 총재는 4분의 3을 차지한 민자당을 해볼 수 없다는 것을 알고 71명 전원 사퇴서를 제출해 버렸습니다. 그리고 내각제 포기, 지자체 전면 실시, 보안사 해체와 군의 정치사찰 중지, 민생문제 해결 4개 조건을 걸고 1990년 10월 8일 단식에 들어갔습니다.

김대중 13일 단식으로 지방자치 실시를 하게 됩니다. 3당 합당으로 여당이 된 김영삼 민자당 대표가 단식 중인 김대중 총재를 방문했습니다. 민주화 동지였던 김대중 총재에게 죽으면 안 된다고 권유했습니다. 4가지 조건을 들어주면 단식 중단한다고 대답을 했습니다. 김영삼 대표는 김대중 총재의 요구 조건을 들어주었습니다. 김대중 총재는 13일 만에 단식을 끝내고 지방자치실시에 내각제 포기를 받아내었습니다. 1990년을 3당 합당으로 거대 야당인 민자당이 탄생하면서 위기에 몰린 김대중은 국민으로부터 환영을 받았습니다.

평민당 서경원 의원이 1990년 8월 24일 의원직이 상실되자 간첩 사건으로 전라도 함평·영광이 1990년 11월 29일 국회의원 보궐선거를 실시하게 되었습니다. 함평·영광 군민들 김대중 총재를 무학의 서경원을 공천한 것에 대하여 비난을 했습니다. 결과론적으로 옳은 말이었습니다. 보궐선거만큼은 제대로 된 공천을 바라고 있었습니다. 서경원 상대였던 이진연 전 의원을 공천해주기를 대다수가 기대했습니다.

경상도 사람이 전라도에서 국회의원에 당선됩니다.
함평·영광 출신 14명이 공천을 신청했습니다. 김대중 총재에게 쓴소리하면 절대로 공천을 주지 않는 말이 쏟아져 나왔고, 이진연 전 의원도 김영삼 통일민주당 총재에게 대권 단일화 때 건의했다는 이유로 서경원에게 공천을 준 것이라고 뒷말이 나왔습니다.

함평·영광 군민들은 깜짝 놀랐습니다. 함평·영광뿐 아니라 전라도 어느 지역에도 연고가 없고 주민등록이 없는 경상도 칠곡군 사람 이수인 교수(1941-2000, 영남대 교수)를 공천해 버리고 말았습니다. 처음에는 설마 했는데 선거 공고가 나오면서 입후보 등록을 마치고 보니 사실을 확인하고 분통이 터지는 함평·영광 주민들의 쓴소리가 김대중을 향했습니다. 거센 반발이 쏟아졌습니다. 전라도 사람 우습게 보는 것이요. 민자당 조기상 후보를 보내자는 붐이 일어나고 있었습니다.

자기 공천에 순순히 따라줄 줄 알았던 함평·영광 주민들이 조기상 후보로 몰고 가자 서울에서 이 소식을 들은 김대중 총재는 민자당 여당 조기상에게 뺏기면 전라도 전체가 흔들릴 것이라고 판단했습니다. 그래서 평민당 전 국회의원이 내려가 선거운동을 하기도 작전을 세웠습니다. 또한 여론에 놀란 김대중 총재는 경상도 사람을 전라도 함평·영광에 공천한 이유를 신문광고를 통해서 알렸습니다.

1. 지방탈피를 위해서다.
2. 새로운 정치 풍토의 형성을 위해서다.
3. 남북통일에 대비를 위해서다.

4. 이수인 인물이 가장 적합하기 때문이다.
5. 공천 경합자들이 당의 방침을 적극 지지하기 때문이다.

당선된 후 13대 임기 중 영광·함평 출신보다 선거구 일에 충실하게 만들도록 하겠습니다. 영광·함평 선거는 한 지역 선거가 아니고 노태우 정권의 지역 차별과 지역감정 악용을 반대하고 분노하는 우리 모두를 위한 선거인 것입니다.

신문광고를 본 지식인들이라 정치인들은 함평·영광 국민을 희롱하는 것이오. 다음 대통령 선거에 경상도 표를 얻기 위한 꼼수라고 비난이 쏟아졌습니다. 신문광고에도 여론이 나빠지자 국회의원 60명이 넘게 함평·영광 읍면 단위로 책임 분담을 나눠 선거운동을 했고, 김대중 총재 본인도 골목골목 돌아다니며 유권자 손을 직접 잡아주는 데 총력을 기울이기 시작했습니다. 유권자들, 함평·영광 군민들에게 먹혀들어 갔습니다.

선거 결과가 나왔습니다.
1번 민자당 조기상 16,420표
2번 평민당 이수인 55,187표
3번 무소속 1,609표

함평·영광 주민을 우롱한 김대중 총재에게 버릇을 고치겠다는 말을 황색 바람으로 1년 6개월짜리 국회의원 경상도 이수인에게 당선을 시켰습니다.
아! 함평·영광 군민은 대한민국 국민이 아니라 김대중 국민이 되고 말았습니다.

경상도 이수인을 함평·영광에 출마시켜 당선을 시키므로 전국에 20%가량 전라도 사람 모두에게 하나가 되도록 만드는데 김대중 총재는 성공을 했습니다. 그리하여 작대기만 꽂아도, 개에 노란 목걸이만 채워도, 지팡이만 꽂아도 당선된다는 말을 참말로 만들어지게 한 것이 함평·영광 보궐선거가 만들어 버렸다고 합니다.

전국 전라도 사람 뭉치는데 이수인 1년짜리 국회의원 써먹고, 14대 함평·영광 국회의원은 영광 출신 김인곤 의원이 당선되었습니다. 이수인 당선시킨 김대중 총재가 말한 것은 다 거짓말이란 것이 판명되어 버렸습니다.

1년 6개월짜리 경상도 사람 당선시켜 지방색 탈피, 새로운 정치 풍토, 남북통일 대비를 위한다는 말이 진실이라면 14대 국회의원에 공천하여 당선시켜야 하는 게 아니겠습니까.
전라도 사람이 있는 곳은 내 김대중 땅이요, 김대중 사람이요, 황색 바람이 나의 김대중 바람이니라. 가자, 불자.

김영삼 덕에 대통령과 노벨 평화상 수상

　김영삼 대통령 덕분에 김대중이 15대 대통령이 되고, 노벨 평화상을 받게 되었다는 말은 이 세상에서 처음 나온 말이 아닌가 생각합니다. 전라도 땅에서 농사짓고 살아가는 촌놈 농사꾼이 하는 말이고 우습게 생각하면 안 된다고 반박들 하게 됩니다.

　들어볼래요. 경상도의 민주화의 거물 김영삼 대통령은 13대 국회의원 선거에서 2위를 하는 바람에 전라도의 거물 김대중이 3위를 하여 제1야당에 올라서자, 앞으로 대통령 선거에 단일화 과정에서 밀릴 가능성 하나 있고, 나는 절대로 두 사람은 단일화가 될 수 없기에 대통령 선거를 하게 될 때마다 양 김 후보로 나오기 때문에 절대로 대통령이 될 수 없다는 것을 느끼고 있었습니다.

나는 후자에 무게를 두었습니다. 절대로 단일화는 가능성이 티끌만큼도 없다는 것을 느끼고 어떻게 하면 두 사람이 모두 대통령을 할 수가 있는가를 연구한 결과를 보면, 비록 양 김 대통령 출마로 어렵사리 당선되어 1988년 2월 취임한 후 2개월도 안 되어 13대 국회의원 선거로 여소야대가 되어 국정 수행에 어려움이 닥치자 노태우 대통령은 야당과 합당하려는 움직임을 내비쳤습니다.

노태우 대통령은 김대중, 김영삼, 김종필 총재들에게 합당하자는 손을 내밀었으나, 김대중 제1야당 총재가 거부했다는 뒷말이 있었습니다. 제2야당이 된 김영삼은 김대중 총재보다는 자기가 먼저 대통령이 되어야 하겠다는 굳은 결심 속에 노태우 집권 여당과 합당하는 것이 자기 생각과 같은 길이라는 것을 판단하여 1990년 1월 22일 김종필 공화당 총재와 함께 합당을 했습니다.

헌정사상 처음으로 합법적인 정계 개편이 이루어졌습니다. 노태우 대통령은 좌우에 두 총재를 세운 가운데 새로운 역사 창조를 위한 공동 선언이란 제목으로 TV 방송을 통해 전국에 생중계로 발표를 했습니다. 민정당, 민주당, 공화당은 민주 발전 국민 대화합 민족 통일이라는 시대적 과제 앞에 역사와 국민에게 봉사한다는 일념으로 아무 조건 없이 정당법 규정에 따라 새로운 정당으로 합당한다고 말했습니다.

당명을 민주자유당(민자)이라고 불렀습니다.

국민들의 비난이 쏟아졌습니다. 국민이 선택한 여소야대를 창출한 4.26 총선 후 2년도 못 가서 끝장났다고.

집권당 민정당은 창당 9년 6일만에 막을 내렸고, 민주당도 2년 9개월 만에 막을 내렸고, 공화당은 2년 3개월 만에 막을 내렸습니다. 개헌선 3분지 2가 넘는 대정당이 탄생했습니다.

합당한 김영삼 민주당 총재는 자기 당 소속 의원으로부터, 그리고 평민당 의원으로부터 갖은 욕설과 비난 등 배신자, 변절자로까지 뭇매를 맞았습니다. 차마 입에 담지 못할 욕설이라서 여기에서는 생략합니다. 김영삼 민주당 소속 6선의 이기택 의원(4·19 상징 인물)과 영남권에서 촉망받는 법률가 노무현 등이 민주당에 남아 있었습니다. 미니 민주당인 셈입니다.

김대중 총재는 한마디 안 할 지도자가 아니었습니다.
「내각제 개헌을 하려면 의원직을 총사퇴하고 총선을 통해 국민이 과연 이를 지지하는지 물어보자. 대의정치와 선거제도에 대한 쿠데타이며 국민 주권에 대한 반란이다. 평화민주당은 유일 야당으로서 사명감을 가지고 어떠한 희생도 감내하겠다는 각오로 제2의 유신체제로 가는 것을 적극 저지할 것이다.」

1990년 2월 8일 민자당이 창당을 했습니다.
세월은 빨리 흐르고 있었습니다.
제14대 대통령 선거 1992년 12월 18일 금요일에 실시하여 민주자유당 김영삼 후보가 당선되었습니다. 자기 뜻대로 3당 합당하여 김대중보다 경쟁 없이 당선되었고, 먼저 당선을 했습니다. 대결자인 김대중 후보는 낙선이 되어, 67세의 고령인 김대중은 정계를 은퇴를 선언하고 영국으로 유학을 떠납니다.

나는 김대중 총재가 절대 대통령 꿈은 버리지 않는다고 장담을 했습니다. 김영삼 대통령이 합당할 적에 민주내 의원들과 김대중 평민당에서는 모질게 비난을 했으나 민주화 지도자 두 명 중 한 분은 대통령 되었으니 다음 차례는 김대중 총재가 대통령 된다는 공식이 나와 있었습니다.

국민 원하는 대로 공식에 따라 1997년 12월 18일 15대 대통령에 김대중 총재(새정치 국민회의)가 당선되었습니다. 결과론이지만 3당을 김영삼 대통령이 안 했다면 두 사람이 표를 나눠 먹기에 대통령이 평생토록 싸우다, 먼저 대통령 하겠다는 욕심에 대통령이 될 수가 없습니다.

노벨 평화상 수상도 김영삼 전 대통령께서 한몫했다고 나는 주장을 하고 있습니다.

김영삼 총재가 1993년 2월 25일 제14대 대통령에 취임하였습니다. 문민정부라고 내걸었습니다. 김영삼 대통령이 취임한 지 4개월이 되는 7월 25일 조선민주주의인민공화국을 건국한 김일성 주석과 남북정상회담 하기로 약속했습니다. 남북 두 정상의 만남은 지미 카터 전 미국 대통령이 특사로 파견되어 성사를 시켰습니다.

기대에 가득 찬 김영삼 대통령은 하늘도 무심한지 가슴이 철렁 내려앉아 버렸습니다. 1993년 7월 8일 남북정상회담 17일 앞두고 사망했다는 소식이 들려왔기 때문입니다.
김일성 주석은 1948년 조선민주주의인민공화국 건국 45년 되는 해 역사상 최초의 남북정상회담을 앞두고 회담 장소인 묘향산으로 찾아가 회담 준비에 일일이 관여하고 있었다는 것이었습니다.

김일성 주석과 김영삼 대통령이 북한에서 정상회담을 하고 나서 다시 남한에서 두 정상이 정상회담을 했다면 김일성과 김영삼 두 남북 정상은 노벨 평화상을 거머쥘 시대의 운명이 되었을 것이라고 생각합니다.
전해진 말에 의하면, 김일성 주석 자신이 남한(대한민국)에 내려와 서울에서 연설할 생각도 있었다고 했습니다.

김대중 대통령이 2000년 6월 13일부터 6월 15일까지 2박 3일 동안 김정일과 같이 동행하든 안 하든 상관없이 가는 곳마다 김대중 대통령이 나타나면 울긋불긋 꽃 장신구를 들고 서 한 사람이 아닌 대군중이 하나같은 동작으로 함성과 환호를 지르며 열렬히 맞이하는 모습이 전 세계를 향해 중계를 하고 취재를 했습니다. 군중의 열렬한 환영의 함성은 오직 평화를 외치는 파도의 물결같이 넘치고 있었습니다.

북한 조선민주주의인민공화국의 집단 환영의 물결에 꽃으로 변한 물결을 보고는 세계 사람 어느 누구도 감탄하지 않을 수 없는 놀라운 풍경이었습니다.

만약에 김일성 주석이 사망하지 않고 북한·남한에서 이와 같은 물결 속 정상을 했다면, 김대중에게는 꿈도 꾸지 못할 운명이 되었다고 봅니다. 6.15 남북공동성명 발표가 있었겠습니까.

김일성 주석이 사망했기에 김영삼의 민주화 투쟁의 발자취는 사라지고 김대중의 민주화 투쟁의 발자취는 노벨 평화상을 수상하게 되었습니다. 김영삼은 김대중보다 운이 더 없다고들 말하는 사람도 많았습니다.

김대중 대통령이 1998년 2월 25일 취임한 지 2년 3개월 만에 김정일 국방위원장과 정상회담 후 6개월이 지난 2000년 12월 10일 노벨 평화상을 수상하였습니다. 대한민국 최초 노벨상이요, 노벨 평화상입니다. 축하합니다.

김영삼, 김대중 두 분은 군사정부를 향해 똑같은 심정으로 민주화 투쟁을 하였습니다. 어쩌다가 갈라지고 어쩌다가 다시 뭉치고 살아가는 반복을 해온 두 분에게 누가 잘났고 못났고 아니었습니다. 생각해 보십시오. 3당 합당한 김영삼 대통령은 변질자, 배반자로 욕설을 퍼부었지만, 세월이 약이란 속담처럼 김영삼은 배반자, 변질자가 아니라는 것을 깨달아야 합니다.

  김영삼이 없다면 김대중도 없고, 김대중이 없다면 김영삼도 없습니다. 나의 말입니다. 김대중은 대통령을 타고난 운명입니다.

5

탄핵 인용은 탄핵 세상 만들어

박근혜 대통령 죄목으로 탄핵 인용하면
선례를 만들어주어
다음 대통령도 탄핵을 목에 걸어
국정농단 가져오니
인민재판식 인용 말라.

보수를 잡아먹는 보수가 좌파 정권 세워

 역대 정권을 볼 때마다 보수들이 좌파(진보) 정권을 세우는 데 일등 공신이라고 주장하고 있습니다. 사실 보수가 도와주지 아니했다면 좌파 대통령 탄생은 어려웠다고 생각합니다.

● 좌파 김영삼 대통령 만들어준 것은 보수 노태우, 김종필입니다.

 좌파 민주화 지도자로 국민들이 받아준 김영삼도, 대통령인 노태우가 취임 두 달 만에 13대 국회의원 선거에서 1노 3김이란 사상 유례없는 여소야대가 되므로 국정 운영이 어렵기에 거대여당을 만들어 대통령 자리를 순조롭게 만들려고 합당으로 끌어들여 김영삼 대통령을 만들어 주었습니다.

김종필은 내각제 무기로 김영삼에게 합작하여 김영삼을 대통령에 당선시켰으나, 내각제를 김영삼이 포기하자 결별하고 자유민주연합당을 만들었습니다.

결과는 김영삼 손에 의하여 김종필도 업어치기 당하고, 전두환과 함께 노태우도 감옥 가고 말았습니다.

● 좌파 김대중 대통령 만들어준 것은 보수 김종필과 이인제입니다.

15대 대통령 선거에 새정치국민회의 좌파 김대중 후보는 보수 자유민주연합당 김종필 후보와 1997년 11월 3일 단일화로 합의했고, 보수 신한국당 이회창과 민주당 조순 후보로 단일화 합의한 후, 1997.11.21. 한나라당으로 이회창 후보가 되었습니다.

새정치국민회의 김대중 후보, 한나라당 이회창 후보, 신한국 대선 후보, 경선에서 이회창에게 밀린 이인제가 탈당을 해 국민신당을 만들어 국민신당 후보가 되어 3명이 대통령 자리를 놓고 한 판 붙었습니다.

선거 결과입니다.

좌파 김대중 후보가 당선되고 보수 이회창, 보수 이인제가 낙선합니다. 기타 권영길 건설국민승리21, 신정일 통일한국당, 김한식 바른나라정치연합, 허경영 공화당 순위였습니다.

좌파 김대중 득표가 10,326,275표 40.3%로 당선되었으나 보수 이회창 득표 9,935,718표 38.7%로 낙선했으나 표 차이는 390,457표 차이밖에 안 납니다. 보수 이인제 표가 4,925,591표 19.2%입니다.

그래서 좌파 김대중을 대통령으로 당선시킨 것은 보수 김종필, 보수 이인제입니다.

● 좌파 노무현 대통령을 만들어준 사람은 보수 정몽준입니다.

16대 대통령 선거에 좌파 노무현과 보수 이회창의 대결이었습니다. 15대 김대중과 대결했을 때도 이회창은 두 아들 병역 기피로 다소 어려움은 있었으나 낙선에 큰 영향은 없었습니다. 노무현과 대결하는 처음에 이회창은 압도적 지지로 우위를 차지했으나, 보수 정몽준과 단일화합한 노무현이 이회창을 뛰어넘는 여론조사가 나왔습니다. 국민통합21을 2002년 11월 25일 창당한 정몽준은 여론조사에서 노무현에 패하므로 후보직을 사직하고 노무현 지지를 선언했습니다. 초창기 노무현을 향해 여론이 5%까지 떨어지자 후보 교체론까지 나왔으나 20% 지지인 정몽준과 단일화 말이 나오자 승승장구하여 정몽준과 단일화에 성공하므로 16대 대통령에 당선되었습니다.

정몽준은 비열한 사람이 되었습니다. 대선을 하루 앞둔 12월 18일 밤 10시, 민주당과 선거 공조 파기, 노무현 후보 지지 철회 발표했으나 비난의 목소리가 선거 날 흘러나오므로 노무현의 지지율이 올라갔습니다.

● 좌파 문재인을 대통령 만든 사람들은 보수 국회의원 62명입니다. 이들은 박근혜 대통령 탄핵에 찬성한 사람들입니다.

대통령을 탄핵하려면 국회의원 3분의 2가 찬성해야 합니다. 2016년 12월 9일 오후 4시경 박근혜 대통령 탄핵소추안이 국회에 가결되었습니다. 여당인 한나라당이 야당에게 협조 안 하면 탄핵소추안을 가결할 수 없습니다. 한나라당 국회의원 많고 야당 국회의원이 적었기 때문입니다. 여당 국회의원 김무성, 유승민 주도로 62명이 야당의 탄핵소추안에 동조했기 때문에 가결되었습니다. 내당의 대통령을 몰아내고 자신들이 정권을 잡을 생각을 했다면 어리석은 일이요, 보수를 새롭게 탄생시키겠다는 욕심도 어리석은 일 아닙니까.

19대 대통령 문재인 당선에 박 대통령 탄핵에도 도움이 있었지만 선거에도 보수가 도움을 주었습니다. 보수 쪽에서 자유한국당 홍준표, 국민의당 안철수, 바른정당 유승민 세 후보가 단일화했으면 문재인 후보를 압도적으로 누르고 홍준표 후보가 당선합니다. 문재인 13,423,800표, 홍준표 7,852,849표, 안철수 6,998,342표, 유승민 2,208,771표 계산하면.

보수정권을 몰아내고 좌파 문재인 정권을 만들어주어서 무엇을 얻었는가. 박근혜 탄핵소추안 가결에 동참한 보수 국회의원들 정신 똑 차리십시오. 22년 징역 받고 박근혜 감옥살이 구경하니 시원하고 기분이 좋은가요.

현재 보수 윤석열 대통령도 위험한 처지에 놓여있습니다. 보수들 정치인들이 윤석열과 하나 되어 국정을 이끌고 가야 합니다. 내가 나이 들어서 황혼길에 있지만 세상 돌아가는 게 눈에 보이고 있습니다. 보수 박근혜 대통령 탄핵 촛불시위에 짭짤하게 재미 본 야당들이 윤석열 대통령 탄핵 촛불시위를 하고있는 것을 본다면 보수 국회의원들 미우나 고우나 보수를 지키는 길로 뭉쳐야 합니다.

보수 정치인들은 지난 역사를 교훈 삼아 보수를 망치고 죽이는 일이 없도록 해야 할 것이 아닙니까.

- 노태우와 김종필은 전두환과 본인 노태우를 정치적으로 죽이고
- 김종필과 이인제는 이회창을 죽이고
- 정몽준은 이회창을 두 번째 죽이고
- 김무성 유승민 등 62명의 보수 국회의원이 박근혜를 죽이고
- 2024년 윤석열 대통령을 보수 국회의원들이 죽일 것인가?

나의 생각이지만 윤석열 대통령 당선도 아슬아슬한 표 차이로 당선되었습니다. 전광훈 목사의 광화문 운동이 아니었으면 낙선은 뻔했습니다. 국민의 힘 여당이 국회에서 대야 더불어민

주당 등 192석에 맥을 못 추리지만 윤석열 대통령이 여소야대라 해도 당당하게 정부를 이끌어가는 힘은 광화문의 메아리라고 생각합니다. 극우 전광훈 목사로 매도하는 모순들, 광양(광화문)의 메아리와 함께 동참해야 정권을 빼앗기지 않는다는 것을 지금이라도 늦지 않으니 힘을 하나로 뭉쳐야 합니다.

야당 더불어민주당은 민노총·전교조·농민회 등 똘똘 뭉쳐 정권교체를 위해 진군하고 있는 것을 보지 못합니까.

윤석열 대통령 내란죄 탄핵 소추안 204표로 국회 통과.

2024년 12월 3일 저녁 23시 경에 윤대통령이 계엄을 선포합니다. 계엄군이 국회를 점령했습니다. 야당 의원들과 여당 의원(한동훈 당 대표 지지 의원 23명)들이 계엄선포 연락을 받고 국회의사당에 집결했습니다. 계엄군들은 적극적으로 국회의원들을 막지 않았습니다. 즉시 계엄해제를 의결했습니다.

계엄선포 6시간 만에 계엄 해제 선언을 합니다.

12월 3일 10시 23분경에 계엄을 선포한 후 12월 4일 오전 1시경 국회가 계엄해제 의결을 하니 4일 오전 4시 30분 경 국회의 의결에 따라 계엄을 해제 선언을 했습니다.

계엄군은 국회를 점령한 후 2시간 여만인 국회해제결의와 동시에 철수했습니다. 나중에 TV를 보고 계엄군이 국회 말고 선거관리위원회를 점령한 것을 알았습니다. 장난도 아닌 계엄, 실탄도 없이 출동한 계엄군, 계엄군이 점령한 곳은 단 2곳이니 계엄 연습 훈련도 아닌 것 같아 이상한 생각이 들었습니다.

촌스런 말로 중앙선거관리위원회 부정선거 자료를 확보하려고 국회를 계엄군이 점령하는 것처럼 위장전술을 실시하지 않았나 짐작을 해 봅니다.

이유야 있겠지만 계엄은 나쁜 것입니다. 자유를 묶어버리기에.

2024년 12월 7일 1차 탄핵 때에는 300명 중 195명만 국회의원이 표결에 참여했기에 가결 요건인 200명을 채우지 못해 투표불성립으로 자동폐기 되었습니다. 여당 '국민의힘'에서 당론을 무시하고 소신투표를 한 안철수, 김상욱, 김예지가 표결에 참여했습니다.

2차 탄핵입니다. 2024년 12월 14일 오후 4시경에 300명 중 탄핵정족수 204표로 탄핵 가결 정족수 200명을 넘어 윤대통령 탄핵소추안이 가결되었습니다. 여당 '국민의힘'에서 12명이 반란표를 던지고 말았습니다.

보수가 보수를 잡아먹는 대통령 탄핵이 박대통령에 이어 곧바로 윤석열 대통령까지 헌법재판소에 운명을 맡기고 말았습니다.

윤대통령을 잡아먹은 무리는 더불어민주당 등 야당이 아니라 같은 '국민의힘' 대통령을 국민의힘 당 대표가 호시탐탐이 2년반 동안 먹이감을 놀이고 있는 판에 잽싸게 덥썩 윤대통령

산맥을 물어버렸습니다.

　한동훈 대표님, 박근혜 대통령 탄핵 인용시켜 1천여 명의 조사, 200여 명 구속, 자살 4명, 국정원 간첩 못 잡게 대공수사권 경찰로 이관 등 보고 느낀 것 없습니까. 그리고 법무부장관 시절 이재명 재판 지연, 검찰조작설에 윤통 산맥 물어버린 용기 반만 있었다면 속전속결 처리했을 것인데, 그리고 당 대표로서 이재명 수사 지연 방탄 말고 재판 받아 강력하게 왜 윤대통령을 물지 못했습니까.

이러려고 대통령 했나

건국 이래 첫 여성 대통령이 탄생 했습니다. 한강의 기적을 일으킨 박정희 전 대통령 딸이기도 합니다. 그래서 딸과 아버지가 각각 대통령이 된 분들입니다. 특히 역대 대통령 중 가장 욕과 입에 담지 못할 막말을 야당 좌파들로부터 공격받고도 당선된 대통령이라고 나는 말했습니다. (『제왕국적』 책에)

2년 3개월 동안 세월호 사고로 시달려온 박 대통령은 바람 잘 날 없이 태풍으로 이어져만 가고 있었습니다.
2016년 7월경입니다. 비선실세인 최순실 씨가 대한민국의 스포츠를 세계로 위상을 높이겠다는 목적으로 미르·K스포츠 재단설립과 인사에 관여했고, 53개 대기업으로부터 총 774억

원을 강제로 출연케 했으며, 두 재단과 권력을 이용해 사익을 챙겼는가 하면, 딸 정유라의 이화여자대학교 입학과 학사 특혜 의혹이 언론에 의하여 터져 나왔습니다.

청와대는 모두 부인을 했습니다.

그리고 2016년 10월 24일 국회를 방문한 박근혜 대통령은 반대로 10차 개헌을 할 의향이 있으니 국회에서 준비하면 좋겠다고 했습니다. 박 대통령 개헌 요구에 참석자들은 정국 전환을 시도하려고 개헌 논의를 꺼냈다고 단정을 해버렸습니다.

2016년 10월 24일 JTBC 방송사가 박근혜 대통령을 향해 포문을 열었습니다.

최순실 씨의 태블릿 컴퓨터를 살려보니 최순실이 대통령의 연설문 수정과 고위 공직자 인사, 통일, 외교 정책 등 국가의 중대사를 배후에서 지시한 정황들이 나타났습니다.

온 국민이 분노에 차, 박 대통령 물러나라고 외치면서 밑바닥에서 들려오는 「최순실 1위-전윤희 2위-박근혜 3위」라고 박 대통령을 조롱까지 했습니다. 국민의 여론이 안 좋게 흘러가자 박 대통령은 사과를 하지 않으면 안 될 입장이 되었습니다.

2016년 10월 25일 오후 3시경, 「최순실의 도움을 조금 받은 게 사실이다」라고 대국민 사과를 했습니다. 질문은 안 받고 준비한 사과문을 2분 남짓 읽은 것에 그쳐 안 하느니 못한 사과가 되었다고들 비난만 쏟아냈습니다. 게다가 대국민 사과 시점에 최순실이 비선 국정 자문 모임을 운영해왔다는 말을 꺼내어, 박 대통령의 사과를 덮어씌워 버렸습니다.

언론은 최순실 사건에 비난 보도가 경쟁하듯 쏟아졌고, 대학교수·학생들은 시국선언과 대통령 하야 목소리가 나왔고, 서울시청·광장 등 각 지역에서 시위가 일어났고, 정치인 재계, 법조까지 영향이 미쳤고 좌파, 우파, 보수, 진보 할 것 없이 진영 논리를 가리지 않고 박 대통령에게 국민의 분노만 더욱 폭발하고 말았습니다.
온통 나라가 박근혜 퇴진, 최순실 구속하라는 함성이 천지를 진동했습니다.

제1차 촛불 집회가 시작됩니다.
2016년 10월 29일 토요일 저녁 서울 청계천 광장에서「민중총궐기 투쟁 본부」를 주체로 수만 명이 모여 촛불 집회가 시작되었습니다. 박 대통령의 운명이 촛불에 타고 있는 분위기였습니다. 대통령 임기 3년 8개월 만이었습니다.
"박근혜 퇴진하라. 하야하라. 최순실 구속하라. 진상규명하라. 최순실로 나라가 망했다."

「이러려고 대통령 했나.」
박 대통령은 취임 시작부터 국정원 댓글 사건으로 시달리기 시작하여 2016년 4월 16일 세월호 참사로 더욱 괴로움을 당하고 있음에도, 여기에 비선실세 최순실 국정농단까지 합쳐 3중으로 박 대통령을 공격하므로 더이상 버틸 수가 없게 되어갔습니다.

특히나 야당, 진보·좌파 세력, 시민단체, 남녀노소, 각종 직장뿐만 아니라 지지 세력까지 촛불 집회에 참가하고 있다는 것에 더욱 놀랐습니다. 하루도, 잠시도 편안하지 못 했습니다.

2016년 11월 4일 청와대에서 박근혜 대통령은 제2차 대국민 사과문을 발표했습니다.

- 국민·공직자·기업 등 모두에게 실망케 해서 죄송합니다. 모든 사태는 저의 잘못이요, 불찰입니다. 저의 큰 책임을 가슴 깊이 통감합니다. 불미스러운 일이 아니라 염려해 가족 간 교류를 끊고 외롭게 지냈습니다. 개인적인 인연을 믿고 제대로 살피지 못한 점 내 스스로 용서하기 어렵습니다.
- 누구라도 이번 수사를 통해 잘못이 드러나면 그에 상응하는 책임을 져야 할 것이며 저 역시도 모든 책임을 질 각오가 되어 있습니다.
- 무엇으로 국민들의 마음을 달래드리기 어렵다는 생각을 하면 「내가 이러려고 대통령을 했나」 자괴감이 들 정도로 괴롭기만 합니다.

박 대통령의 대국민 사과 담화는 애초부터 받아줄 생각이 없으면서 사과하라고 요구한 것은 말꼬리를 잡아 묵사발(하야)시키는 데 있었습니다. 환영받지 못했습니다. 인정하지 않았습니다. 받아주지도 않았습니다. 심지어 사과를 빙자한 대국민 기만이라고 몰아쳤습니다.

나는 박 대통령이 이러려고 대통령 했나에 대하여 박근혜 대통령의 속마음은 억울함이 담겨있다고 생각했습니다.

「비리나 저지르려, 세월호 7시간 험담이나 들으려, 어려울 때 도와준 40년 지기 최순실에게 놀아나려고, 국민으로부터 수모나 당하려고, 보수를 망치려고, 국민을 실망시키려고, 불미스러운 대통령이 안 되고자 가족과 교류를 끊고 살았는데.」

특히 어려울 때 도와준 40년 지기 여자를 버려야 한다는 주위의 충고에 대통령의 불통으로 임기도 못 채우고 탄핵을 받아 22년 징역형을 받고 감옥살이에 정치 인생을 망친 역사의 교훈을 남기고 말았습니다.

박근혜 보수정권 몰아내자는 촛불 태풍은 어느 누구도 막을 수 없었습니다.

제6차 촛불 집회가 박근혜, 즉 퇴진 날로 선포했습니다.
2016년 12월 3일 토요일 촛불 집회가 광화문 광장에 오후 4시부터 7시까지 타올랐습니다. 제1차 촛불 집회 이후 최대의 인파가 모였습니다. 광화문에 170만 명과 부산·대전·광주 등 대도시 60만 명과 합쳐 220만 명이 참가했다고 발표했습니다.

오후 4시부터 광화문 광장에 본 집회를 연 후에 청운동길·

효자동길·영천길 3개 방향으로 맨 앞에는 세월호 유가족들이 맡아 100m까지 에워싸고 인간 띠를 만들어 청와대를 향해 「박근혜 퇴진하라」 선전포고를 했습니다.

1차부터 5차 촛불시위까지는 정치권에서 소극적이었습니다. 문재인 등 대권주자 몇몇 정치인들만 참가했으나 전면에는 나서지 않고 군중 사이에 끼어들어 모습만 드러냈습니다. 6차 촛불 집회가 하늘을 찌르는 무시무시한 위력에 밀려 야당 민주당을 중심으로 박근혜 대통령 탄핵소추안의 깃발을 들었습니다.

「피청구인 박근혜를 파면한다」
보수 여성 대통령을 탄핵시킨 촛불시위가 2016년 10월 29일 1차부터 2017년 3월 10일까지 20차로 끝났습니다. 헌법재판소 선고(2017. 3. 10)로 대통령에서 파면된 박 대통령은 2017년 3월 31일 구속되어 징역 22년 선고를 받고 2021년 12월 31일 오전 0시 2022년 신년 특별사면으로 4년 9개월 만에 석방되었습니다. 17년 3개월의 형기를 면죄 받았습니다.

전라도 사람으로 내가 한마디 해야 하겠습니다. 보수 내당, 보수 대통령을 보수 국회의원 한 가족 뿌리가 절대로 탄핵 될 수 없음에도 좌파들에게 동조하여 탄핵시켜 보수 대통령을 감옥에 처넣으며, 재판정에 끌려 나와 수갑 찬 처량한 모습을 보니 재미가 꼬스름하더라.

또한 촛불시위 속에 박 대통령 허수아비를 만들어 목에 밧줄을 걸어 끌고 가는 꼴, 화형 시키는 꼴 보니 속이 시원하더냐. 이 빌어먹을 놈들아!

「이러려고 대통령 당선시켰냐.」

탄핵 된 지 8년이 지났습니다. 올해가 2024년입니다. 박근혜 대통령 쫓아내고 정치적으로 사망케 한 세월호 7시간과 연애설이 전 국민을 분노케 했으나 문재인 정권이 파헤치고 분당으로 활동 상황을 조사했으나 모두 거짓으로 판명되었고, 또한 단돈 1원이라도 뇌물죄 돈 받은 일이 밝혀지지 않았고, 최순실 씨와 경제 공동체라고 하며 박 대통령 금고에서 마음대로 꺼내쓰고 했다는데 박 대통령 금고도 없는 것으로 밝혀졌습니다.

박근혜 대통령 탄핵 무효라고 주장하는 목소리가 커지고 있습니다. 탄핵 촛불시위는 좌파 정권 문재인 대통령 축하잔치 놀음판이라 내가 외쳤습니다. 처음 들어본 말이지요. 당시에 말이요.

탄핵 인용하면 뒤에 탄핵 세상이 돼

자유발언 2017.3.4. 서울광장

사랑하는 국민 여러분, 안녕하십니까. 저는 함평 땅에서 82년 동안 농사짓고 살아가는 촌놈 정찬동입니다. 애국 국민 태극기 물결 여러분 감사합니다. 저는 헌법을 노리개로 살아가는 제왕국적(帝王國賊) 개(犬)국회 개국회 의원 개판정치 탄핵은 무효다 각하하라. 기각하라. 전 국민에게 외치고자 이 단상에 올라왔습니다.

패권, 특권, 특혜 무법 정치꾼 국개의원은 헌법을 농락해도 탄핵은 못하고 대통령은 탄핵할 수 있어 왕중왕 제왕이라. 자기 몫 채우는 데만 멍멍 짖어대니 국개. 국개의원이라 한다. 놀아도 데모 꽁무니 꼬박꼬박 세비타니 나라의 도둑이 아닙니까. 개판 정치꾼 제왕국적 국개의원 해산하라.

제왕국적 국개의원이 20대 국회에 와서 좋은 정치꾼으로 둔갑해서 박근혜 대통령을 퇴진, 탄핵이 웬 말입니까. 국개의원 개판정치 탄핵은 무효다. 각하하라. 기각하라.

촛불시위 좌파 정권 문재인 대통령 축하 잔치 놀음판이 아닙니까. 나쁜 정치 몰아내고 좋은 정치 만들겠다고 비선실세 국정농단 박근혜 대통령 퇴진, 탄핵은 보수정권 몰아내고 좌파 정권 세우자는 여론몰이 인민재판식이 아니고 무엇이란 말입니까. 또한 문재인 대통령 잔치 속에 너도나도 하루빨리 대통령 하겠다, 집권하겠다는 양반들아! 탄핵을 문재인 대통령 만들기 위한 들러리 선 놀음판이 엄청난 국론분열, 국정 혼란을 일으키는 재앙이라는 것을 알라.

탄핵은 재앙이다. 개판 정치꾼, 국론분열, 국정 혼란, 탄핵은 기각하라. 각하되어야 한다.

사법부(헌법재판소) 재판관님들 제 말 좀 들어보소. 역사의 죄인이 되지 마십시오. 촛불시위 좌파 진보세력 탄핵 결의한 국개의원들이 빨리빨리 인용하라. 민심 거역 마라. 압력에 탄핵 결정을 성급히 결정한다는 발표가 헌법재판소를 멍들게 하지 않습니까. 인용, 기각 관계없이 영웅 죄인으로 뺨 맞게 되었소. 박근혜 대통령 죄목으로 탄핵 인용하면 선례를 만들어주어 다음 대통령도 탄핵을 목에 걸어 국론분열 국정농단 가져온다는 것을 알아야 해요.

재판관들이여! 장래 국가와 국민을 위한다면 공산당식, 인민재판식 숙청 매장의 길이냐. 자유민주주의 타협 통합 함께 사는 길이냐. 재판관님들 양심에 달렸습니다. 용기 내세요. 힘 내세요.

마지막 목숨 걸고 한마디 하겠습니다. 매일매일 인질 상태에 불안하게 살지 않기 위해서 평화통일과 자유 독립 국가를 위하여 핵을 가져야 합니다. 대통령 하시겠다는 분들은 암살당할까 두려워 입도 뻥긋 못하니 제가 대신 목숨을 걸었습니다. 핵을 보유하자!
애국 국민 태극기 물결 자랑스럽습니다.

2017년 3월 4일 시청·대한문 앞에서 태극기집회 16차 행사 날입니다. 금년 들어 태극기집회 몇 차례 참석했으나 악만 쓰고 집에 돌아와서 나도 비록 촌놈 농사꾼이지만 할 말 해보겠다는 욕심으로 참가했습니다.
오후 2시, 시작하기 1시간 전에 연단 바로 옆에 자리를 잡았습니다. 다행인지 연단에 올라가는 계단 앞에 해병대 복장을 한 청년이 있기에 저분한테 내 연설문 원고를 전달해 주도록 부탁하겠다고 마음먹고 있으니 시작 전 사회자가 연단에 올라

와서 군중을 향해 외치기 시작을 했습니다. 나는 빨리 자리에서 일어나 해병대 복장 한 경비담당 청년을 불러 사회자에게 전달해 주라고 내 연설문 원고를 건네주었습니다. 청년은 계단을 올라가 사회자에게 갖다주었습니다. 사회자는 내가 준 원고를 왼손에 들고서 군중을 향해 박근혜 탄핵 각하하라! 구호를 외쳤습니다.

나중에 전광훈 목사가 광화문 집회를 할 때마다 사회를 보고있는 사람이 손상대(1960년생, 기자·언론인)라는 것을 알았습니다. 「촛불시위에 맞서 대통령 탄핵 기각을 위한 국민총궐기 운동본부」(탄국기)는 제1차 2016년 11월 29일 박근혜 하야 반대 집회 시작으로 제16차 2017년 3월 4일까지 촛불 집회와 맞서 싸운 태극기부대라고도 합니다. 손상대 사회자가 되어 태극기집회에 전담했으니 박사모 정광용 회장과 함께 집시법 위반으로 징역 2년에 선고받고 감옥살이를 하였습니다.

나는 연단에 올라가지 못했습니다. 자유발언 하려면 며칠 전에 신청해야 된다는 것이었습니다. 많은 사람들이 발언 신청을 하기 때문이랍니다.

비록 나의 함성을 외치지 못했지만 2024년까지 7년의 세월이 흘러오면서 탄핵 촛불에 재미 본 좌파 민주당은 22대 국회 개원 6개월 만에 12명의 장관, 판검사, 감시원장, 방통위원장 등 탄핵하겠다고 헌법재판소에 보내기도 했고 발의하기도 했습니다. 현 윤석열 대통령을 탄핵하겠다고 대규모 데모하고 있으며 발의한다고 하지 않습니까. 탄핵 세상이 되었습니다.

윤석열 대통령 2년 반만에 2024년 12월 14일 보수가 보수 대통령을 탄핵 가결시켰습니다. 정권이 바뀌더라도 정치권은 탄핵 노래를 밑져봤자 본전식으로 우렁차게 밥먹듯이 노래를 부를 것입니다. 또 2024년 12월 27일 야당 192명이 참석하여 찬성 192표로 대통령 권한대행 한덕수 총리 탄핵소추안을 가결했습니다. 가결 직후 한총리는 이번 정부 들어 23번째 탄핵안으로 답한 것을 안타깝게 생각한다고 했습니다.

박근혜 대통령 탄핵 인용 한 헌법재판관님들은 미국대통령 탄핵심사 기간이 2년이 걸렸다는 것을 모를 리 없을텐데 3개월로 인용해 버린 것이 촛불시위에 무서워서 양심도 버리고 결정을 한 게 사실로 드러나고 말았습니다.
요새 더불어민주당이 탄핵 남발을 보고 재미있고 고소합니까.

윤석열 대통령 탄핵 소추에 이번 헌법재판관은 어느 진영도 두려워 말고 양심에 따라 판결할 줄 믿습니다. 정권에 흔들리고, 좌우에 흔들리는 헌법재판관이 아니라는 양심을 보여주시기 바랍니다.

전광훈 목사 애국 운동

나는 정치와 종교가 분리되어야 한다고 알고 살아왔습니다. 그러나 종교와 정치는 국가나 정부 차원에서 함께 가야 한다는 것도 받아들여야 한다고도 생각했습니다. 양비론이라 할까요. 나는 정치인도 종교인도 아니기에 살아가면서 어느 쪽으로도 기울어져 살아가지 아니했습니다.

평생 동안 2024년까지 89살 먹도록 종교지도자 두 분에 대한 존경과 지지를 하고 있습니다. 종교인도 국가가 있어야 존재하니까요. 종교를 인정하지 않는 국가 속에서, 종교는 존재할 수 없다는 게 다 알고있는 사실입니다.

두 분의 종교지도자요, 애국자요, 선지자요, 메시아라고 할까요.「메시아」라는 국어사전의 의미에는 신약성경에「예수 그리스도」를 이르는 말이라고 했는데, 이걸 더 구체적으로 설명하면은「국난을 타개하고 세상에 평화와 번영을 가져와 준다」는 말로 나는 해석을 하여 두 분을「구세주」라고 부르는 것입니다.

한 분은 통일교 창시자 문선명 선생님(목사)이라고 나는 선택을 했습니다. (자세한 내용은 제왕국적 2016년 10월 발행한 책 참조)

또 한 분은 사랑제일교회(서울 성북동) 전광훈 선생님(목사)이라고 나는 선택을 했습니다. 전광훈(1954년생, 경상북도 의성, 사랑제일교회 담임목사, 제26대 한국기독교 총연합회 대표회장) 목사와 문선명 목사와의 관계는 서로가 상반 상태에서 존재하고 있습니다.

전광훈 목사 소속인 한국기독교총연회(한기총)에서는 통일교를 철저하게 이단(異端, 자기가 믿는 것 이외의 도道)으로 취급하고 있습니다.

문선명 목사는 1920년에 태어나서 2012년에 생을 마감하는 동안 자유민주주의 대한민국 수호에 반공(反共)과 승공(勝共) 사상으로 몸 바쳐 오신 분으로 종교지도자가 사라지는구나 생각하고 있었는데, 문선명 목사가 떠난 후 7년 만인 2019년에 전광훈 목사가 자유민주의 수호에 종교지도자로서 우뚝 등장을 했습니다.

　전광훈 목사의 등장과 함께 5년이 된 2024년 지금까지 애국운동을 하고 있는 것을 보고 대한민국은 애국가 가사처럼 하늘이 보호하고 있다는 것을 느꼈습니다.

　두 분의 공통점은 애국 운동이요, 자유민주주의 대한민국을 공산주의국가, 북한에 넘겨줄 수 없다는 국가관이 똑같다는 점입니다. 반공, 승공과 주사파 척결은 표현은 틀리지만 내용과 뜻은 하나입니다.

　광화문 시대를 연 전광훈 목사에게 돌을 던지지 말라. 종교는 정치에 관여해서는 안 된다는 말은 잘못된 사상이요, 이론이요, 주장이라고 나는 말합니다. 자유민주주의를 공산주의에 넘어가도 쳐다만 보고 가만히 있으라는 행동이 하나님, 예수님, 석가모니의 말씀이 아니라고 봅니다. 내 몸 병들어도 고치지 않고 죽게끔 가만히 놔두자는 게 하나님, 예수님, 석가모니 신앙인가요.

　『목사가 왜 정치를 해』 책을 구입해 읽어 보았습니다.
　「예수 믿어 나만 구원받고, 복 받으면 되고, 세상이 죽이 되든 밥이 되든 내 알 바 아니라는 생각은 바로 비성경적인 잘못된 이원론적 사상이다.」 나는 공감했습니다.

이런 말도 읽었습니다.

「국가나 거짓 논리로 자유를 박탈하고, 정의가 없어지고 있다면 고함치고 항거하는 정당(政堂)도 필요하다」라는 구절도 성직자의 길 중 하나라 봅니다.

그래서 전광훈 목사는 자유통일당을 만들어 2024년 제22대 국회의원 선거에 비례대표로 후보를 내세웠으나 1천만 기독교인, 또 광화문에 나와 애국 운동하는 2백만 명의 지지자도 있었으나 유효 투표수 3% 이하가 되었기에 비례대표 한 명도 당선을 못 시켰습니다. 총득표수 64만2433명인 2.26%에 불가했습니다. 문선명 목사도 18대 총선에(2008.4.9) 전국지역구에 공천을 했으나 한 명도 당선을 못 시켰다는 점에 문제점이 있다고 봅니다.

두 분은 인원 동원력이 구름 몰이였습니다. 오는 날 5년 동안 전광훈 목사의 등장 이전에는 전교자가 인원동원에 2-3백 명만은 식은 밥 먹기로 쉽게 동원을 했으나, 전광훈 목사의 인원동원 능력이 전교조를 훨씬 앞서있다는 걸 세상 사람들이 지켜보았습니다.

전광훈 목사의 인원동원은 최고입니다.
2019년 6월 19일 경복궁에서 기독교 단체 연합과 복음으로 남북통일을 내세워 야외집회를 시작으로 8·15 날 광화문 광장에서 「예수한국과 복음통일」을 하자는 수백만과 함께 집회를 한 뒤, 2020년부터는 매주 토요일과 일요일에는 전국에서 모인 수십만 수백만이 이승만 광장에서 집회를 하고 있습니다.

「주사파 척결」이승만 대통령 4대 정책인 자유민주주의, 자유시장경제, 한미동맹 강화, 기독교 입국론과 문제인 간첩 하야. 미친놈에게 운전대를 맡길 수 없다」등등…

전광훈 목사의 애국 운동에 좋아하는 사람들은 우리 시대의 선지자, 선각자, 광야의 사도, 영적으로 깨어있는 교회의 목회자, 훌륭한 목회자, 신학자 중 신학자, 최대의 애국자로 모시고 따르고 있습니다.

전광훈 목사를 싫어하는 사람도 있습니다. 싫어하는 사람 가운데 정교분리를 주장하며 목사가 정치하는데 반대하는 사람에게 한마디 전하겠습니다. 특히 기독교 종교인들께서는 정교분리라는 말이 성경에 없다는 것을 알아야 합니다. 정교분리라는 말이 나온 것을 찾아보았습니다.

미국의 토마스 제퍼슨이「정권이 아무리 바뀌어도 교회는 반드시 보호받고, 교회의 예배가 훼손되어서는 안 된다.」말밖에 없습니다. 목사, 장로, 권사, 신도까지 정교분리 말만 듣고 전광훈 목사가 개지랄 떤다고 비난할 때, 임진왜란 때의 승병들인 서산대사·사명대에게도 비난을 해야 마땅하지 않습니까.

기독교인 불교인들께서 자유민주주의 대한민국을 지키기 위해 주사파 척결로 연방제 통일을 막아 북한 공산정권에 넘어가지 않고 종교의 자유국가 대한민국에 살려고 한다면 북한에 동조하는 좌파 정권에 정권을 빼앗기지 않게끔 목숨을 내놓고 싸우는 애국 운동가 메시아와 하나 되어 뭉쳐야 할 때입니다.

1,200만 기독교인들과 보수 정치인들의 눈에서는 윤석열 보수 대통령이 당선되었다는 것도, 또 윤석열 정부가 유지하는 것도, 보수 국민의 입당도, 숨 쉬고 있는 것은 광화문 이승만 광장에서 외치는 황야의 메아리를 듣지 못하고 있습니까.

전광훈 목사와 함께 호국불교(護國佛敎)를 계승해 온 성호(性虎, 1958년 전북 마이산 금당사 주지, 본명 정한영) 스님도 반공주의자로 남북통일과 국태민안을 외치고 있습니다. 호국불교를 역사적으로 볼 때 신라의 삼국통일, 고려대장경, 임진왜란 서산대사, 사명당, 3·1운동 33인 중 백용성, 한용운에 이어 성호스님이 호국불교 사상을 계승해 가고 있습니다. 직장암 투병을 하면서 광화문 광장, 용산 '윤석열 대통령 지키기' 시위에 참여하고 있습니다.

오늘 이 순간에 이재명 대표 야당 더불어민주당은 여당 국민의힘과 윤석열 대통령을 손안에서 갖고 놀고 있으며, 전광훈만 없어지면 이재명 정권이 들어선다는 것을 나는 보고 있습니다.

6

전라도 한 민주공화국

전라도 지역감정, 전라도 소외, 폄훼 등이
김대중 대통령이 되고, 노벨평화상을 받았으니
말끔히 씻어버려야 하는데
오히려 일당독재로 더욱 깊이깊이 발전하고 있으니
전라도 한 민주공화국이 아닌가요.

대통령 못 해 먹겠다

노무현 대통령은 대통령이 되기 전까지는 한 번도 미국을 가 본 적이 없다고 스스로 말하는 것을 들어왔습니다. 이 말은 미국을 달갑지 않게 생각하고 살아왔다는 말로 들릴 수밖에 없습니다.

사실 16대 대통령이 되어 취임 3개월 만에 미국을 처음 방문을 해 미국 부시 대통령과 워싱턴에 와 정상회담을 가졌습니다. (2004.5.11.-5.17)

반미주의자인 노무현 대통령은 정상회담 자리에서 친미적인 듯한 말을 꺼냈습니다. 몇 가지만 골라보았습니다.

● 미 2사단을 핵 문제 해결 후 이전하도록 부시 대통령에

간절히 부탁드리려고 한다.
- 53년 전 미국이 도와주지 않았다면 저는 지금쯤 정치범 수용소에서 있을지도 모른다.
- 미국은 다른 사람들을 위해 희생한 사람들이 살고있는 나라, 자유와 정의가 항상 승리해온 나라로 대단히 부럽고 정말 좋은 나라다.

이처럼 대통령의 회담에 노 대통령의 발언은 친미적인 발언임에는 틀림없습니다.

당당하게 4박 6일간 정상회담을 마치고 다음 날인 5·18 기념식에 기분 좋게 행사장에 참석한 노무현 대통령을 향해 친미적인 발언을 했다고 일부 대학생들과 종북 세력들이 「배신자」라고 외치며 성토하고 규탄을 했습니다. 성스러운 행사가 되어야 할 5·18 기념식이 소란스럽고 아우성이 돼 버렸습니다.

「대통령 못 해 먹겠다.」

친미 발언으로 수모와 멸시를 당하고 노무현 대통령은 5·18 행사장에서뿐만 아니라 자기를 강력하게 지지하는 노사모(노무현 사랑하는 모임)와 지지 세력인 민주노총·종북 세력들이 「변질」했다며 연일 공세를 늦추지 않았습니다.

친노동주의자로 보호해준 전국 운송노조 화물연대가 파업을 하여 물류대란을 일으키고, 지지 세력인 전교조까지도 집단행동을 하겠다고 경고하는 등 극단적 행동을 하니 대통령으로서 자존심이 상하고 답답한 생각 들었던 것 같습니다. 「내가 배신자라고.」

5·18 기념식에서 수모를 당한 지 3일이 되는 날입니다. 5·18 단체 대표들이 기념식에서 소란을 피운 것에 대하여 사과를 하려고 청와대를 찾아왔습니다. 대통령 취임한 지 3개월 밖에 안 되는데 지지자들로부터 배신자라는 말을 들은 노무현 대통령은 울컥 분하고 화가 치밀었는지 「대통령을 못 해 먹겠다」고 5·18 대표자들 앞에서 내뱉었습니다.

내 나이 67살 때입니다. 대통령을 못 해 먹겠다는 말을 평생 동안 처음 들어보았습니다. 대한민국 건국 이후 대통령을 여러 분이 했습니다. 노무현 대통령은 아홉 번째 분입니다. 대를 따진다면 제16대 대통령입니다.

5년 임기 중에 석 달밖에 안 된 대통령으로서는 할 말이 아닌 것 같다고 생각합니다. 민초들이나 하는 말과 같습니다. 손님 없어서 장사 못 해 먹겠다. 깡패 때문에 노점상 못 해 먹겠다. 트집만 잡으니 회장 못 해 먹겠다.

「노무현 대통령은 친미자가 아닙니다.」
내 생각입니다. 노무현 대통령은 이념적으로 좌파 정치 성향을 갖고 있었습니다. 그러므로 김대중 대통령에 이어 좌파 진영에 의하여 대통령에 당선하지 않았는가.

노무현 대통령을 정상회담에서 친미적 발언을 했다고 해서 친미자로 보고 배신자라고 하는 것은 잘못된 생각입니다. 민초인 나로서는 친미 발언을 이해를 합니다. 노무현 대통령 자신은 미국이나 교포 사회가 좌파 성향이라는 것을 알고 있기에 정상회담과 외교적인 예우를 대한민국 대통령으로서 갖추고자 했던 것입니다. 정상회담은 서로 존중하고 상대방을 자극을 않고 좋은 말만 하는 것이 상례입니다. 정상회담은 얼굴을 붉히는 것 아니니까요.

대통령은 국민의 행복을 책임지고 있기 때문에 우군이든 적군이든 좌파건 우파건 상관없이 쓴소리 단소리를 다 품어야 합니다. 노무현 대통령은 좋은 소리만 듣고 대통령 할 생각을 했을까요. 지지자로부터 규탄받으니 강한 자존심이 상처 입기에 대통령 못 해 먹겠다 했을까요.

노무현 대통령은 5년 임기를 다 채웠습니다. 가족의 비리로 수사를 받자 강한 자존심 때문에 「살지 못하겠다」고 자살을 하셨습니다. 자존심이 뭐라고 국민 향해 딱 한 번 고개 숙였으면 되는 것을.

안철수 반란으로 샛별 된 이개호 의원

안철수(1962년생, 부산, 4선 의원, 의사) 의원은 2015년 12월 새정치민주연합에서 탈당하여 2016년 1월「국민의당」을 창당하였습니다. 내 나이 80살 때였습니다. 김대중 대통령은 10여 년 이상에 걸쳐 전라도를 잡았으나 안철수 의원은 단 5개월 만에 전라도를 점령했던 놀라운 일이었습니다.

2016년 4월 13일 20대 국회의원 선거에 전라도에서 반란을 일으켰습니다. 국민의당 창당한 지 5개월도 안 되어 전라도에 자리를 잡고 전라도 전 지역에 국회의원 후보를 냈습니다. 결과는 기적 같았습니다.

전라도 28석 가운데 광주에서 8명 모두 싹쓸이해 버렸고, 전라북도 10명 중 7명을 당선시켰고, 전라남도에서는 10명 중 8명을 당선시켜 총 23명을 당선시켰습니다. 민주당 깃발만 꽂으면(공천) 당선된다는 더불어민주당을 박살 내버렸습니다. 전라도 지역구 국회의원 28명 가운데 겨우 3명만 당선시켰는데 완전한 참패였습니다. 김대중 대통령의 정치 지도자로서 안철수 반란에 참으로 비참한 순간이 되고 말았습니다.

평생 김대중과 전라도의 창피와 비극이 되고 말았습니다. 안철수는 전라도 지역구 23명과 서울에서 2명을 당선시켜 25명 지역구 국회의원과 함께 비례대표 13명과 함께 38명의 국회의원을 만들어 냈습니다.

이개호 의원이 전라도의 샛별로 떠올랐습니다. 안철수 반란으로 인하여 전라남도와 광주에서 새로운 전라도 샛별로 떠오르게 만들어 버렸습니다. 광주·전남 국회의원 18명 중 담양, 장성, 영광, 함평 지역구에서 더불어 민주당 유일한 당선자가 이개호 의원이었습니다.

나는 이개호 의원을 만나본 적이 전혀 없습니다. 우리 지역 국회의원이란 사람으로만 알고 있었을 뿐입니다. 간간이 읍내 나가면 앞서 도지사로 간 이낙연 전 의원에 이어 이개호 의원을 향해 지역사업에 도움이 안 되고, 해놓은 것이 없다고 입으로 씹어대는 소리를 듣기도 했습니다. 나는 상관하지 않았습니다.

이개호 의원을 욕하든 칭찬하든 간에 상관없이 더불어민주당에서 광주·전남에 유일하게 당선되었다는 것은 그만큼 훌륭하였기에 당선된 것입니다. 그래서 이개호 의원 어떤 분이었나 자료를 찾아보았습니다.

이개호(1957년생, 담양) 의원은 21세 때 행정고시 합격, 전라남도 행정부지사, 19대, 20대, 21대, 22대 4선 의원, 농림축산식품 장관을 지냈다는 것을 알게 되었습니다. 특히 행정고시 합격 후 1981년 전남도청 행정사무관으로 출마하여 2009년까지 전남 행정부지사로 끝날까지 30여 년 동안 전라도청 과장·국장 각 지역 부시장, 중앙 등 행정가로서 화려한 공직생활을 전남도청에서 역량과 지혜로 행정 달인으로 활동하신 것을 알고 보니 떠오르는 샛별이라고 칭찬할 만하다고 생각했습니다.

이개호 의원의 이름을 내놓게 된 것은 전라도에서 전라도 사람이 전라도 인물들을 키워 여·야, 진보·보수 구분 말고 김대중 대통령을 탄생시킨 것처럼 지도자를 탄생시키자는 나의 바람을 전달하고자 한 인물을 꺼낸 것입니다. 김대중으로 끝날 전라도가 되어서는 안 됩니다.

안철수 반란으로 더불어민주당 이개호 의원만 당선된 것이 아니라 험지요, 아예 적으로 생각한 새누리당 이정현(3선) 의원이 전남 순천에서 당선됐고, 전북 전주 을에서 새누리당 정운찬이 각각 당선되었다는 안철수 반란 덕분이라고 생각합니다.

　안철수 반란은 성공했으나 17대 국회의원 선거부터는 다시 더불어민주당이 평정하고 말았습니다. 광주·전남에서 민주당 후보로서 당당하게 당선의 길을 걸어간 이개호 의원 한 분 뿐입니다. 자랑하고 칭찬할 인물이 아닌가요.

　국회의원으로서도 더불어민주당 도당위원장, 최고위원, 제3·4정책조정위원장, 정채위원회의장 등 화려한 경력을 가진 정치인이기도 합니다.
　개인적으로 전라도에서 훌륭한 인물 한 사람으로 생각합니다.

전라도 한 민주공화국
(全羅道 恨 民主共和國)

　우리 전라도는 우리나라 8도 중 한 지역입니다. 1413년 조선조 3대 태종 때 전국을 8도로 나눴습니다.
　경기도는 서울 근교, 충청도는 충주와 청주를, 전라도는 전주와 나주를, 경상도는 경주와 상주를, 강원도는 강릉과 원주를, 황해도는 황주와 해주를, 평안도는 평양과 완주를, 함경도는 함흥과 경성을.

　내가 살고있는 전라도가 1896년에는 전국을 13개도로 만들 때 전라남도와 전라북도로 쪼갰습니다. 이때도 제주도는 전라남도에 속했습니다. 그 후 1946년 8월 미군정 시대에 전라남도에서 분리되어 제주도로 떨어져 나갔습니다.

역사의 흐름에, 전국의 행정구역의 변천사에 따라 내가 지금 있는 전라도는 남한 땅 자유민주주의 대한민국에 속해있습니다. 대한민국이란 국호를 갖고있는 전라도를 하필「전라도 한 민주공화국」이라고 불러대니 모두가 처음 듣는 말이라 많은 의심과 의혹을 가질 것입니다. 한편으로는 북한의 국호「조선민주주의 인민공화국」이라고 하지 않는 사람도 있을 것입니다.

전라도한 민주공화국 탄생의 역사를 내가 살아온 경험을 통해서 이해하도록 정리를 하겠습니다.

전라남도 신안군 하의도 출신 김대중(1924-2009, 제5대, 6대, 7대, 8대, 13대, 14대 6선, 15대 대통령, 노벨 평화상 수상) 대통령은 1971년 대통령 후보로 출마할 때부터 싹이 트이기 시작했습니다. 이전까지는 보수·진보가 전라도에서는 무관심 속에서 평범하게들 살아갔습니다. 김대중 대통령이 40대 기수론을 내세워 대통령 후보가 되어 대통령 출마하자 군사혁명으로 정권을 잡은 박정희 대통령 후보와 경쟁하면서부터 경상도 이효상이란 국회의장이 지역감정 발언을 했습니다.

이효상 국회의장의 지역감정에도「전라도한 민주공화국」을 세우는데 원인도 있지만은, 박정희 대통령의 경제개발 5개년

개발을 하는 동안 전남 푸대접, 전라도 소외 등 전라도를 차별한다는 김대중 후보 진영에서 외쳐대기에 전라도 사람들은 귀가 쫑긋해 시간이 갈수록 전라도 차별에 깊이 빠져들어 가게 되었습니다.

김대중 대통령께서도 대통령 선거에 낙선한 것도 억울한데 납치, 감금, 구속 등으로 연달아 정치를 하지 못하도록 박정희 정권이 탄압하는 것을 보고 전라도 대통령을 만들어야 하겠다는 욕심과 한풀이가 머릿속에 박히기 시작을 했습니다.

하늘의 도움인지 박정희 정권 17년이 자기 부하의 총탄에 쓰러진 후에 신군부라는 전두환, 노태우 등 하나회 소속 군인들이 주동이 되어 12·12 반란을 일으켜 정권을 잡겠다는 계획을 알아챈 학생, 재야인사, 범정치인들의 「전두환 물러나라.」 「신군부 물러나라.」 등 구호를 외치며 전국을 강타했습니다.

신군부 세력들은 전국에 계엄령을 선포하여 시위 학생, 정치지도자, 재야인사 등을 체포·구속 등 강경책으로 진압하는 중 전라도 광주에 투입한 공수부대의 강경 진압으로 사상자가 발생하여 5·18 광주 민주화운동이란 역사기록을 낳고 말았습니다.

전라도한 민주공화국을 탄생시키는 김대중 대통령 만들기 한과 공수부대의 탄압에 항쟁한 5·18 민주화운동이 합세해 버렸습니다.

　5·18 이전 7대 대통령 선거에 전북에서 61.5%, 전남에서 62.8%, 두 번째 13대 대통령 선거에는 전라도 88.56%, 세 번째 14대 대통령 선거에는 광주 95.4%, 전북 89.13%, 전남 91.15%, 네 번째 15대 대통령 당선에는 전라도 94.9%.
　이와 같이 전라도 대통령 만들기 위해 똘똘 뭉쳤지만, 이회창 한나라당 후보에게 두 아들에 대한 병역기피로 대응세를 폈으나 아슬아슬하게 1.49%인 34만여 표로 당선되었습니다.

　15대 김대중 대통령은 1998년 2월 25일 취임하여 2000년에 노벨 평화상 수상으로 2003년 2월 24일 5년 임기를 마쳤습니다. 전라도 지역감정, 전라도 소외, 대통령 만들기 전라도한을 김대중 대통령 당선으로 말끔히 씻어버릴 줄 알았는데「전라도한 민주공화국」세상으로 만들어 버렸습니다.

　전라도가 일당독재 세상이라 전라도한 민주공화국이라 합니다.「일당독재」라는 말 자체가 독재정치·독재 세상입니다. 지방자치제도가 대한민국 수립 후 실시하다가 5·16 혁명으로 중단되었습니다. 다행히 전라도 대통령을 만들겠다는 한 속에 김대중 총재가 1990년 10월 8일「지방자치가 민주주의다」로 13일 단식 끝에 여야 합의로 1995년 6월 23일 최초 전국동시 지방선거를 실시했습니다.

김대중 대통령이 되기 전부터 단식 이후 국회의원이든 광역단체장, 광역의원, 기초단체장, 기초의원은 김대중 대통령이 공천만 하면 당선이 95%입니다. 보수 정당은 공천받아 출마한들 경쟁이 아니라 죽일 놈으로 취급받는 게 당연한 전라도 땅이 되었습니다. 앞에서 말했지만 김대중 대통령 탄생을 위하여 한풀이로 공천만 하면 몰아주었습니다.

　김대중 대통령이 임기를 마치고 물러난 후에도 변함없이 민주당 간판이 공천되면 대통령 할 것 없이 모든 선거에서 승리해버리는 전라도만의 민주주의가 되고 말았습니다. 김대중 대통령이 물러난 지 2024년이면 21년이 되었습니다.

　선거는 조선민주주의 인민공화국과 똑같이 전라도한 민주공화국이라고 합니다. 민주당 공천받으면 당선이므로 당선은 공천이라고 꼬집는 것입니다. 보수·진보와 좌파·우파가 경쟁하는 선거가 참된 민주주의 국가요, 정부입니다.

　전라도 일당독재, 전라도한 민주공화국, 대한민국 민주공화국으로 언제 끝날까요.
　6·25 남침, 1948.8.15 대한민국 건국일, 미군철수 반대, 천안함 북침, 3·1운동과 임시정부수립은 한반도 조선땅 포함 까지도.

김대중, 5·18정신 계승

2024년 1월 8일은 김대중 탄생 100주년이 되는 날입니다. 탄생 100주년 기념행사 1월 6일 경기도 일산시 고양구 킨텍스 제1전시장에서 개최했고, 5일부터는 각 지역 전남, 광주에서도 대대적으로 행사를 했습니다.

행사 내용은 김대중 대통령의 업적을 기리고 화해, 용서, 관용, 통합, 상생, 헌신, 민주, 평화를 추구했던 김대중 정신과 철학을 계승·발전시켜 이후 100년 비전을 제시해나가자는 공통된 행사였습니다.

나는 놀랐습니다. 참석한 인사들은 쟁쟁한 인물들이었습니다. 문재인 전 대통령, 반기문 유엔 사무총장, 김진표 국회의장, 한덕수 국무총리, 한동훈 국민의힘 비상대책위원장, 7대 종단대표, 경제 5단체장 사회원로, 각계 대표, 전직 국회의장 및 국무총리, 정당 대표, 전·현직 국회의원, 주한 외교사절 등 거물급들이 총출동한 것 같았습니다. 몇몇인지는 몰라도 행사장을 꽉 채웠습니다. 1천 명 정도라 할까.

아마 김대중 대통령이 생전에 군사정권에 의하여 사형, 무기징역, 납치, 연금, 투옥, 탄압 등을 받고도 가해자에게 용서, 화해 정신으로 실천을 했기 때문에 존경을 받는다고 생각을 했습니다.

나도 김대중 정신 계승에 찬성을 하고 있습니다. 여야정치인을 떠나 모두가 기쁜 마음으로 탄생 100주년 행사를 사상 유례없는 행사를 보여주기 행사가 아니라 실제 이어가는 행사로 나아가야 한다고 생각을 합니다.

「말로만 김대중 정신 계승하자고」
여야정치권과 각계 대표들이 기념식에 참석을 하신 것을 보면 참으로 좋았습니다. 가만히 보니 보수 정치인 중 거물급들이 참여했습니다. 김대중 정신 계승을 이어간다면, 건국 대통령 이승만, 한강의 기적을 일으킨 박정희 행사가 있다면 기념식, 추모식에 야당 민주당 거물급이 참여하는 것이 당연하다고 봅니다. 참여할까요.

김대중 정신 계승 외치고 기념하기 전에 현재의 지역갈등, 세대갈등, 여야 격돌, 정치권의 탄핵 열풍 등으로 죽기 아니면 살기로 싸우고, 임기도 끝나기 전 나라 망쳤다고 하야하라, 탄핵한다는 행동이 김대중 정신 계승과 관계가 없다고 보는가 질문을 해봅니다.

전라남도에서도 김대중 정신 계승 행사를 했습니다.
전라남도에서는 1월 5일 「돌아보는 100년, 나아가는 100년」을 주제로 영상을 내보냈고, 정신 계승 부대행사로 「길 위의 김대중」 영화와 「인동초의 봄」 국악 공연을 했고, 정신 계승을 알리기 위하여 청소년 비전 서클, 김대중 평화 캠프 기념사업을 매년 추진한다고 합니다.

앞에서 말했지만 전라도한을 김대중 대통령 당선과 노벨 평화상으로 다 풀었습니다. 지역 차별, 전라도 푸대접, 전라도 하와이, 전라도 개똥새 등 한 방에 날려 보냈습니다. 특히나 전국 각 지역에서 살고있는 전라도 사람이 하나로 똘똘 뭉쳐 김대중 대통령을 당선시키는 것을 지켜본 사람들은 전라도 사람을 우러러보고 있다는 사실입니다.
「호남 전라도 향우회」
전국에서 「해병 전우회」 다음으로 「호남 향우회」가 단결력이 강하다는 것을 인정하고 있습니다.

지나친 단결력이 자유민주의 방해가 된다면 큰 암 덩어리가 됩니다.

 호남 향우회 전국에 뜨자 전라도 무시하거나 얕보는 사람이 없습니다. 단결력에 놀라 전라도 사람을 함부로 대하지 못하고 선거철이면 대접받고, 두려운 존재로 떴습니다.

 「전라도 한」에서 「전라도한 민주공화국」으로 바뀌었습니다.

 「호남 향우회」 김대중 정신 계승이 일당독재가 아닙니다. 김대중 대통령이 전라도 일당독재를 바라고 있을까요. 김대중 정신 계승을 이어간다면 전라도 일당독재를 부숴야 합니다.

 「전라도 변해야 한다」 「김대중에서 벗어나야 한다」
 자유 통일과 주사파 척결에 앞장선 광화문 이승만 광장에서 성령에 의한 성지자로 황야에 메아리치는 전광훈 목사의 말이 떠오릅니다. 김대중을 욕하는 말이 아니라 김대중 정신 계승을 올바르게 하라는 뜻으로 나는 받아들였습니다.

 다음은 5·18정신 계승입니다.
 5·18을 민주화운동, 민중항쟁, 민주주의 수호를 위하여 독재권력, 국가폭력에 항거하여 얻어낸 민주주의 세상을 만든 게 5·18정신 계승이라고 정리해 보았습니다. 자세한 내용들은 김대중 정신 계승 속에서 참고하기 바랍니다.
 하나만 덧붙인다면, 학살자로 계속 끌고 갈 것이 아니라 화해와 용서로 전두환 전 대통령 등 관계자들에게 통 큰마음으로 받아준다면 5·18정신 계승은 더욱 빛나리라 생각합니다.

전라도 땅에 평화와 화해가 꽃피는 날 보수, 보수 대통령, 국회의원, 광역단체장 의원과 기초단체장 의원이 탄생하는 세상을 만들어 갑시다. 전라도 사람이여!

7

역사 논쟁

3·1운동, 4·13 임시정부수립이 105년 되었고
8·15해방 79년, 대한민국 정부수립 76년 기간에
건국절 하나도 정리 못하고
진영논리로 싸움만 하는
진보와 보수 역사학자 교수들은
학생들 앞에 부끄러운 줄 알고나 있는가.

3·1 운동 100주년 남북공동 행사

36년간이 일본 제국주의 압박과 설움 속에서
남한의 3·1 운동과 북한의 김일성 항일무장투쟁이
장소나 사람이 다르다 해도
똑같은 민족 똑같은 독립운동이로다.

외세에 의해 해방과 남·북이 갈라졌지만
3·1 운동 100주년 공동 기념행사 하면 어떻고
김일성 항일무장투쟁 공동 기념행사 하면 어떻냐.
75년 긴 세월 원수 같은 적대감 풀고
서로 존중하여 마음을 열어
항일 유적지 답사도 하고 연구해서

통일된 항일역사관을 바로 세우는 일 좋도다.

올 7월 초에는 장마철이라 나는 방 안에서 우울한 기분으로 신문을 보았습니다. 한순간 그렇게도 우울한 기분이 나도 모르게 확 날아가 버렸습니다. 내년 3·1절 100주년 기념행사를 남북이 공동 개최하기 위해서 정부가 준비하고 있다는 기사가 나를 매우 기쁘게 만들어주었습니다.

4.27 판문점 남북정상회담 자리에서 문재인 대통령이 3·1절 100주년 기념행사를 공동 개최하자는 말씀을 꺼냈다고 하셨습니다. 이에 김정은 국무위원장이 우리도 3·1절 기념행사를 한다고 하셨답니다. 2019년 3·1절이 100주년이 되는 해입니다.

북한의 기사는 보지 못했습니다. 그러나 남한에서는 100주년 공동 개최를 준비한다는 기사가 나왔습니다. 꿈같은 말도 있었습니다. 부산·서울에서 남한 대표단이 열차에 타고 평양 등에서 북한 대표단과 합류하여 중국에 들어가 안중근 의사 유해 발굴과 항일유적지를 답사한다는 내용이었습니다.

남·북이 36년간 일본 제국주의 압박 속에 항일 독립운동은 하나 된 정신이요, 동일성이라고 생각합니다. 3·1 운동도, 항일무장투쟁도 독립운동이니까요.

남한의 3·1 운동 가치와 북한의 항일무장투쟁의 가치는 다르게 평가하고 있습니다. 남한은 1919년 3월 1일 운동으로 보지만, 북한은 조선민주주의 인민공화국 창건(건국)을 한 김일성(1912-1994)이 8세 때부터 (1920년) 항일무장투쟁을 주도한 것으로 보기 때문입니다.

특히 3·1 운동 민족대표 33인 가운데 김일성은 명단에 들어 있지 않으므로, 북한의 건국은 김일성의 항일무장투쟁이 근거와 정통을 두었기에 3·1 운동 자체를 남한처럼 가치를 두지 않는 게 사실입니다.

나는 남·북의 항일유적지를 구분 없이 함께 답사 연구하는 것이 시대의 요구라고 봅니다. 북한의 선전장이 된다고 염려하고 의심하더라도 75년 동안 분단의 벽을 넘어 두터운 적대감을 풀고 화해와 평화의 길로 미래를 향해 남·북 관계가 개선되어야만 서로 믿고 사랑하는 하나 된 한반도 통일 민족 국가가 되면 얼마나 좋겠습니까.

실망하고 말았습니다. 3·1 운동 공동 행사는 빈말이었습니다. 약속 안 지켰습니다. 남북 어느 쪽도 한 마디 없었습니다. 누구를 원망하겠습니까. 2024년을 맞이하여 3·1 운동 공동 행사 약속은 이슬로 사라진 지 4년이 지나고 있습니다. 당사자인 문재인 대통령은 임기를 마치고 대통령 자리에서 물러났습니다. 100주년이 아니라 어느 때가 돌아와도 3·1 운동 공동 행사는 물 건너갔습니다. 좋다 말았습니다.

왜 내가 3·1절 행사와 전라도 민주공화국이란 책을 내면 직접 관련이 없는데 글을 썼느냐고 고개를 당기며 의아하게 지적을 할 사람이 분명히 있다는 것을 압니다.

2021년 3월 1일 20대 대통령 선거 10일 앞두고 문재인 대통령이 임기 마지막 3·1절 기념행사 자리에서 한 말을 두고 트집 잡기를 하고자 한 것입니다. 대한민국 건국에 관하여 깊게 골이 파인 보수·진보의 갈등을 부추겼기 때문입니다.

문재인 대통령은 임시정부 수립을 민주공화국 대한민국이 탄생하는 순간이라고 말했습니다. 전라도 사람들 앞에서 이승만 건국 대통령이요, 대한민국 건국은 1948년 8월 15일이라고 하면 완전 박살 나 입도 뻥긋 못하는 것에, 문재인이 더욱 강조한 말이 되었기에 3·1절에 대하여 글을 쓴 것입니다. 대통령 선거에 보수·진보 갈라치게 하는 문재인 대통령을 발언은 전라도 진보에게 뭉치라는 말로 듣기 마련입니다.

여기에다가 전라도와 김대중은 하나라 해도 손색이 없는데 「첫 민주 정부였던 김대중 정부」라고까지 말했으니 이전 정부는 정통성을 부정하는 발언까지 하여서 문재인과 김정은이 약속한 100주년 공동 개최 허무함을 알면서도 약속했다는 것이 속 보인다는 것과 같은 맥락이 되고 말았습니다.

전라도 사람들이여, 1987년 민주화 이후 노태우·김영삼 두 대통령께서도 직선제로 대통령이 된 민주 정부였다는 당당히 말해야 합니다.

　문재인 대통령이 모르고 첫 민주 정부였던 김대중 정부와 북한의 3·1절 행사가 없다는 김정은과 약속한 것은 큰 잘못입니다.

　3·1 운동과 건국 전쟁을 하나라 보고 비교해야 합니다.

　1919년 3·1운동 때는 3·8선이란 숫자를 아무도 모릅니다. 3·8선이란 말 자체가 없었습니다. 3·1운동 3·8선 남한 땅에만 해당된 것이 아닙니다. 한반도 조선 땅을 두고 3·1운동을 한 것입니다.

건국 전쟁

2024년은 단기로는 4357년 갑진년입니다. 이 해가 지나면 나는 병자생(1936)이므로 나이 90살이 됩니다. 지금까지 평생 동안 광복절 8·15 기념행사를 두 군데에서 하는 것을 처음 보았습니다. 광복절은 1965년 2월 27일에 대한민국 독립유공자와 유족, 후손들이 결성한 단체가 생긴 일에 59년을 맞이하여 처음 있는 일이었습니다.

나와 같은 농사꾼이나 촌놈이나 늙은이는 텔레비전을 통해서 8·15 광복절 행사를 볼 수 있습니다. 텔레비전을 볼 때마다 즐겁고 반가운 화면을 보면 좋은데, 기분이 안 좋은 것을 보면 내 자신의 얼굴이 찌푸려집니다. 바로 2024년 8·15 광복절은 나의 눈에서 분노와 실망이 가득 차고 말았습니다.

8·15 광복절 날입니다. 온 국민이 기뻐하는 날입니다. 팔일오 광복을 입에서 중얼거리면, 「빼앗긴 주권을 도로 찾았다」고 하는 것보다 「일본식민지에서 해방되었다」고 하는 말이 자연스럽게 터져 나옵니다.

광복절 행사는 국경일로 정해져 있기에 정부 행사로 치러집니다. 금년 2024 행사도 세종문화회관에서 기념식을 했습니다. 윤석열 대통령도 참석을 하여 기념사를 했습니다. 그러나 이종찬 광복회장은 참석하지 않아 볼 수가 없었습니다.

나중에 텔레비전 보고 알았습니다. 윤석열 대통령과 함께 하는 광복절 행사를 거부하고 백범 김구 기념관에서 독립운동 단체들과 광복절 행사를 하는 것으로 알게 되었습니다.

왜 우리 대한민국에 가장 기쁜 광복절 행사를 따로 했는가를 알아보니 어처구니없는 행동이었습니다. 욕된 말로 쪼다였습니다. 대통령께서 심사기구에서 추천받아 독립기념관장에 김형석 박사를 13대 관장으로 임명을 했는데, 이종찬은 자기가 추천한 김지은 씨가 관장이 못 되어서 불만을 품고 광복절 행사를 따로 했다는 것을 알게 되었습니다.

이종찬은 광복회장으로서 단순하게 관장 임명에 대한 불만이 아니라 1919년을 대한민국 건국년이라 말을 했고, 1948년을 건국 부정한 발언을 했고, 이승만 전 대통령 기념관 추진을 향해 「이승만 괴물 기념관」이라 발언을 나의 메모장에서 발견을 했습니다.

　속 좁게 자기가 추천한 사람이 독립기념관 관장에 임명하지 않으니 광복절 기념행사를 망친 것도 있지만, 더 큰 것은 1919년 4월 13일 임시정부가 광복절(건국절)이라는 것을 은근히 표현하는 행동이 아닌가 미루어 봅니다.

　대한민국 정부수립 8월 15일이 광복절이요, 나아가 건국일이라고 주장하는 사람이 있고, 반대로 1919년 4월 13일이 임시정부 수립이 광복절 또는 대한민국 건국일이라고 건국 전쟁을 현재 2024년까지도 치열한 논쟁을 벌이고 있습니다.

　나는 초등학교부터 지금까지 대한민국 생일, 건국이 8월 15일로 알고 살아왔습니다. 그런데 문재인 대통령이 광복 74주년 2019년 기념식상에서 「2019년 건국 100주년 및 대한민국 임시정부 수립 100주년」이라 했을 때 깜짝 놀랐습니다. 그러나 그런갑다 했습니다. 역사학자도 아니요, 건국에 대한 연구도 하지 않는 사람인데다가, 나 같은 사람이 항의를 할 수 없는 잡초인생이 어떻게 따질 수 있겠습니까.

　명색이 개똥 작가, 촌놈 작가라는 글 쓰는 재미로 생각하다가 「건국일」에 관하여 찬·반 논쟁 등을 여기저기서 모아 보았습니다.

　많은 학자들이 보수·진보 또는 우익·좌익으로 구분된다는 것이 잘못되었다고 지적을 해봅니다. 보수·우익은 1948년

8·15를 건국일로 하고, 진보·좌익은 1919년 4월 13일로들 주장하고 있습니다. 역사의 기록으로 사상적·정치적으로 결정하는 것은 자기 개인의 소신보다는 이념적으로 해석을 하게 되므로 역사 전쟁이 끝나지를 못하는 이유인 것 같습니다.

중요한 내용은 두 가지라는 것을 뽑았습니다. 진보·좌익 성향의 주장은 헌법에「법통(法統)계승」을 주로 내세우고, 보수·우익 성향은 주로 국가 3요인 국민, 영토, 주권을 주로 내세우고 있습니다. 다 이쪽저쪽을 본다면 맞는 말입니다. 학식들이 풍부해서 자기 입맛에 맞게 떠들어대는 것을 보면 우리같은 학식 없는 사람은 거의 다 헷갈리는 말들입니다. 개똥 작가로서는 끼어들 수가 없는 형편입니다.

「임시」라는 말로 정리해 보겠습니다.
고작 내가 생각하는 것은「대한민국 임시정부」라는 말속에 임시(臨時, 미리 정하지 않고 그때그때 필요에 따라 정한 것. 미리 얼마 동안으로 정하지 아니한 잠시 동안·정해진 시간에 이름)라는 말을 두고 나의 소신을 말하고자 합니다.

대한민국 임시정부는「임시정부」일 뿐이다라고 한마디로 정할 수 있습니다.「임시」라는 의미에 임시정부라는 것을 정리해 주고 있기 때문입니다. 임시에 대하여 예를 들어보면, 임시 보호, 임시 압류, 임시 조치, 임시 의장, 임시 주차장 등등…

문재인 발언 가운데 1919년 건국 100주년은 틀린 말이요, 대한민국 임시정부 수립 100주년은 맞는 말입니다. 1919년 4월 13일은 대한민국 광복절도 아니요, 대한민국 건국일은 아니라는 쉽게 말할 수 있습니다. 대한민국 임시정부는 「임시」라는 말 그대로 대한민국 건국을 준비하고, 건국을 해야겠다는 「건국 운동」 「독립운동」이라고 정리해 보았습니다.

남한·북한을 한 나라로 보고 정리해 보겠습니다.
대한민국 임시정부가 남북 북단을 예상하고 1919년 4월 13일 임시정부를 출발한 것은 절대로 아니라고 주장합니다. 임시정부를 수립한 사람 중에 38선을 두고 분단한다는 것을 예상하고 대한민국 임시정부를 수립했다고 한 사람이라도 있습니까. 내가 봐서는 한 사람도 없다고 봅니다.

대한민국 임시정부는 남한 대한민국만 해당되는 것이 아니고 북한 조선민주주의 인민공화국도 포함이 되는 것입니다. 대한민국 임시정부 수립 당시는 남한·북한이 존재하지 않기에 한반도 조선 땅 하나로 보고 대한민국 임시정부를 설립했으니, 대한민국에서만 대한민국 건국일을 8월 15일이나 4월 13일이라 논쟁하는 것은 어리석은 말 잔치일 뿐입니다.

북한 조선민주주의 인민공화국의 김일성, 김정일, 김정은 북한 지도자들에게 1919년 4월 13일을 건국일로 건의하고 요청을 하면 「예」 그렇게 하기 전에 총살당한다는 것을 모를 리 없을 것입니다. 북한 정부를 향해 우리 헌법에 북한 땅도 우리 대한민국 땅으로 있으니, 우리 대한민국 말을 들어야 한다고 해본 사람 있습니까. 평생 동안 들어본 적이 없습니다.

조선민주주의 인민공화국과 대한민국의 남·북한은 1991년 9월 17일 유엔에 가입되었습니다. 유엔 가입이 되므로 각각 정부와 국가가 전 세계가 인정하게 되어 버렸습니다. 북한은 1948년 9월 9일 조선민주주의 인민공화국을 수립했고, 남한은 북한보다 앞서 1948년 8월 15일 대한민국 정부를 수립했습니다.

남한의 건국 대통령은 이승만이요, 북한의 건국 대통령(주석)은 김일성이 되는 것입니다.

그러므로 대한민국 건국은 1948년 8월 15일이 건국일이요, 사람 같으면 생일입니다. 대한민국 임시정부 출범할 때도 이승만이 대통령에 선출되었습니다.

역사 전쟁인 건국 전쟁을 끝냅시다. 남북 통일된 후라도 대한민국 임시정부는 임시정부일 뿐입니다. 마지막까지 임시정부를 이끌어오신 백범 김구 선생님의 말씀을 돌이켜 볼까 합니다.

「대한민국은 임시정부의 법통을 승계하지 못했으며, 임시정부 수립은 건국이 아니다. 임시정부는 건국을 위한 한시적인 단체이므로…」 해방 후 1947년 「건국실천원양성소」를 준비하자고까지 주장하셨습니다.

보수·진보, 좌익·우익, 여야정치권 할 것 없이 사람 생일날을 정하는 것처럼, 대한민국 생일도 사람 생일같이 정해 봅시다.

3·1운동이 105년이 되었고, 4·13 임시정부도 105년이 되었으며, 8·15 해방은 79년이요, 대한민국 정부수립은 76년이 되었으나 건국절 하나도 해결을 못하고 진영 논리로 싸우고 있는 진보·보수들의 역사학자 교수들은 부끄러운 줄 알아야 합니다.

건국절에 대하여 개똥 작가의 주장이 틀렸다면 조선민주주의 인민공화국 땅에 가서 토론을 해 봅시다.

제주 4·3 남로당 폭동사건

나는 1999년 6월 『함평 양민학살』이란 책을 쓰기 위해서 학살 현장에서 살아남은 사람들을 찾아가 사실에 가까운 생생한 증언을 들어 집필을 했습니다.

책 표지에 「함평 양민학살」 책 이름 왼쪽에 작은 글씨로 학살에 대한 한마디 기록을 해놓았습니다.
「처음 총소리가 울리고
그 길로 추운 겨울이 시작되었다.
남녀노소 막론하고 산모와 젖먹이까지
잔인하게 학살해 불태워 죽인 사람들은
어느 나라 사람이었나.

아! 1950년 겨울 들판의 5중대
억울한 사연을 말 못 하고
숨죽여 지내 온 가슴 터지는 통한의 50년
이제 진실은 밝혀져야 하고
명예 회복되어야 한다.」

　함평 양민학살은 대한민국 국군 제20연대 제2대대 중대가 불갑산 토벌 작전을 하고자 해보, 월야에서 주둔하면서 발생한 민간인 학살이었습니다. 불갑산 토벌 작전은 제11사단 제20연대 제2대대 제5중대가 1950년 10월 20일 밤 함평에 진지를 구축하고 1951년 2월 22일까지 4개월 동안 불갑산 토벌 작전이 끝나는 날까지 일어난 학살이었습니다.
　함평 양민학살과 제주 4·3 사건이나 여순 10·19 사건은 거의 비슷하나 뚜렷하게 다른 점 하나를 지적하고자 합니다. 4·3과 10·19는 주동자가 있다는 점이요, 함평 양민학살은 주동자가 없다는 점이 다릅니다.
　역사는 바르게 세워야 합니다. 89살이라는 황혼길에 살아가 있는 내가 역사 바로 세운다고 하니 웃음거리가 될지 모르나 나의 주장을 세상에 내놓으려 합니다.

　나는 제주 4·3에 대한 자료들을 여러 군데 찾아 연구해 보았습니다. 제주 4·3 사건은 1947.3·1.부터 1954.9.21.까지 7년 이상 사이에 진압군과 무장대 사이에 충돌과 학살이 일어난 사건입니다. 3·1절 경찰이 군중을 향해 발포를 했습니다.

사건 발단은 1947년 3월 1일 제주북초등학교에서 제28주년 기념식을 끝내고 오후 2시경 3만여 군중이 「미군정 통치 반대한다」 등 구호를 외치며 시위 도중, 기마경찰에 의하여 어린이가 부상을 당하는 것을 그냥 지나치자 분노한 시위자들이 돌을 던지며 경찰을 쫓아가 어린이를 다치게 한 경찰을 처벌하라고 항의하므로 숫자에 밀린 경찰은 경찰서를 습격하는 것으로 판단하고 시위 군중을 향해 발포를 했습니다.

발포로 6명이 죽고 8명이 부상 당했습니다. 사망자 중 젖먹이 어린이를 안고 있었던 어머니가 있었고, 시위와 관계없는 구경꾼이 사망했으니 민심은 미군정과 경찰을 원망하게 되었습니다.

제주에 166개 기관과 직장이 파업을 했습니다.

1947년 3월 9일, 3·1절 경찰 발포 8일이 지난 날입니다. 3·1절 사망자 분노가 폭발했습니다. 제주도 전역에 경찰과 사법기관만을 제외하고 행정기관 23개소, 105개 학교, 통신기관, 운수업체, 공장 등 직장인 95% 41,000여 명 등 모두 166개 기관이 파업했고, 일부 제주 출신 경찰도 파업에 동참했습니다. 미군정청 통역관도 파업에 동참함으로 미군정은 제주도를 붉은 섬으로 보았습니다.

미군정·경찰·서북청년단(북평안도 사람으로 조직된 단체) 단체가 합세하며 파업 본부, 파업 참여자 등 2,500여 명을 무자비하게 검거하므로 한 달 후가 되어 조용해졌습니다.

김달삼(본명 이승진, 1923-1950년 8월, 남로당 제주위원회 총책 조직부장, 제주인민유격대 사령관, 일본군 소위)은 제주 출신으로서 제주의 지리적 요건을 잘 알고 있으면서 면마다, 마을마다 세 조직에 집중했고, 또한 앞으로 무장투쟁을 위하여 「제주도 인민유격대(무장대)」를 조직하여 한라산에 본부를 두고 훈련을 시킨 숫자가 4천여 명이 된다고까지 무장 세력을 양성하고 본인이 제주인민유격대 사령관이 되었습니다.

1948년 4월 3일 새벽 2시경 제주도 각 지역 산봉우리에 봉화가 솟아올랐습니다. 남로당 무장대의 봉기의 신호였습니다. 도내 지서의 24개 중 12개 지서를 일제히 습격하고 경찰, 우익 인사, 우익 청년단체, 경찰 가족 등을 공격하고 살상을 하기 시작했습니다.

5.10 총선거 한 달을 앞두고 지서 습격 등 살인 행위를 무장대 남로당의 원동과 직접 가담한 것으로 확정하고 무장 폭동으로 규정해 버렸습니다. 4월 5일 미군정은「제주 비상 경비 사령부」를 설치하고 통행금지령을 내렸습니다. 곳곳에서 무장대와 군경 간에 싸움이 벌어졌습니다. 제주도에 주둔한 경비대 3연대에게 무장대 진압하라는 명령이 떨어졌습니다. 처음 군대(미군정은 1946년 1월 태릉의 제1연대부터 1948년 5월 마산의 제15연대까지 각 도에 1개 연대씩 15개 연대를 창설하여「남조선 국방경비대」만들었다)가 무장대 소탕 명령에 출동을 했습니다.

제9연대장과 무장대 사령관이 협상을 합니다.

1948년 4월 22일 무장대 진압을 명령받은 김익렬 연대장은 「나는 동족상잔은 확대하지 않기 위해 형제 제위와 악수할 용의가 있다. 형제 제위의 회담을 고대한다.」 전단지를 뿌렸습니다. 무장대는 반응을 했습니다. 「협상에 연대장이 직접 나오고 시간과 장소는 우리가 정한다」고 답변이 왔습니다.

1948년 4월 28일, 연대장 김익렬과 무장대장 김달삼과 제주도 대정면 구역리에서 회담을 했습니다. 합의를 보았습니다.

「72시간 내 전투를 중단하고, 점진적인 무장 해제, 하산을 통한 귀순, 귀순자 신병 보장」 등이었습니다.

5월 1일 제주읍 오라리마을 방화 사건이 터졌습니다. 협상·약속 날이 가까워지는데 정체불명의 무장세력이 습격하여 마을에 불을 질렀습니다. 협상이 깨지고 말았습니다. 경찰은 배신자들에 대한 공비들의 보복이라 주장했고, 무장대 측은 우익 청년단이 좌익 활동을 할 것으로 의심 가는 집 10여 채에 불을 질렀다고 주장을 했습니다. 이 소식을 들은 경찰은 이미 떠나버린 무장대를 쫓지 않고, 마을 주민들을 향해 총을 쏘다가 군 경비대가 들이닥치니 급하게 경찰은 떠나버렸습니다.

5월 3일에는 귀순하러 내려온 사람을 인솔하고 내려온 군인들을 향해 정체불명 무장세력이 총격을 가했습니다. 총격을 가한 한 사람을 잡아 취재를 하니 「나는 상부의 지시에 의하여 폭도와 경비대(군인)를 사살하여 귀순을 방해하라 지시를 받았다」고 자백을 했습니다.

김익렬 경비대장은 분노해 상부에 보고했으나 묵사발 당했습니다. 평화협상은 깨져 버렸습니다.

김익렬 연대장이 전격 해임됩니다.
5월 5일 딘 군정장관이 안재홍 민정장관, 조병옥 경무부장, 송호성 준장들을 이끌고 제주도에 왔습니다. 비밀리에 연대장 김익렬, 맨스필드 중령, 유해진 도지사와 회의를 합니다.
경찰 측은 반란 계획 전 폭동이라 주장했고, 이 반란은 복합적인 이유에서 경찰도 일부 책임이 있으며, 무력과 선무공작을 병행해서 사태를 해결한다고 경찰의 강력 진압에 반대 입장을 김익렬은 제시했습니다.

조병옥 경무부장은 다 조작된 증거이며 김익렬 연대장은 공산당과 연관이 있다고 모함하여 김익렬 연대장은 조병옥에게 달려들어 몸싸움을 했습니다. 그 다음 날, 김익렬 연대장은 해임되어 버렸습니다. 강경파의 경찰 승리였습니다.
무장대는 5·10 총선거를 못 하도록 투표소 습격, 살인으로 방해했습니다.
남로당은 남한 단독정부 수립을 반대하는 굳은 방침에 따라 남로당 골수, 김달삼 무장대 사령관은 자기의 운명을 걸고 제주도에 5·10 총선거를 하지 못하도록 결심을 하고 선거가 다가오면서 선거사무소와 선거 관리 위원들에게 공격을 하며 여기저기서 살상을 하고 문서 등을 빼앗아 불태우기까지 방해를 했습니다.

군경은 무장대의 공격에 대응하면서 선거사무소, 선거관리위원회를 보호하는 데 지원을 아끼지 않았습니다. 5월 7일부터 5월 10일까지 많은 사람이 목숨을 잃었다는 기록이 있습니다.

5월 10일이 되었습니다. 무장대는 투표를 못 하도록 주민들을 산으로 올라가게 했고, 투표가 진행하는데 투표소를 습격하여 투표소를 불태우고 담당자들을 살해했습니다. 미군정과 군경의 투표 독려에도 불구하고 제주읍 중심지 밖은 선거가 제대로 치러지지 못했습니다. 무장대의 5·10 총선거 방해 공작은 어느 정도 승리했습니다. 제주 3개 투표구 중 2개의 투표구 선거가 무효가 되었으니까요. 5·10 선거 선거관리원 등 양민 1,764명이 학살되었습니다. 제주도는 5·10 총선거를 거부한 유일한 지역이 되었습니다.

미군정과 군경은 무력 진압에 강경책을 택합니다.
5·10 총선거 이후 군경과 무장대의 대립은 곳곳에서 격돌하기 시작했습니다. 선거가 제대로 안 된 감정을 참을 수 없는 군경과 미군정은 무장대 소탕에 진압에 열을 올렸습니다. 5·10 선거 실패 후 경찰은 증강해도 무장대 폭력이 수그러지지 않아 제2차대전 아시아 대륙을 누볐던 야전군 출신으로 미군정은 미 20연대장인 브라운 대령을 제주지구 미 사령관으로 임명했습니다. 「원인은 흥미가 없다. 나의 사명은 진압뿐이다.」 브라운 사령관의 말은 제주에서 발생한 사건은 모두 공산주의

자들의 책동이라는 것으로 못 박았습니다.

덩달아 김익렬 후임에 임명된 박진경 연대장도 강경 진압에 앞장섰습니다. 제주 출신 병사들은 연대장의 강경 진압에 원망하며 41명이 무장대에 합류한 일로 제주 출신 병사들 대신 육지 병사로 진압 작전을 펼쳤습니다. 두 달 만에 대령으로 진급했으나 부하들에 의하여 피살되고 맙니다.

1948년 8월 15일 대한민국 정부수립, 대한민국 건국을 합니다. 초대 대통령에 이승만 박사가 선출되었습니다.

대한민국 정부가 수립된 후, 1950년 10월 20일 해안선 5km 이외의 지역에 통행금지를 포고합니다.

「제주 전 지역 해안선 5km 이외의 지점 및 산악지대에서의 통행금지를 포고함. 만일 포고에 위반하는 자에 대해서는 그 이유 여하를 불구하고 폭도배로 인정하여 총살에 처할 것임.」

이승만 정부는 공산당, 빨갱이, 남로당, 공비 등 불리는 집단에게 초토화 작전이 시작되었습니다.

제주 4·3은 항쟁이 아니라 폭동이요, 사건입니다.

첫째, 제주 3·1절 경찰 발포로 사망에 항의한 시위와 3.9 전 지역 직장기관 95% 파업은 항쟁이란 단어 뜻으로는 항쟁이요, 4·3의 24개 중 12개 지서를 무장 습격해 방화 살인 파괴와 3·10 총선 투표소, 선거사무관리, 문서 탈취 등 방화 살인 등은 폭동의 단어 뜻으로 폭동에 해당됩니다. 남로당 제주위원회 무장대가 주동했기 때문입니다.

　미군정과 이승만 정권을 파괴 전복, 방해 공작, 남로당 무장 투쟁은 자유민주주의 대한민국 정부로서 동조, 묵인, 방관할 수 없었습니다. 공산화 제주도를 막아야 하기 때문입니다.

　남로당은 북한 공산당 북로동당 2중대입니다. 목표가 같습니다. 명분이야 그럴듯합니다. 남한만 단일정부 반대로 내세웠지만, 북한 단일정부는 반대하지 않았습니다.

　둘째, 진압군과 남로당 무장대 양쪽에 의해서 민간인 학살로 희생된 사람이 어느 쪽과 싸우지 않고 희생되었기에 항쟁이 아니요, 김달삼의 4·3 주모자가 「미군정, 경찰, 경비대, 우익단체들이 도민을 불법, 체포, 구금, 고문, 투옥과 농어민 강제공출과 혹독한 착취에 신음, 일반 무권리 가렴주구 신음, 남로당 탄압하는 반동 친미 분자와 친일파 민족 반역자들의 가진 난폭과 분활식민지 침략 정책을 갖고있어」(해주 인민대표자 회의 발언) 무장봉기, 무장투쟁을 정당화시켜 제주도를 남로당 세상을 만드는데 꿈꾸었기에 항쟁이 아닙니다.
　남로당과 북한 정권은 남로당 제주위원회의 무장 반란을 투쟁이라고 할 수 있지만, 우리 대한민국은 무장 반란 무장 폭동이라고 볼 수밖에 없습니다. 물론 그 과정에서 희생된 무고한 양민들이 많았음도 사실이다.

셋째, 제주 4·3 폭동에 북한지령 또는 관련이 없다고 하는 것은 거짓말입니다. 왜냐하면 1948년 8월 21일부터 6일간 해주에서 남한 지역 최고 인민회의 대의원(우리의 국회) 선거 구실로 김달삼, 강규찬, 안세훈, 고진희, 문등용, 이정숙 제주 남로당 지도부 6명이 초토화 작전에 많은 희생자가 발생하는데 제주를 떠나 참석하고는 돌아오지 아니했습니다.

김달삼은 제주에서 몰래 지하에서 실시한 선거 투표지 5만 2,350장을 가지고 가 해주 인민대표자 대회에서 우리와 같은 박수를 받고 대의원에 선출되었습니다. 김달삼은 대의원 자격으로 1948년 9월 9일 김일성 주석 선출에 한 표를 던져 조선민주주의 인민공화국 정부수립에 한몫을 담당했습니다. 남한 단독정부 반대한다며 4·3과 5·10 총선거에 무장 폭동을 북한 김일성 주석 앞에서도 단독정부 수립을 반대한다는 무장투쟁을 했어야만 남한 단독정부 수립 반대의 정당성이 생기지 않을까요. 그래서 4·3과 5·10은 북한과 연관된 무장 폭동이라고 하는 것입니다.

넷째, 초토화 작전에 중산간마을이 대상이요, 살기 위해서 입산, 가족 따라 입산, 협박에 못 이겨 입산, 군경, 우익단체 행패에 입산, 친구 따라 입산하여 동굴이든 굴속이든 숨어 살다가 개인 또는 이유 없이 학살되고, 뒷산에 봉화 올라가면 산 주위 마을 주민을 남녀노소 할 것 없이 학살하고 좌익, 공비가 있는 마을을 모조리 학살하고, 진압군에 쫓겨 마을로 숨어들면 그 마을을 몰살하고, 밤에 식량 등을 지원했다는 정보가 있으면 무조건 전부를 학살, 마을에 와서 주민 모아놓고 한 사람이라도 출타했으면 전 주민 학살, 소개 작전으로 산중지역 마을에 전 마을 불태우고, 남아있는 사람 모두 학살.

제주 계엄령과 함께 해안선 5km 이외 출입 금지령을 위반하면 무조건 사살, 초토화 작전에 군과 경찰에 의하여 희생자 78.19%가 학살되었으니, 이 중에는 남로당 무장대도 있었을 것이지만 거의 다 초토화 작전에 학살 및 사살당한 억울한 희생자이기에 이들에게는 폭동이라는 말은 적용되지 않습니다.

다섯째, 4·3 폭동이 투쟁이라고 한다면 4·3 폭동 주모자 김달삼과 이덕구를 제주 위령탑 앞과 평화공원에 영웅 김달삼, 영웅 이덕구 동상이라고 크게 세워 영원토록 길이 빛나게 만들어주어야 한다고 말하거나 건의하는 사람이 없습니까. 묻고 있습니다. (제14연대 반란 참조)

제주 4·3을 정리해 볼까 합니다.
반란과 폭동에 대하여 투쟁으로 말하는 사람들의 발언을 보면, 제주 4·3과 여수 제14연대의 폭동과 반란이 아니라 투쟁으로 단정하고 「제주는 해방을 넘어 진정한 독립을 꿈꿨고, 분단을 넘어 평화통일을 열망했다」는 문재인 대통령 4·3 추모식 발언조차도 투쟁으로 여기고 있고, 일부 학자 중에는 「항쟁」의 당위성으로 말하고, 어떤 학자는 통일운동, 통일 항쟁으로 가는 것이라고 말하고.

하지만 김대중 대통령은 1989년 11월 23일 미국 기자와 대담에서 「4·3은 공산 폭동으로 일어났다」고 전 세계에 천명했습니다.

현재 2024년임에도 제주 4·3과 여수 10.19에 대하여 반란 폭동과 투쟁으로 갈라져 있으니, 하나로 통일해 정리가 되어야 한다고 건의합니다. 참 어렵습니다. 같은 좌파 대통령마저도 엇갈린 주장을 하고있는 현실이 아깝습니다. 봉기 항쟁, 사건, 사태, 폭동 중 하나로 말입니다.

나의 생각을 정리해 보겠습니다.
남로당 제주위원회(남로당 제주도당)가 4·3에 도민을 선동한 주역이요, 반란과 폭동으로 몰아간 주체입니다. 남로당 제주도당은 미군정, 경찰, 극우 단체들의 테러, 납치, 탄압, 횡포, 폭행, 구금, 고문, 약탈, 부녀자 강탈, 생활고(남녀노소 구분 없음)에 시달려 못 살아가기에 불가피한 행동이라고 내세우지만 이를 기회로 삼아 반정부, 반미군정, 반경찰, 반우익 단체(특히 서북청년단)로 이끌어 간 무장봉기는 제주도를 크게 악화시켰습니다.

남로당 제주도당의 무장봉기는 대한민국 단독정부 수립에 반대한다고 했지만, 북한 공산당 정부를 수립할 목적으로 4·3

무장 폭동을 일으킨 것으로 생각합니다.

남로당 자체가 공산주의 집단인지 아닌지 말을 하는 것이 정확한 답을 알 수 있습니다. 공산주의이기 때문에 자유민주주의 대한민국 정부수립을 단독정부 수립을 반대하는데 무장봉기를 했다고 단언합니다. 솔직히 말해서 북한 공산주의 조선민주주의 인민공화국 통일 정부를 수립하자는 목적으로 4·3 무장봉기 한 게 맞다고 보는 것입니다.

제주 4·3은 투쟁이 아니라 폭동입니다. (여수 14연대 참조)

제주 4·3 폭동의 주역들의 최후 운명을 살펴봅시다.
1. 김달삼은 남로당 제주도당 총책, 제주도 인민 습격대 무장대 창설과 사령관으로 활동하다 1948년 8월 21일에 황해 해주에서 실시하고 남조선 인민대표자 회의에 참석하고자 8월 초순 월북하여 초대 1기 대의원(남한 국회의원)이 되어 조선민주주의 인민공화국 창설에 참여했습니다. 1949년 8월 유대원 300명을 인솔하여 경북 보안사 일대에서 활동하다가 1950년 3월 20일 국군에 살해되었습니다.

2. 이덕구는 남로당 제주도당 군사부장으로 김달삼과 함께 4·3과 5·10 폭동의 주동자로서 김달삼이 북한으로 떠날 때, 제주도 인민유격대 사령관을 인계받고 활동하다가 1949년 6월 토벌대에 의해 사살됩니다.
2019년 진상조사 위원회 피해 상황을 알아봅시다.

- 인명피해. 총 사망자 14,032명(진압군 10,955명 무장대 31,250명, 민간 31,255명, 군인 180명, 경찰 140명, 우익단체 639,733명)
- 물적 피해. 165 마을 중 소개 87개, 중산간 62개 마을. (당시 사망 등 피해는 훨씬 많음)

제주 4·3 사건 진상규명 및 희생자 명예 회복에 관한 특별법(2000년 1월 12일 제정)과 여순사건 진상규명 및 희생자 명예 회복에 관한 특별법 등이 제정되었습니다.

학살 용어를 지우고 희생자로 통일합시다. 학살에는 반군·반경·반정부 학살, 이념·종교 학살, 특정 거주지 학살, 보복성 학살, 반동 학살, 감정 학살, 민간인 학살, 집단 학살 등 다양한 학살이 광범위하게 전개되었습니다. 그래서 희생자 명예 회복 차원에서 학살이란 용어 대신 희생자로 통일합니다.

또한 내가 글을 쓰면서 반란, 폭동, 투쟁으로 표현을 한 것은 진실을 구분하기 위해서 사용했습니다. 반란, 폭동, 투쟁의 용어는 상대방을 자극하는 표현이므로 지난 과거의 역사에 대한 감정과 반목을 없애고 모두가 상대를 자극하는 표현을 하지 않고 서로가 감정과 대립이 없는 용어를 사용하는 것이 좋다고 봅니다.

그러므로 4·3과 10·19와 각 지역에서 이념적 투쟁에서 벗어나 「학살, 반란, 투쟁, 폭동」을 없애고, 「사건」으로 사용하면 좋다고 생각합니다.

함평 양민학살을 「5중대 함평양민사건」. 제주 4·3 반란, 사태, 폭동, 투쟁을 「제주 4·3 남로당 사건」, 여수 반란을 여수 제14연대 반란, 투쟁을 「여수 제14연대 남로당 사건」.

제주 4·3 희생자, 여수 10·19 사건의 결과로 무엇을 얻었습니까. 이유야 어쨌든 남로당원들이 4·3과 10·19 사건을 일으키지 않았다면 학살과 희생 그리고 재산상 손실이 없었을 것인데 결국 사건을 일으켜 국민들 생명과 재산에 막대한 피해를 입혔고, 반공을 강화하므로 억울하게 좌익분자로 몰려 피해가 많아졌습니다. 결국 사건을 일으킨 남로당은 얻은 게 하나도 없고, 오히려 남로당 등 당원들은 북에 가 간첩으로 모조리 숙청만 당했을 뿐입니다.

여수 제14연대 남로당 반란

여수 10·19 항쟁이 아니라 반란입니다.

여수 반란이라고 주장하니 항쟁을 외친 사람들은 나를 늙은이, 죽일 놈, 노망났다고 비난과 욕설을 할 것이 뻔함에도 이 글을 쓰는 자체를 보면 성한 정신이 있는 것 아니겠습니까.

항쟁(抗爭)이란 사전에 「맞서 싸움. 국가권력자들이 부당한 폭력을 휘두를 때 맞서 폭력을 쓰며 싸우는 것」이라 했고, 반란(叛亂)이란 사전에 「정부나 지도자 따위에 반대하여 내란을 일으킴」이라고 쓰여 있습니다. 쉽게 말하면 「정부의 명령을 따르지 않고 자신들이 원하는 행동을 하는 것」이라고도 합니다.

여수 반란 사건은 1948년 10월 19일 여수에 주둔한 조선 국방경비대 14연대 2,000여 명의 소속 장병들 중 제1대대 중심으로 제주 4·3 사건을 진압하라는 이승만 정부의 명령을 거부하면서 여수·순천 지역을 1948년 10월 27일까지 9일간 점령하고, 완전하게 소탕한 1963년 11월 12일 사이에 반란군과 진압군에 의하여 학살당한 사건입니다.

군대 내에 남로당은 세 개의 조직단체가 만들어져 있었습니다. 장교 조직으로 「콩 서클」은 중앙 로동당에서 직접 관할을 하는 서클이고, 남로당 도당에서 관할하는 「병사 소비에트」 소속이었고 김지희 중위는 북한의 평양 학원 대남반 출신 공작원으로 지령받고 남파되어 「콩 서클」에 침투할 때는 좌파 장교들은 그를 남로당으로 알고 있었고 「병사 소비에트」는 김지희를 우파 장교로 알았을 정도로 보안이 철저했다는 것을 알 수 있었습니다.

제14연대는 1948년 5월 초 창설됩니다. 김지희와 지창수는 영암에 주둔한 제4연대에 근무했으나 새로 창설되는 14연대로 이동하여 혁명군 조직을 만드는 지시를 받았습니다. 4연대에서 14연대를 창설하는데 1개 대대를 차출하는데 평소 말썽이 있고 불온사상이 있는 자들을 뽑아 다수를 14연대로 보낸 것이라고 했습니다. 김지희는 14연대 작전 참모 보좌관, 지창수는 연대 선임하사 격인 인사과 선임하사관, 병사 「소비에트」 부책인 정낙현은 연대본부 정보와 선임하사관이라는 요직을 다 차지하고 있었습니다.

14연대 창설을 하는데 지원자가 부족하여 붉은 사상 여부 가리지 않고 지원자 모두 입대시켰습니다. 경찰에 수배를 받고 있는 사람까지 입대시켰습니다. 김지희가 이끄는 「콩 서클」은 6명이 있었고 지창수가 이끄는 「병사 소비에트」는 80명 하사관이 소속되어 있었습니다. 제14연대대 남로당 좌익분자를 장악하고 있는 군인은 지창수가 두목 격이 되어 있습니다.

반란군 주동자 지창수는 남로당 내부 정보를 제14연대 1개 대대가 제주도 4·3 폭동 진압에 출동할 것을 이미 알고 있었습니다. 제1대대가 차출된다는 것까지 알고 있었습니다. 이 반란군 세계에는 군대 내 계급이 필요 없었습니다. 남로당원 서열이 필요했고 조직의 책임자가 명령을 하달하고 지휘를 하고 있었습니다. 제14연대대 좌익, 남로당 「병사 소비에트」를 장악하고 있는 지창수 상사가 대장이었습니다.

1948년 10월 15일 제14연대 중 제1대대를 제주도에 출동할 것을 육군 본부는 명령합니다.

김지희 연대대 전차포 중대도 배속되었습니다. 출동 날짜는 10월 19일이었고, 2, 3대대는 취침 중이었습니다. 연대장은 참모 등을 대동하고 장비 등 선적을 위해 여수항에 나가 있었습니다. 출항 시간은 10월 19일 24시였습니다.

지창수 상사는 김지희 중위와 부대 출발 직전 거사를 결정했습니다. 선전 해설반, 위병 사령부 장악조, 통신망 차단조, 장교 차단조, 무기고 점령조 등 병력 배치하여 연대 장악 후 지창수 신호에 제1대대 부대원이 집합하기로 작전 계획을 세웠습니다. 사전에 이들은 제14연대 좌익 세포들에게 무기고, 탄약고를 점령하라고 지시했고, 20시에 비상 나팔을 불기로 작전했습니다. 24시에 출발하기 2시간 전입니다.

1948년 10월 19일 밤 10시에 한밤의 총소리의 신호로 나팔 소리가 고요한 어두운 밤을 깨웠습니다. 반란을 알리는 신호였습니다. 밤의 총소리는 반란의 시작을 알리는 명령이요, 이 총소리 명령을 따라 연대 정문 위병소에서 나팔 소리는 제1대대가 무장을 하고 연대 연병장에 집합하라는 신호였습니다. 뒷산에서 신호탄이 날았습니다.

여기저기서 총성이 울렸습니다. 김정덕 소위는 좌익 병사에게 구타당하고, 조병모 소위는 오른쪽 팔에 총을 맞고, 조병모 소위를 쫓아온 좌익 병사들은 탄약고 보초(좌익 보초)는 자기편인지 모르고 사살하여 탄약고 잠금쇠를 총으로 쏴 문을 열었습니다.

신속하게 14연대 제1대대 병사들은 연병장에 집합했습니다. 민간 복장을 한 여러 사람을 대동한 지창수 상사는 연단에 올랐습니다. 병사들은 조용했습니다. 지창수의 우렁찬 목소리는 온 병사들을 긴장하게 만들었습니다.

1. 지금 경찰이 우리를 향해 쳐들어오고 있다.
2. 동족 살인 제주로 출동을 반대한다.
3. 조국의 염원인 남북통일을 달성하자.
4. 지금 북조선 인민군이 남조선 해방을 위해 38선을 넘어오

고 있는 중이다.
5. 우리는 북상하는 인민 해방군으로 행동해야 한다.

대대장도 아닌 일개 상사가 연단에 올라 출동을 반대하고 공산당이 되어야 한다는 지창수의 말에 3명의 장교와 하사관 등이 연단에 올라 「안돼, 지금 때가 아니야.」 반란의 시기가 아니라 말을 하자, 중앙남로당 장교인지 모르고 반란군이 즉시 사살을 했습니다. 지창수 상사는 「탄약고는 이미 우리가 점령해 놓았다. 탄약고 가서 실탄을 최대한 휴대하라」고 명령을 내렸습니다.

그리고 「모든 장교들을 즉시 사살하라」는 지창수의 명령이 떨어졌습니다. 「병사 소비에트」 특수공작원 심재호 상사는 반란 병사를 이끌고 전 부대를 돌아다니며 「미제 앞잡이다」라며 보이는 대로 사살을 했습니다. 지창수 상관 제1대대장 김일영 대위, 2대대장 김순철 대위, 3대대장 이봉규 대위 등 20명 장교를 사살했습니다.

사살된 15명 장교는 좌익 장교(남로당 중앙당원)로 판명되었습니다. 살아있는 한 명의 장교는 지창수 중위입니다. 부대 연대장과 함께 이 사실을 보고받고 온 정보주임 김제주 중위는 탄약고에서 사살되었고, 총알 세례를 받은 부연대장은 곧바로 차를 타고 도망 나와 헌병대를 통해 순천의 14연대 2개 중대를 이끄는 홍순석 중위에게 반란 진압 명령을 했습니다. 홍순석은 「콩 서클」 멤버였으니 반란 성공 보고 연락을 받은 셈이 되고 말았습니다. 제14연대 장교는 거의 사살되었습니다.
(네이버에서 10.19 여순 반란)

　지창수는 스스로 연대장이 됩니다. 병사 위원회 소속 하사관들을 즉석에서 지휘관으로 임명했습니다. 반란군은 여수 경찰서 지서 등을 모두 습격하고 눈에 보이는 경찰은 무조건 사살해버렸습니다. 여수를 완전히 장악한 반란군에게 남로당과 연결된 학생들 600여 명이 시내로 나와 환영을 하며 「인민군 만세 인민해방군 만세」를 외치며 계엄군과 합류했습니다. 반란군은 학생들에게 무기를 지급했습니다.

　무기가 어디서 났냐구요. 제주로 출동한 14연대 1대대에게 신무기, 박격포, 개런드 소총, M1 칼빈, 자동소총, 기관단총을 비롯해 통신장비 등 100% 공급받았습니다. 종전에 갖고있던 38식 소총과 구구식 소총을 반납하지 않았기에 평상시의 두 배인 소총 천 여정을 갖고 있어 민간인들에게 무장시킬 수 있었습니다.

　무장한 학생들은 관공서, 은행, 주요 정부 시설을 장악했고, 체포된 경찰관, 기관장, 우익단체 요원, 지방 유지 등 인민재판을 통해 반동분자라며 경찰서 뒤뜰에서 500여 명 이상을 총살했습니다. 인민재판은 남로당 여수 군당이 지휘했습니다. 이로 하여 남로당이 노출되었습니다.

　여수를 완전히 장악한 반란군은 20일 9시 열차 편으로 순천으로 이동했습니다. 순천 주둔 14연대 소속 예하 2개 중대를 지휘하고 있는 홍순석의 명령으로 반란군에 가담하게 됩니다.

정보를 입수한 순천 경찰서는 여수와 광양 사이 도로에 경찰 1개 소대를 배치하고, 순천교 제방에 주력 부대를 배치했으나 반란군의 상대가 안 되었습니다. 또한 광주 주둔 제4연대로부터 1개 중대를 차출하여 순천교와 제방에 배치했으나 반란군을 보자 합류해 버렸습니다.

1948년 10월 20일 17시에 반란군이 순천을 완전히 장악했습니다. 좌익분자와 학생들에게 무장을 시켜 순천의 반동분자를 색출하여 인민재판의 이름으로 500여 명을 학살했습니다.

10월 22일 오후 남부군 사령관 이현상이 순천에 나타나 반란군을 위로하고, 사상이 불분명한 김지희를 화물차에 감금한 지창수에게 자기가 보증하겠다 하자 풀어주었고, 그 자리에서 반란군 총지휘를 김지희에게 맡겼습니다.

반란군은 순천을 장악한 다음 21일에는 구례, 광양 방면으로 이동했고, 200여 명 병력은 보성 방면으로 이탈하여 보성읍과 주변 지역에서 화풀이 식으로 무차별 살육을 했습니다. 며칠 안 되어 광주에서 출동한 진압군에 의하여 모조리 사살되었습니다.

1948년 10월 21일 여수 순천지구에 계엄령을 선포합니다. 반란군이 순천을 장악한 다음 날인 10월 21일, 반란군 토벌 전투 사령부를 광주에 설치했습니다. 송호성 준장을 사령관에 임명합니다. 규모는 병력 10개 대대, 1개 비행대(경비행 10대) 및 함정 등입니다.

진압군은 대전 2연대, 전주 3연대, 광주 4연대, 부산 5연대, 군산 12연대, 마산 15연대, 일부 차출 병력, 육군 비행단, 육군 기갑연대 장갑차 10대, 해군 경비정 7척, 서울 등 각 지역 혼성 경찰대 2개 대대로 1개 사단 규모로 편성되었습니다.

반란군 규모는 김지희(지창수 자칭 연대장을 박탈시킴, 노동당 박헌영의 오른팔, 남부군 사령관, 이현상이 교체시킴)의 14연대 주력 2개 대대 1,400명, 홍순석의 2개 중대, 4연대 1개 중대(반란군 토벌 사령부가 생기기 전 반란 진압에 차출해간 1개 중대가 반란군과 합세함) 포함 1,600명으로 고작 3,000명에 불과했습니다. 여수·순천 점령 시에 실탄, 탄약은 거의 소모되어 넉넉하지 못한 상태였습니다.

진압군이 출동했습니다. 10월 21일 새벽 구례 방면으로 이동하는 홍순석 부대를 진압군 4연대가 서면 한구리에서 격파합니다. 진압군 첫 승리였습니다. 홍순석 잔당 반란군은 광양 방면으로 이동하는 김지희와 합류했습니다.

10월 22일 오후 김지희는 옥곡면 백운산 기슭에서 진압군 15연대와 대치 중 연대장 최남근과 만나서 의논한 끝에, 연대장은 이현상으로부터 자신의 행동 지침을 듣기 위해 포로가 되어 입산합니다. 이때 군내 지하조직 세력을 유지하라는 지령을 받고, 탈출 쇼를 한 후 얼마 지나지 않아 탄로가 나 총살당하는 어처구니없는 일도 있었습니다.

1948년 10월 23일 오전에 순천을 탈환합니다. 순천 탈환 작전은 10월 21일 오후 10시부터 시작되었습니다. 선두에 장갑차 수색대를 세우고, 하늘에는 경비기를 띄우고, 제3연대, 제4연대 등이 주력 공격을 맡았습니다. 큰 전투는 없었습니다. 반란 주력 부대는 순천을 점령하고 다른 지역으로 이동했기에 2개 중대에 불과했습니다. 10월 23일 오전에 순천을 완전히 탈환하여 가담자 102명을 사형에 처했습니다.

 1948년 10월 27일 여수를 탈환합니다.
 순천이 완전히 탈환되자 벌교 출신 한 모 상사가 200여 명을 이끌고 벌교로 가서 피비린내 나는 학살을 자행하다가 진압군에 의하여 사살당했습니다.
 10월 23일 오전 9시 40분경 함포 사격을 지원받아 5연대가 탈환 작전에 들어갔으나 반란군의 저항에 실패합니다.
 두 번째는 24일에 송호성 장군이 직접 지휘하던 진압군은 여수 연두동 일대에 잠복한 반란군의 공격을 받았습니다. 송장군은 부상을 입고 후퇴했습니다.
 10월 25일부터는 박격포 지원을 받아 12연대가 공격을 맡아 10월 27일에서야 여수를 탈환했습니다. 순천 탈환은 2일 걸렸지만 여수 탈환은 5일이 걸렸습니다.

 1948년 10월 19일 밤 10시에 시작한 반란군이 여수·순천을 3일 만에 장악했으나 진압군에 의해 7일 만에 막을 내리고 살아있는 반란군과 좌파 골수들은 거의 지리산 등으로 도망가서 빨치산이라는 이름으로 지리산에서 운명을 맞이하게 되어 버

렸습니다. (입산, 학살 관련 4·3 참조)

김창수 상사의 단독 14연대 반란은 우익 및 경찰 학살에 집중하므로 단명에 끝났습니다. 같은 소속 상급자와 장교들을 거의 죽이는 사살이 외부 군대의 지원을 받을 수 없었고, 사병 중심의 대책, 지원 없는 반란과 남로당 중앙당, 전라남도당, 여수·순천 로동당과 상의 없이 단독 반란으로 중앙당은 물론이요, 지역당에서도 반란 소식을 듣고 모두가 우려했던 것입니다. 처음 반란을 일으킬 때는 기습적으로 군과 경찰이 잠자는 순간 당한 것처럼 대비책이 없었기에 2일 만에 여수·순천이 반란군에 장악됐지만 3일부터는 군과 경찰이 대비책을 세워 반격하므로 반란군은 군·경에게 적수가 될 수 없게 되었습니다.

겨우 반란군 3,000명은 이틀간의 탄환을 무작정 사용했기에 제일 먼저 실탄이 부족하게 되어 반란군의 사기는 떨어지고 말았습니다. 열 배 이상의 군·병과 장갑차, 박격포 등을 보유한 진압군에게 양적, 질적으로 상대할 수 없게 되어 지리산으로 들어가 빨치산이 될 수밖에 없었습니다.

여순 반란군의 최후 운명을 살펴봅시다.
1. 진압군에 의하여 여순·순천이 수복되므로 잔당들이 준동하다가 1948년 10월경에 14연대 반란군 600여 명이 좌파 폭도들과 잡혀 1,000여 명이 광양 백운산, 지리산 입산에 성공하여 빨치산이 되었습니다.

2. 지창수 상사는 반란군 총지휘관으로 남부군 사령관 이현상의 명령을 어기고 여수에 2개 중대를 잔유시켜 활동하게 하다가 1948년 11월에 이현상이 지휘권을 발탁하므로 빨치산 대원으로 하동군 화개전투에서 진압군에게 총상을 당해 1949년 9월 생포되어 반란의 주모자라 즉각 사살을 하지 않고 군법에 회부되어 사형을 면하고 (광주 집이 부자라서 손을 씀) 옥살이하다가 낙동강 전투 무렵 1950년 8월 처형당했습니다.

 3. 김지희와 홍순석은 1949년 4월 9일 새벽 2시경 산내면 반서리 술집에서 술을 먹다가 술집 주인의 신고로 출동한 군경에 홍순석은 사살되었고, 김지희와 처는 행방불명이 되었습니다. 술집 소탕 후 4일 만인 4월 13일 김지희 처 조경순을 생포하여 심문한 결과 술집에서 600m 떨어진 야산에서 시체 1구를 발견하여 처 조경순이 남편 김지희라고 확인을 했습니다. 술집에서 빠져나온 김지희는 반서리 전투에서 배에 총을 맞아 창자가 튀어나와 부패한 상태였다고 합니다.

 4. 이현상은 남로당 박헌영 당수의 오른팔로 5년간 지리산 유격대 사령관(빨치산)으로 활동하였으나, 남로당에 북한 김일성 주석의 심복들에 의하여 출당 및 지위를 박탈 당했습니다. 산중고아가 되어 지리산을 돌아다니다가 1953년 9월 토벌대에 의하여 사살을 당했습니다. 한 편으로는 이현상이 박헌영의 오른팔이기 때문에 김일성의 눈엣가시라서 북에서 내려와 암살을 했다는 말도 있습니다.

14연대 반란으로 피해가 너무나 엄청나다고 합니다.

- 반란군에 의해 학살된 피해자는 민간인 쪽에서는 3,000명 이상이 학살됐고, 국방부 쪽에서는 7,000명이 학살됐고, 전남보건후생실은 사망 2,634명, 행불자 4,325명이라고 했습니다. 좌익들이 학살한 사람은 1,200명이라고 나와 있습니다.
- 종합해 보면 7,000명이 학살되었다는 게 가까운 것 같습니다.
- 또한 확실하지는 않지만 기록에 의하면 14연대 반란 사건으로 반란군에 의하여 1,200명이 학살됐고, 1,150명이 부상 당했다고 했습니다.
- 여수 반란 사건 조사위원회 피해조사 기록을 보면 전라남도 여수·순천, 광양, 곡성, 구례, 승주, 벌교 등 지역에서 확인 사망자 3,384명, 실종자 825명, 국가공무원 피해 3,474명, 민간인 피해 11,131명
- 가옥 수만 채가 전소, 반소 되었습니다.

진상규명 조사는 어렵게 되었습니다. 올해가 2024년입니다. 반란 이후 76년이 흘렀습니다. 생존자, 목격자가 90세 이상은 될 것입니다. 거의 사망했습니다. 생존자의 증언도 엇갈립니다. 반란군에 학살된 가족, 피해 가족은 자기 쪽에 유리한 주장과 증언을 할 것이요, 토벌대에 의해 학살된 쪽은 자기 쪽에 유리한 주장과 증언을 할 것이므로 어려움이 많게 됩니다.

학살된 사람 가운데 전 가족 사망, 단독 사망, 외지인 사망,

연고 없는 사망, 특히 지리산 내에서 학살된 사람, 무조건 전투 지역에서 사망을 확인·증언할 수 없어 인원을 파악할 수 없습니다.

재판받아 사형선고, 무기징역, 징역 받은 사람 중에 고문, 밀고로 죄인이 된 사람을 재심하면 증거 없이 무죄가 되는데 사실 여부를 판단할 수 없으니 어려움이 있는 게 사실입니다.

함평 양민학살 책을 내려고 증거를 수집하는 도중 자기 가족이 좌익 운동을 해서 죽었는데 경찰에게 죽었다고 학살된 가족이라고 한 사실을 발견하기도 했습니다. 마을 사람 거의가 말해서 알게 되었지요.

필자의 생각으로 희생자 숫자는 당시의 숫자가 지금의 조사 숫자보다 훨씬 많다고 볼 수 있습니다.

(이상 모든 자료는 네이버 여수 반란에서 참고했음)

이상의 기록들을 정리한 것은 반란을 항쟁으로 미화해서 반란이라는 것을 이해하도록 하기 위해서입니다.

여수 14연대는 반란이지 항쟁이 아닙니다. 내가 지금 주장하는 것이 아니라, 자료에 의하면 30년 전 1994년 여수 문화원에서 ①14연대 반란사건 ②10.19 사건 ③여수 주둔군 반란사건이라고 세 개의 이름을 건의했습니다. 여수 반란을 제14연대 군인들이 일으켰는데 여수가 반란의 주역이 되어 여수를 실추시킬 뿐만 아니라 여수가 반란을 일으킨 것으로 생각하고 인정하기 때문에 여수라는 고귀한 이름을 더럽히지 말자는 의도에서 내놓은 것 같습니다.

  그리고 2021년 여야 합의로 문재인 정부 때 특별법이 제정된 후에 「여수 사건 위령탑」을 「여수 항쟁탑」으로 이름을 바꿨습니다. 「위령탑」 원래대로 써야 합니다. 항쟁탑 3 참조.

  여수 항쟁은 너무나 잘못된 말입니다.
  학술·학문적, 정치적, 사상적으로 상관없이 항쟁의 사전적 의미로 14연대 내의 행동은 항쟁이 아니요, 반란의 사전적 의미로 14연대 내 군대의 행동은 반란입니다.

  1. 대한민국 정부 국군 작전명령인 4·3 폭동 진압하라는 출동 명령을 어기고 14연대 제1대대장, 제2대대장, 제3대대장을 살해하고 여하 하급장교 20명을 사살하고 여수와 순천을 무력으로 장악하여 1,200여 명의 민간인과 400여 명의 경찰을 학살한 행동이 반란이요, 항쟁이 아닙니다.

  2. 여수 자체는 무기를 들고 막 탄생한 대한민국 정부와 싸우고 항의한 적이 없으니 여수 항쟁이 아니요.

  3. 토벌군과 반란군 양쪽에서 학살당한 희생자들이 토벌군과 반란군에 맞서 싸우지 아니하고 학살당했으니 항쟁이 아니요. 「항쟁탑」은 학살당한 것이 아니라 반란군과 함께 정부군과 싸우다 사망했다는 말입니다.

4. 자유대한민국을 수호할 사명을 가진 군·경 토벌대의 진압 임무에 성공을 위해서 불가피하게 제물(祭物)로 희생(학살)된 사람들의 영혼에게 반란군과 함께 싸웠다고 감투를 씌우는 것은 항쟁이 아니요.

5. 군·경 진압군과 반란군이 민간 학살을 많고 적게 관계없이 양쪽 다 잘못입니다. 모두가 역사의 죄인입니다. ? 제14연대 일부 군인의 반란을 항쟁으로 바꾸니 주모자인 자칭 14연대장 김창수 상사, 김지희 중위, 홍순석 중위 등 반란자 등에게 영웅 칭호를 내려 「여수 항쟁 탑」 앞에 항쟁의 영웅 김창수, 김지희, 홍순석 동상을 세워야 항쟁의 빛이 더 나을 것 같습니다. 왜 동상 세우자는 주장과 건의를 않는가요.

제주 4·3 폭동과 여순 제14연대 일부 주모자들이 남로당 출신인 것이 확인되었습니다. 항쟁을 말하는 것은 대한민국을 공산화 시키겠다는 야욕에 훈장을 달아주는 것이라고 감히 말합니다.

역사학자, 교육자, 학자, 예술인, 정치인, 사상가, 철학자 등 지식인들께서 보수·진보 할 것 없이 통일된 교과서를 만들어 주시면 좋지 않을까요. (희생자 명예 회복 보상 기념관, 기념공원, 위령탑 4·3 참조) 「제주 4·3 위령탑」, 「여수 10·19 위령탑」으로 글을 새겨야 합니다. 항쟁은 학살된 희생자를 남도당, 반란군과 함께 군·경과 싸우다 죽었다는 말이 됩니다.

○ 4·3, 10·19를 내 나름대로 정리해보고자 합니다.

역사책에 「제주 4·3 남로당 폭동사건」
　　　　「여수 제14연대 남로당 반란사건」
기념관에 「제주 4·3 기념관」
　　　　「여수 10·19 기념관」
탑과 비에 「제주 4·3 위령탑」(비)
　　　　「여수 10·19 위령탑」(비)
공원에 「제주 4·3 기념공원」
　　　　「여수 10·19 기념공원」